清风掠过心田

QINGFENG LUEGUO XINTIAN

史建奎 著

西安出版社

图书在版编目(CIP)数据

清风掠过心田 / 史建奎著. —西安:西安出版社,2017.7

ISBN 978-7-5541-2310-2

Ⅰ.①清…　Ⅱ.①史…　Ⅲ.①散文集-中国-当代
Ⅳ.①I267

中国版本图书馆 CIP 数据核字(2017)第 189435 号

清风掠过心田

著　　者　史建奎
出版发行　西安出版社
社　　址　西安市长安北路 56 号
电　　话　(029)85253740
邮政编码　710061
印　　刷　陕西天丰印务有限公司
开　　本　787mm×1092mm　1/16
印　　张　19.5
字　　数　240 千
版　　次　2017 年 7 月第 1 版
　　　　　2017 年 7 月第 1 次印刷
印　　数　1-3000
书　　号　ISBN 978-7-5541-2310-2
定　　价　38.00 元

亲情眷顾　练达人生

马平川

建奎先生是位有见识、有故事的人。这样的人写作，一个优势就是资源比较丰富，笔下有东西，能出手。人们常说文如其人，这话不一定处处都对，但对建奎来说，似乎就是如此。

我有机会读到他的散文集《清风掠过心田》，一本书，几十篇文章，首先在题材方面，有比较大的涉猎和开掘。

作者阅历不凡，颇多掌故。史建奎，先后担任思想政治课老师、历史课老师，并兼任班主任工作，后主要从事教育行政管理工作。他担任过副校长，在西安市教育局工作期间，先后任基础教育处副处长、基础教育二处副处长、西安市普通高中新课程改革领导小组办公室副主任等行政职务，现任西安市第一中学校长。

不管是在学校工作，还是在市教育局工作，建奎始终保持着勤于读书、笔耕不辍的习惯。他阅读涉猎范围极广，阅读量极大，写作更勤奋，内容不仅涉及山水随笔，更多的眷顾亲情、友情、乡情，更有对教育的思考。

建奎的行文，讲究一种纵横艺术，很多时候写着写着，生活也有了，传奇也有了，历史也带出来了，并且透射出一种文化的气息。建奎散文里的一个故事，跳开一层看，就变成了他写作的某种隐喻。

读者可能很喜欢看建奎那些描写故土旧事的文字。这不仅仅是因为好奇,想从中了解一下作者成长的蛛丝马迹,更重要的是因为,这类散文写得最好,最真实,最感人。毕竟,刻骨的记忆对谁来说,都容易转化为艺术的华章,与生俱来的"胎记"一旦说出来,就很能吸引人了。

这样的散文犹如梦游,让人觉得恍惚,又惊心动魄。真的应该感谢作者的手笔,把那么荒寒的记忆写出来,如陈年积雪,重重压在读者的心上。这样的散文,在建奎的创作中,为数不算少。

建奎的创作吸取了历代散文名家的精髓,有自己的个性表现。任何文学艺术都必须涉足人类永恒的话题"情",没有情感就没有生命的艺术。一篇散文,看它是否成功,就要看它能否刺激读者,能否唤起他们自己的体验来,读者受了这种刺激而自行饮泣。因此,《登山的意趣》在于,"我们每个人的需求不同,爱好不同,但放松的心情并没有质的区别,以欣赏的眼光去看待周围的世界" 。

建奎的散文多采用回忆倾诉的形式,以行云流水的文字,说心中要说的话,倾诉自己的真情,蕴积着温柔,微带着忧愁,显示出清丽的风致。建奎的散文手法注重"神与物游",把自己的思想感情渗透到叙事、写景之中,作者的感情随着外物的变化而波浪起伏,你不认真去品味是难以把握的。作者能够调动各种艺术手段,把自己的思想感情的变化酣畅淋漓地表现出来。他是用感情写作的身体力行者,他的散文是自己生活历练的直叙和铺陈,陕西关中的历史、文化、风土人情、自然环境、社会生活的培育和熏陶,对他的个性气质、心理状态、审美观念的形成有不可忽视的作用。

民俗和风景最容易勾起人们对故乡的深厚感情,是真正的"直寻",情文并茂,至情催人泪下。列夫·托尔斯泰说:"区分真正的艺术与虚假的艺术的肯定无疑的标志,是艺术的感染性。"这些穿透时空,穿透岁月,穿透心灵的文字,不正是建奎散文的魅力和生命力所在吗?

它确实扫除了我们心中的垃圾，给我们带来希望，带来勇气，带来力量。

爱文学，也好比有人爱养花，有人爱喝酒，有人爱运动，有人爱读书，只要你有所爱，有所延伸，就有丰富自己的一种可能，阅读是丰满人生、收获人生最重要的途径，而写作则是智慧人生、练达人生的必然呈现。

正如作者在《一粒豆子的力量》中所写："热爱生命，热爱生活，热爱孩子，俯下身子，聆听种子发芽的声音，聆听生命的呼唤，振奋精神，挽起裤脚，在春天里耕耘，收获的季节还远么？"希望建奎继续在教育广袤的田野上耕耘，用辛勤的汗水获得新的成绩。

二〇一七年五月

〈作者系知名青年评论家、冰心散文理论奖得主〉

目录

第一辑　走过四季

第四辑 舐犊情深

第一辑

走过四季

春天的使者

长久以来，一直想在属于自己的一方天地里尽情挥洒心语，在一天的劳顿之后给心情放个假，至少可以获得一份清爽的悠闲；为结识更多的教育界朋友投石问路，至少前行的路上不会孤寂；为我的教育理想奔走呼号，至少能够在努力中获得理解；渴望与更多的朋友们分享精神的盛宴，至少不会做一个精神的乞儿。

但是，常常又为自己学识肤浅担心，为文字不尽流畅隐忧，总怕贻笑大方，误导了他人，因此对于再寻常不过的交流手段依然望而却步。

春天来了，不能再等待了！受了朋友的鼓动，更在于欣赏了他精美的博客设计和清淡优雅的文字，再也不愿自己的点滴思想受了冷遇，于是，把跃跃欲试的心事转化为自觉行动——我的博客终于在春天里破土萌芽了！

我的天资并不聪颖，唯一能自慰的是我还算比较勤奋，不管工作如何忙碌，我一直坚持每天读书，节假日也几乎不例外。几年下来，随笔也写了不少——虽然更多的是一种心情的记录。重新阅读，我最大的感触在于对字里行间流泻的“知识改变命运”这句话的切身体会。

我笃信“勤能补拙”的良训，铭记“能追无尽景，始见不凡人”的箴言。我愿意把轻松和愉悦带给我的同行者——也许我的文字常常是凝重的；我更愿意在我们彼此坦诚的交流中为心中的理想教育大厦做好奠基——也许往往是事倍功半的。

只问耕耘，不问收获！
既已耕耘，岂能无获！
欢迎加盟，春光好伴行！

一粒豆子的力量

冬天的北方是比较萧条的，人们把来年的美好期待转化成大红的灯笼和栩栩如生的花树，装点在广场和林苑那些游人聚集的场所，我每每走到这些地方的时候，油然而盼春天的来临。

“吹面不寒杨柳风”、“盎然春意在枝头”。不经意间，窗前的柳枝已是鹅黄翠绿了，兴奋地跑到阳台，惊喜地发现阳台上繁茂的花卉的虬枝和裸露的根须上已然泛着蒙蒙绿韵，花盆整齐地排列着，仿佛是等待主人检阅的仪仗队。春天来了，春天真的来了，按捺不住内心的激动，唤来女儿找出铲子，一起松土，浇水，施肥。女儿在她喜爱的花盆中种下了一粒豆子。

从下种的那一天起，女儿每天都要提醒我注意管理，甚至什么时候浇水，浇几缸子水她都要详细地嘱咐我，而我总是敷衍她说从没有耽误过一次，一切完全按照她的叮嘱来做。其实我由于工作的忙碌几乎没有回过西郊，更不知道阳台花盆里那粒豆子的命运，任其自生自灭吧。

一周以后，我们来新居度周末，女儿一直惦记着她的豆子，一进门就直奔阳台。我还没来得及换好鞋子，就听见女儿兴奋地大喊：“爸爸，爸爸，快来看呀，豆子发芽了，豆子发芽了!”等我进去的时候，女儿已经站在凳子上用铲子松土呢。她是如此的小心，生怕我碰着她，两手一点一点慢慢地翻着，那专注的神情如同护着一个呱呱落地的婴儿，我在些许的惭愧中分享着女儿童年成长的快乐，感受着生命的灵动和幸福。

那粒豆子纤细而娇嫩的身子上沾着泥巴，两枚深绿的叶片上也顶着风干了的泥土，显然是经过艰苦的斗争才从土里爬出来的，生命的张力在她的身上处处显示出茁壮的本色，敬畏之情油然而生。“艰难困苦，玉汝于成”，可不是么？

种子的力量到底有多大？我想起了校园青砖地墁的夹缝中的小草，想起教学楼二楼水管旁边瓷砖缝隙中盘旋着身子伸向天空的一株不知名的开着小白花的植物，想起山涧石崖中傲然挺立的松树……

生命如此伟大，而我们每每在不如意的时候，在困难的时候，在稍遇挫折的时候，显得沮丧泄气，乃至怨天尤人，畏缩不前。我们有足够的理由向种子学习。世界上哪里会有唾手可得的事情？如果说有，那也是在考验你的心智，因为过于容易获得恐怕连你自己都不敢完全相信！真正的栖息于你的潜意识中的，是你深知劳动在回报中的分量：行动不一定有收获，但不行动肯定没有收获！

热爱孩子，热爱生命，热爱生活，俯下身子，聆听种子发芽的声音，聆听生命的呼唤，振奋精神，挽起裤脚，在春天里耕耘，收获的季节还远吗？

忙碌，闲情

现在对于我来说，似乎用“争分夺秒”来形容工作的节奏更准确些。白天我几乎都被时间的巨浪裹挟着往前冲，来不及停下匆匆的脚步，来不及从容地思索，甚至来不及给自己一点点发呆的时间。晚上走在回家的路上，倍加珍惜暂得的片刻悠闲，像今天晚上这样，可以看看雨后正在疯长的草木，一天一个大变化，有时竟变得让人触目惊心！一片嫩芽，一夜之间变成了翠绿，几天时间便汇成葱茏！奔腾的生命总让人感动。

逝者如斯，不舍昼夜。常常感喟于生命成长的壮阔，总觉得欣赏不够。工作的激情、热情，并没有随着春天的烂漫如期而至，胸中如同飘着杨花的迷茫，有点雾里看花的味道！在这个飞速旋转的世界，在这个物欲横流的时代，生命的张力有时候甘愿成为功利的俘虏，沉潜的厚重化作鸿毛般的轻飘。

时光在看似日复一日的机械重复中流泻，鬓发从灰黑变成灰白，又从灰白化作霜雪。从母亲的十月怀胎，到一朝分娩，到牙牙学语，到蹒跚学步，到童言无忌，到英俊少年，到青春气盛，再到中年持重，老年宽宏，看着熙来攘往的人流，顿生人生不过是一瞬间的慨叹。但要把一瞬间转化为精彩，就应该使它历经跨越时空的丰满，过程探险的激越，内心体验的丰富，直至达观的人生态度的养成。

想起了一个佛教经典故事：人生的忙忙碌碌，不过在于为生存而奔波，快捷的脚步不能求得内心的安然，永远不满足的欲望迫使我们寝食难安。静下心来认真打理思绪，哪一件事不过是“一念间”、“一碗饭”呢？超然的态度也许有一点悲观的情愫，也许有一点不入世的况味，也许有一点无故寻愁觅恨的牵强，也许有一点与世相违的孤芳自赏，但如果这是出自中年人之口，其中的意蕴便需要我们好好把玩。

在忙碌的间歇，与大学同窗驱车郊原，饱览田园风光。桃溪山庄的确是绝好的去处，我以为它是唐代长安的“沈园”。当年崔护以一首“去年今日此门中，人面桃花相映红。人面不知何处去，桃花依旧笑春风”而名冠京华，成为后人广为传诵的翘楚之作。我猜想这位诗人的情商一定是很高的。

走在桃溪山庄的青砖甬道上，看着眼前的美景，蓦然回首，一种神交古人的心境油然而生。硕大的庭院里显得有点冷清，透过四周斑驳陆离的围墙，不难想象昔日繁华中藏着的清幽。花儿们依旧开得非常热闹：桃花、杏花、海棠……花儿朵朵开，潇潇洒洒，尽展美艳。有花满枝头的，密密匝匝，繁茂无比，尽显生命的旺盛；有远离群芳、茕茕孑立、一枝独秀的，孕育出一份旷世的清高；有花团锦簇、挤挤挨挨、相互扶持的，把亲情的魅力一任释放出来；有一树卓然、傲然挺立的，卓尔不群，芳香四溢，显示着高雅与尊贵；还有的只在苍劲的虬枝上开着两三朵花儿，更见沧桑与风骨。

地上隔年的衰草下面已经冒出了萌萌的嫩绿，草儿们又在做着青春的梦。高大的杨柳翠生生的，把如梦如幻的视觉效应活泼泼地渲染开来。放眼四顾，红素浅白，鹅黄翠绿，层层叠叠，但不显得芜杂、零乱。土坯、泥墙、草屋，依稀可以感受到空中弥散的乡土文化气息和隐隐的唐风古韵。我忽然想到，身为一介书生，能够在繁忙的公干之余，漫游一隅，与春天约会，不也是人生莫大的享受吗？忙碌的间歇，能有片刻的消闲，也是一件快意的事情啊。

“客子光阴书卷里，江湖夜雨十年灯”——这是我二十年前学子生活的真实记录。往事历历在目，常常因之而生感慨。“此情可待成追忆，只是当时已惘然”——往往因之而生眷顾。同窗情深，如同一年走过的四季，每一个季节都有它的美妙，每一次相聚都会生出一份惜缘的情谊。真诚无欺，情义无价。季节如此，人更应如此。

此刻，午后的斜阳慵懒地洒在坡原上，在恹恹的日光里，卡朋特略带伤感的歌曲《昔日重现》随风飘来，我们在这暖暖的阳光里贪婪地享受着原野的静谧与热闹，一种迷离的韵律在周围慢慢升腾。我在想，倘若我真的能把自己定位为职业人，应该会生出达观与疏狂、沉静与丰盈的。滚滚红尘中，拥有一颗冰清玉洁的心何其珍贵啊！

真情文章价不轻！游日感怀。

春日行

阳和初冉，乍暖还寒；细雨如雾，新芽竞吐；杨柳依依，婀娜东西；翠柏苍松，依山环拱；湖水微波，闲鸭伴舸；楼阁凌空，琉璃光影；往来寂寂，惟鸟时音。尔来烟雨蒙蒙，疏密可意，深浅恰切，皆是自然丹青妙手；倏忽扑朔迷离，游走其间，如梦如幻，全为造化发轫一端。

当此之时，循步江畔，遍览古今名胜，心旷神怡；探幽发微，尽享曲水神韵，顿生曼妙之感：春水淙淙，青君携雨而来，万物惺忪眼开；蹊径通幽，石级盘旋而上，直向修竹迎来；绿晕点染，芳菲指日可待，似见百花竞妍；连廊曲折，所载时序人事，犹见光阴流转；依山傍水，风景依稀昨年，盘桓颇多怡然。

置身于此，触景生情，斯心惟动：人在旅途，穷其毕生；无论何从，求真善美为荣；阅今思古，心底无愧灵府；寻常积淀，新奇藉于经验；浮生多艰，发奋终能克难；缺憾常伴，珍惜当下为盼；流年不待，祈以惜缘是瞻；诗意栖息，缘于精神丰满；飘逸度日，合是开阔识见；俯仰天地，穿越时光，继往易为开来；宽恕乐群，与时俱进，事业青睐根本。

且行且吟，亦歌亦诗，不觉风停雨住，天光云影一湖收，四面清漪可眼来。遂欣然提笔，以为《春日行》。

一

独立云台天低昂，春风醉合赏曲江。
园柳鸣禽戏榆杨，百鸟婉转凤求凰。
飞瀑泉鸣道帝王，千古风流汉武皇。
形胜繁荣趋盛唐，唯才是举国运昌。
威加四海播名望，吐故纳新臣万邦。
雄视环宇豪气荡，承古开新生气象。
文坛奇范倾翰场，元白并辔提游疆。
长安才俊翰墨香，曲水笔会饮流觞。
美文佳句琥珀光，唤取清芬悦华章。
当时仕子多寻常，慈恩题名意徜徉。
我今细雨沐天凉，荷亭开轩览风塘。
竹枝含泪滴音响，遥呼佳朋知音赏。

二

故地巡游肆意访，熟谙我是热衷肠。
怡然壮丽走四方，水绕岛峙红绿裳。
往岁今昔故意长，世事难料两茫茫。
青丝虽作鬓发苍，当年豪情未黄粱。
痴情佼佼何相忘？犹忆翘楚上庭堂。
好雨好风驱疏荒，为君撷景入诗囊。
石罅草芽宿根旺，力顶千斤旋复上。
东君枝头正主张，草木欣欣连成行。

楼台渺渺隐湖望，浩波辽远意荡漾。
泛舟游走绕画舫，长桥石门栖鸳鸯。
瓦雀啾啾议飞翔，倦鸟归巢我思乡。
触景心境起彷徨，方寸绵绵忽感伤。
持觞重来问琼浆，无论长安与潇湘。
黄昏灯下注篱墙，疏雨斜侵芙蓉窗。
忧来思亲愧难当，六神无主难思量。
独立汀洲看斜阳，一曲清词夜未央。

三

春事多系雨和风，风雨晴时春作东。
弱柳丝绦轻轻舞，新草嫩蕊细细撑。
合当初春最好色，半为朦胧半分明。
曲江异彩日照红，处处新景各不同。
最是碧叶镶红豆，枝枝蔓蔓总关情。
我怜故人湖边行，风霜雨雪共兼程。
南来北往多经验，万人丛中独其清。
言辞温润笔纵横，情深义重动府城。
别君城北未觉孤，灯下沉吟飞鸿书。
长歌征程不知远，旦夕徒步奔前途。
白桦林居草木疏，春去春来秋几重？
即今多情沐甘露，暂分郊原莫踌躇。

注

近一段时间，单位搬迁和熟悉新的工作环境占用了大部分精力，加之交通拥堵，每天路上往返要耗费两个多小时的时间，所以既忙又闲。利用假日，又游览了熟悉的曲江，走在细雨中，走在春光里，油然而生感慨：人的一生都是在旅途奔波啊！如果我们只是一味地赶路，那就要错过一路的风景了。且行且歌，且行且吟，应该是职业人的一种生活方式。

又是人间芳菲天

时序刚到四月，春雨就迫不及待地给那些刚刚张开睡眼的幼苗送来了甘露。真是“好雨知时节”啊！

这个时节的关中，丹青造化，只是大写意，或者说只是简笔的水墨山水画：寥寥数笔，便勾勒出春天的轮廓，那些造物主的精灵们只等着良夜的几个好觉，便会将一冬攒足的能量释放开来：舒展舒展筋骨，抖一抖隔年的尘土，开始大张旗鼓地渲染气氛，让春天的律动成为一年中最热闹的盛事。它们一旦忙碌开来，便不知道歇歇脚，只是一味地可着劲儿把嫩黄、翠绿、粉白、浅蓝、深红的颜色炫耀似的浮在地面上，挂在枝头上，写在笑脸上，留在相机里，藏在心坎里，映在酣梦里。

关中的春天是急促的，匆忙的，干脆的，干练的，热烈的，甚至是火爆的。无须你耐心地等待，不容你细细地打量，它就风风火火地来了：一夜之间，满目翡翠，姹紫嫣红，竞相斗艳，香漫古城，如同关中汉子的处事——不矫情，不造作，不世故，干事就当机立断、利利索索、轰轰烈烈，没有丝毫的瞻前顾后、犹豫不决、拖泥带水。节奏明快，动作连贯，一气呵成，让人顿生酣畅淋漓、通透心扉、目不暇接的快感，当然，也让我们在生出时光易逝的唏嘘感慨中懂得珍惜，懂得尊重，懂得呵护。

此刻，翻过雨雾蒙蒙的秦岭山脉，在素有“小江南”美誉的历史文化名城汉中的田野里，已然是繁花似锦的盛大场面：到处是黄灿灿的油菜花。在这片底蕴丰厚的土地上，不管是花海如卷春潮的一地金黄，还是零星地散落在土坎里，马路旁，溪水边，山崖畔，甚至屋顶上的星星点点的在风雨中摇曳的嫩黄，都给人一种强烈的视觉冲击。这时候眼里看到的是“美”，说到的是“美”，听到的当然还是“美”，汉中似乎当仁不让地成为美的化身，美的代言者。当然，美是以实力来支撑的。大自然如此，人又何能例外呢。

漫山遍野的草木好像早已憋足了劲，开始用自己的葱茏来回报东风的盛情，虽然它们现在看起来还只是羞羞答答、朦朦胧胧的。但是，要不了多久，这些造化的宠儿便会以亮丽的色彩把春天打扮得婀娜多姿，色彩斑斓。事实上，汉中已是一派盛春的景象：修颀笔直的水杉苍翠欲滴，俨然是这片热土的忠实卫士，整齐地屹立在道路两旁，履行着自己的义务。一望无际的原野上郁郁葱葱，生机勃勃，处处景象盎然。山岭逶迤，山色如黛，它们把自己的秀色隐藏在雨雾中，莽莽苍苍的更见神秘与神韵。村庄屋舍粉墙灰顶，茂盛秀美的树木花草密密地拱卫在四围，在细雨中静默着，仿佛做着慵懒的梦。几只水牛在空旷而静谧的水田里悠闲地觅食。隐约可见农人们在田野里作业。这是江南水乡独有的风景吧？能目睹儿时记忆中乡下独有的美景，在城乡一体化飞速进展的今天，的确是一件足以怡情的美事。

江南的春天是婉约的，明丽的，清爽的，从容的，恬淡的，当然也是绵长的，甚至在你还没有足够准备的时候，在你不经意间，它已经悄然而至了。恰似江南的女子，不张扬，不粉饰，只是本色的流露，便令人心旌摇荡，乐以忘忧。不管是倚门回首时的美目流盼，还是倩影飘飘时的气韵流长，总给人一种美的磁场牵引，自然也让人在欣赏美颜的时候生出爱怜，在感喟时光的匆忙中悟出积极心态的重要，渴望把短暂化作永恒，在似水流年中沉潜生命的厚重，成就生命的分量，告诉自己：活出质量来，活出精彩来。

昙花一现的春天是美，它让我们愈发眷注生命的价值，思考存在的意义；绵延流长的春天是美，它帮助我们在愉悦的享受中体验生活的多彩，缱绻人生的多态。顺道在诗园中撷取几朵小花与春天共舞。

一

翠黄红素遍地行，粉黛赭朱连村通。
造化酬劳浮生计，九天孵出一汉中。

二

回望野田黄金花，云淡风轻心似马。
莫道天涯还自远，同心处处即为家。

三

四月春光日渐佳，郊原无处不飞花。
山峦古树天远大，清幽深处隐人家。

四

繁花次第落复开，明蕊东风一夜裁。
小鸟啾啾新枝绕，蜂喧蝶舞纷纷来。

五

满城春光浴朝阳，好花倩影乱攀墙。
翠绿红素多经眼，鸟啼声里索华章。
从来秀色惹诗兴，处处风物合衷肠。
古今文字皆如许，春潮入怀共沧浪。

六

繁花欢呼柳絮长，红紫黄素斜出墙。
似君才情浑如许，日夜喧哗水中央。
郊原鼎盛游人昌，远近高低往来赏。
撷取菁华太平道，与君青春共昂扬。

注

四月初，在汉中市勉县参加全省基础教育工作会议，一路上春色迷人，尽饱眼福。归来公务缠身，终不得闲。抽挤时间，抱着还债的心理匆匆而书，以为纪念。

走在美丽的春晓园

已经不知道多少次在这充满人文气息的风景名胜地徜徉，盈盈数尺之地，可以产生出一种神游于天地之间、仿佛古往今来群贤毕至的热闹；芳径独行，花草树木素有的清雅、茂密与葱茏，也可以演化出生命中诗意的栖居——晨风中，黄昏里，雨雪天，风霜地，各有奇妙。

一位哲人说，任何比喻都是有缺陷的。另一种说法是，即使身临同一环境，不同的人也会有别样的感受，但通体的舒展和心灵的快慰在美丽的环境中往往会有惊人的相似。走在这里，持久的耳濡目染会使人渐渐体悟到自然是人类之母，只有人与自然的和谐，才能促进人自身走向和谐。世间的万事万物只有彼此间善待，才可以获得我们期盼的和睦、和平与和谐，而生命的分量也便在这闲情中变得更加厚重，颜色变得更加清亮。如此人生，该是多么幸福的事情啊！

春之韵

结束了冬眠期，用不了几天，这里的花儿便迫不及待地尽情挥洒美艳，芳草肆意延展青春的活力，溪流淙淙，欢快地沿着崎岖的石径墁坎奔走。姹紫嫣红间，蜂喧蝶舞；秀荫碧枝中，鸟儿和鸣。

一切都显得如此的生机勃勃，似乎生命中流泻着的汩汩滔滔的甘泉，永远满溢着激情与热情。春天仿佛特别青睐这里，不用准备，不用太多的思考，就奔跑着来了。“春风得意马蹄疾，一日看尽长安花”、“君看雁塔题名处，十七人中最年少”……不难想象当年这里是何等的繁华，文人墨客，名士云集，歌舞升平，尽显风流，奔涌的生命之歌源自长期对生命元素的富集与打理。

春天到了，为了秋的收获，生灵们都在可着劲儿生长，作为万物之灵的人呢？

夏之恋

夏天的春晓园花木浓密、繁茂，热烈、奔放，如同百米接力，没有喘息，不留余地，松竹呈黛青色，苍翠欲滴，生命的张力令人心动，似乎蕴藏着取之不尽、用之不竭的能量。人的潜能何尝不是如此呢？既然给予了阳光，就没有理由不灿烂！即使扑朔迷离地一泻，也应该把生命的光鲜照人释放出来。疯长吧，只需要防住虫子的侵害就行了。生长毕竟是一件快乐的事情。种子体验着破土的快乐，承载着栉风沐雨的艰辛，当然应该享受成功的愉悦。只是，我们不可忽视——成长的过程中不可避免地混有杂质，所以要及时清理。保持营养均衡也是非常必要的。

秋之秀

这里秋天的美，不仅在于你脚下厚积的枯叶发出的沙沙声，不仅在于夕阳西下，日落黄昏的天边火烧云的浩瀚壮观，不仅在于一片黄灿灿的银杏林铺陈的高雅与尊贵，也不仅在于池水的瘦身运动中闪烁的清净与清丽，宛如明眸皓齿的孩子般鲜亮，更在于一份成熟的沉稳与娴静。一切都准备着收藏丰收的果实，而飘飘零零的落叶也要以自己的赤子之心回报地母，为来年的风光谱写慷慨的生命恋曲。

冬之梦

雪花飘飘洒洒，纷纷扬扬，一夜之间，凌空曼舞而形成的玉树琼枝，把一个粉妆玉砌的世界展现在眼前，宛如人生的晶莹剔透。尤为牵挂的是那亭阁湖畔间几株傲雪蜡梅，亭亭玉立，风骨孑然，顿生浩然正气，凛然神圣不可侵犯之感，而“疏影横斜水清浅，暗香浮动月黄昏”的风雅，“踏雪访梅”“月下观竹”的情韵当是这个季节最好的闲情方式。

这里最为吸引我的，还在于它处处彰显的唐风古韵。当今时代的不少文化精英，也曾在这里留下足迹。置身此地，常常会在心灵的点染中得到精神的快感。沉静的，热闹的，婉约的，豪放的，曲径通幽的，开门见山的，热烈奔放的，狷狂不羁的，方圆一体的，错落有致的，对称壮美的，正因不同而显个性，因个性而构和谐，因和谐而映射人性之美。

继往才能开来，承前方能启后，如同人的诞生，没有十月怀胎，何来一朝分娩呢？所以这小小的园林不仅是休闲的场所，它还承载着生命个体的精神发育史，承接着一个民族千年的辉煌史。

芳草物情醉中真

五月的大山中，已经看不到“山寺桃花始盛开”的美景，早已是“春在枝头已十分”的深春盛装舞步了——这是我走进柞水盘谷山庄时的第一印象。平时的忙碌让我倍加珍惜休闲的时间。美美地睡到自然醒是可意的爽快，聚餐会友也自有不可多得的妙趣，但我最喜欢的还是郊游。约上好友三四，与大自然亲密接触，尽情分享它的灵秀与神韵，心灵的愉悦如同痛饮琼浆玉露，饱餐风味美食的熨帖。神游于山水之间，心中常常漾起对古圣先贤的敬畏之情，流连那些充满睿智的诗句，也是游山玩水时的收获。

我们是在黄昏时分抵达山庄的。用罢晚饭，便结伴在山谷中尽享夜的曼妙。夜是爽朗清丽的，风中充满了滑滑的温润的气息，一弯新月斜挂西天，泛着朦朦胧胧的白光，如黛的山色笼罩在静谧中，在宛如薄纱的白云缭绕的山顶，依稀可见闪烁的星辰，偶尔飘过几道并不绚丽但不失壮观的彩云。几乎看不见溪水，但可以听到它淙淙流淌的欢歌。山中的夜色是温柔的，浪漫的，清凉的。这怡然的夜色，这天然氧吧涤荡着五脏六腑，使人浑然忘却胸中的块垒。王介甫曾有诗云：“四顾山光接水光，凭栏十里芰荷香。清风明月无人管，并作南楼一味凉”。这里虽然没有“才露尖尖角”的小荷，更谈不上“十里飘香”，可是单凭清风明月，我觉得已经足以与之媲美了。有时候，缺憾本身就是一种美，甚至是更高层次上的美——我想起了“断臂维纳斯”……

坐在山庄门前的石凳上，“什么都可以想，什么都可以不想，便觉是一个自由的人”，这是朱自清先生在《荷塘月色》中描述悠闲心境的一句话，自有它于今衍生的吸引力。而此刻，我却思绪飞扬，想到了另一位朱姓大家——朱熹。朱熹先生一生酷爱读书，他的许多哲理思想得益于对大自然的热爱触发的灵感，遥想他漫步于春光之中，抑制不住内心的喜悦，回来后伏案一蹴而就的情景，也便受了点染，“川原红绿一时新，暮雨朝晴更可人。书册埋头无了日，不如抛却去寻春”。赏春胜于读书——这是此刻最深的感触。人们常常在陷入困境、甚至走投无路的时候，无妨换个角度，跳出圈外，结果往往会有陆游体悟的“山重水复疑无路，柳暗花明又一村”的收益。诚如歌曲中所唱的，“思前想后，想好了你再走……没有钻不出的窟窿，没有走不出的天”。世界上的事物虽然林林总总，但各有其妙，形态密切相连，既是“大道通天，各走一边”，又是“条条道路通罗马”。青山绿野，鸟语花香，会舒展开阔本应包罗万象的胸襟，拓展目及万里的视界。在辽阔的天宇下，造化的神圣、幽远成为牵引思绪无法抗拒的磁场……

夜晚睡得很香，一觉醒来，晨曦已悄悄地泊在窗帘的后面。推开窗户，西天的残月已了无踪迹，漫山的清香势不可挡，争先恐后地挤进卧室，那些在天堂里快乐惯了的鸟儿们，热烈而肆意地卖弄着清脆的歌喉，盘谷山庄新的一天在蓝天、白云、绿树、红花、溪水、鸟啼声中闪亮登场了——你并不觉得喧闹，有一种远离尘嚣的快感，心情就像这茂盛的山川一样美丽，心底涌动的畅快充满了生命的张力。宋代著名诗人张耒写得好：“梦觉隔窗残月尽，五更春鸟满山啼”，盘谷山庄的清晨不正是这样么？青山不老，文字不朽——历史对造化的眷顾可以向我们昭示未来。

有时候没有目的就是最大的目的，遗憾的是我们常常把手段当成了目的。比如休闲就是这样，你不必费心地计划，不必满载行囊，相信“车到山前必有路”，多半时候只需心存“哪儿黑了哪儿歇”的准备，你的目的就达到了——这是一种心绪的天然排遣，心情的自然放松，心境的有意舒缓。北宋理学家程颢的哲思妙语看似“偶成”，实则是王安石所说的“看似寻常最奇崛，成如容易却艰辛”，他老人家说“闲来无事不从容，睡觉东窗日已红。万事静观皆自得，四时佳兴与人同。道通天地有形外，思如风云变态中。富贵不淫贫贱乐，男儿到此是豪雄”。我达不到理学家那样明朗高远的境界，甚至也谈不上如他的那份恬然自得的洒脱情怀和悠闲意趣，更没有怀揣想当豪雄的凌云壮志，只是愿洗却一身疲惫，给倦怠的身心放个假而已。所以，尽可以天马行空，赏灿烂之山川，发思古之幽情，尽消疲顿，饱餐秀色。

第二天一大早，我们已经行进在山里，葱茏的绿色成为春的主旋律，已经看不到北宋诗人宋祁笔下的“红杏枝头春意闹”了，倒是苏轼的“花褪残红青杏小，燕子飞时，绿水人家绕”正款款而来，直奔眼底。

我们在清朗的晨风中向牛背梁进发。这是一座尚未完全开发的山脉，因此基本上保留了原貌。从山的名字可以想见它的形状——不识其完整的面目，“只缘身在此山中”。一路走来，在都市里只可梦中追寻的人间仙境，已然眼前。尽享清幽的大山和飞瀑流泉的馈赠。时而拾级快步，与自己的体力赛跑；时而慢行驻足，仔细品味大自然的神韵。王安石的“北山输绿涨横陂，直堑回塘滟滟时。细数落花因坐久，缓寻芳草得归远”用在此时，虽不能称之为“恰到好处”，也可以说是“文章本天成”了，姑且用之。

愈进大山深处，景色愈加瑰丽。瀑布凌空飞花碎玉般地飞泻下来，宏大的声响在极远处便至耳畔。流到平缓处，聚成宽阔的水流，在更平坦处，形成壮观的水潭。四围翠峰连绵，接天蔽日，飞鸟鸣和上下，更见大山的清幽。“便觉眼前生意满，东风吹水绿参差”，又一个宋朝诗人张栻如是说。眼前的郁郁葱葱随着春风散落在潭水里，跌宕起伏，那倒映在水中的花草树木的倩影，随着微微的波浪远近高低、错落有致地四处浮荡，形成一幅幅壮丽的画卷。“造化本是丹青手，林梢一抹春竞走”，我愿追寻春的芳踪，打开潜藏的情趣，用闲情雅兴记叙玲珑剔透的心灵，体味辛稼轩的“一丘一壑也风流”的快意。

回望潺潺而过的溪水，生出些许感悟。这万山群岭中的条条小溪，因了山势的阻隔不能勇往直前，但它依靠自己不懈的勇力和持久的耐力，昼夜不停地劳作，终于在千磨万击的摔打和峰回曲折的逶迤中，一路欢歌，赢得了生命的尊严与壮观，把浩大的水势蓄积的力量，化作浩浩荡荡的江河，奔涌到大山之外，宣泄在原野，造就了壮丽的美景，抒写了奋斗的凯歌——只要坚持，总会闯出一条生路，获得新生。但有“万山不许一溪奔，拦得溪声日夜喧。到得前头山脚尽，堂堂溪水出前村”，必有“郁郁层峦夹岸青，青山绿水去无声”——不妨一看！

结伴而行的几位老人以现身说法向我们诠释了“青春是一首永远唱不完的歌”，不因年龄的变化而褪色，反而常常因岁月的流逝愈发显得亮丽。春天正是这样的善解人意，那几位老人老当益壮，峥嵘岁月磨砺的意志品质和经年劳动留下的身体底子，助力他们在登山途中把人生经验尽情挥洒。他们走起路来并不是很快，但很稳。不停，不歇，不急，不忙，不紧，不慢，看似悠悠地走，缓缓地行，但路程并没有落下，一不留心，竟把我们远远地甩在了后面。他们深谙“不怕慢，就怕站”的老理，一鼓作气登上了顶峰。他们热爱生命，热爱生活，热爱大自然，开朗乐观。他们珍惜美好的时光，一路上给我们讲述着丰富的阅历，让我们在感动中唏嘘不已——人生经历和经验该是生命传承中最动听的音符吧？

下山的路上，想起了北宋词人贺铸的《浣溪沙》：“不信春芳厌老人，老人几度送余春？惜春行乐莫辞频。巧笑艳歌皆我意，恼花颠酒拼君嗔，物情唯有醉中真”，也想起了欧阳公的“浅深红白宜相间，先后仍需次第栽。我欲四时携酒去，莫教一日不花开”。

幽谷赏景，农家饮酒，这种悠闲的生活实在令人乐而忘返。在回首草就文字的一瞬间，忽然发现，旖旎的山川风光润泽着我空灵的心性，也使我又一次在拜访大自然中听到了历史的回音，贪婪地在宋朝的文学圣殿中徜徉……

闲暇的时候出去走走，大自然会给予我们无穷的快乐遐思。

清风夏荷夜雨声

时令刚一入夏，天气便一刻不等地热烈起来，花儿们昼夜疯长，不经意间已是“身孕渐现子满枝”了。树叶则从鹅黄翠绿中巧妙地一变，成了抢眼的碧绿。造化无疑是魔幻大师，只需用热风轻轻地一甩，叶子便又成了墨绿——夏的葱茏开始主宰了季节调色板。

日子依旧在匆忙中流逝，早出晚归，或风雨兼程，或披星戴月，时不时地感到迷茫而无奈，常常仔细点数，总觉得空落落的。于是，每天晚上的灯下漫读或漫步于芙蓉园便成为一种不可多得的惬意，甚至有几分奢侈——毕竟，属于自己可支配的闲适时间不算太多。在这样的时光里，每每会因清风明月的幽远引发心灵物语汩汩流泻，往往是唐诗宋词遣送的暖意萦怀跃然心头。或满心欢喜地观赏南湖浩瀚的“星河”灿烂，或满含期待地渴望又一个日落黄昏的壮观，或忘情于书中生动的细节描写而流连忘返，或沉醉于美文的奇思构想而不能自拔。但这不同方式的夜游在令人神清气爽的时候，间或也生出“高处不胜寒”的感觉。人常说“书到用时方恨少”，其实，“书到多时人孤独”也是常有的事。有时“拥书”未必能“自雄”，反而生出“拥书自扰”的烦恼来——倘若知识不能转化为智慧，那么读的书越多充其量可以称之为“书囊”，比之高一级的冠以“书橱”的美誉也算客气的说法，此外的积极意义恐怕不易说得出来。所以，只有具备“勤读书，善思考，能活用”，才能真正体会到

"知识就是力量"这句话的分量。

昨夜在慈恩塔下散步，眼见天上的云层渐聚渐厚，似乎在密谋着又一场新雨与春天彻底地作别。

果然，夜半时分，雨打窗棂的声音惊醒了酣梦。披衣下床，窗前眺望，昏黄的路灯映出磅礴的雨势，雨线密密地斜织着，天地间成了雨的世界。风也不甘寂寞，加入了这雨的阵营。透过雨帘，隐约可以看到地面的漫流。夏的交响曲粉墨登场了——一种势不可挡的一泻千里的力量正在衍生。

清晨的马路上行人不多，车辆也比较少。因为走得早，所以路上显得比较从容，也难得利用这段闲暇欣赏沿途的雨景。

雨越下越大，耳畔混杂着"毕毕剥剥"的声响，整个城市笼罩在烟雾之中。车子宛如一只只形态各异的小船，在"水巷"中穿行。马路两边的杨柳含烟叠翠，卖弄着风情。地上泛着此伏彼起的水泡，积水汇成的溪流一路奔涌着向前挺进，低洼处形成的水塘里荡起层层涟漪，似有无数条游鱼在嬉戏。田野茫茫苍苍，远处的村落恰似一幅天然的丹青画，使人想起江南水乡的美艳。驱车早行的人群中，最引你注目的当是上学的孩子和赶早的菜农。忽然想起童安格的那首经典老歌——《把根留住》：

多少脸孔/茫然随波逐流/他们在追寻什么/为了生活/人们四处奔波/却在命运中交错多少岁月/凝聚成这一刻/期待着旧梦重圆/万涓成水/终究汇流成河/像一首澎湃的歌/一年过了又一年/啊/—生只为这一天/让血脉再相连/擦干心中的血和泪痕/留住我们的根

是啊，人都要为生存而努力，所以就必须抓紧时间学习，辛勤劳作。只有自己亲手创造的劳动果实，才能够食用起来踏实、舒心。

不知不觉中车子停靠在未央湖畔。这是一片清静的好去处。风摆杨柳的雨中景致更见风情。从楼顶眺望，未央湖浩渺的轮廓赫然眼底：湖泊宽裕的水面因了雨水的汇集愈发辽阔，四周被浓密的灌木丛和青藤拥着，如同一只硕大无比的绿盆中盛满了清水。水与天又融为一体，共享一色，而周围的绿色又串连成一条翡翠做成的项链，美丽极了。角度不同，感受不同。

湖滨泊着一些斑驳陆离的游船，似乎诉说着遥远的过去曾经的辉煌和回首往事慨叹的今非昔比。水域浅处，有亭亭玉立、昂首向天、孑然独立的清荷，展示着特立独行的清迈。这是风姿卓然的展示，也是尽可自豪的资本——立身之本在于自立，在于独特的自我。更有一丛丛、一簇簇的清荷碧绿的浑圆的叶子浮出水面，显出茁壮的流韵，示于人的是互助共荣的婉丽风采。有的蔓茎上已是蓓蕾初绽了：粉白、淡红、翠绿，清爽婉约；有的含苞待放，羞涩、内敛、低调，韵味十足；有的叶片密密相偎相依，亲密、甜蜜、温情，煞是惹眼——“在天愿作比翼鸟，在地愿为连理枝”，把爱情的浪漫渲染得缠绵而不悱恻，热烈而不失庄重，高雅而不失风流，内敛而不失奔放，恬淡而不失温馨，若即若离，亲密有间，疏离有度，不造作，不张扬，不娇媚，不轻狂，不独清，不自浊，有一种勃勃生机演绎的从容正气和清逸俊秀的大家风范，给予人以清心、清雅、素洁、高贵的美感。

风不算大，既不温润，也不萧瑟，却自有它的魅力：清爽，刚劲，风里带来完全可以感知的夏的活力。积极向上的、昂扬的、催生韵律的初夏之风，顿悟“送我浩然气，千里快哉风”的美妙——生活怎么能缺少热情、激情与亲和力呢？怎么能缺少了这风信子的传输呢？

不停匆匆行走的脚步，只需些许的留意，甚至只在回眸的一瞥中，就会欣喜地发现一路美景尽伴左右。刻意地追寻美，结果常常是事与愿违。自然的欣赏，美往往就在脚下，就在身边，就在眼前。

风光和暖胜三秦

——游圭峰散记

这是一个初夏的薄阴的天气，端午节的雨雾似乎还没有完全散尽，空气中弥漫着浓浓的水汽，潮湿的味道中透着清爽；树叶绿汪汪的，仿佛能捋出水来，也许苍翠欲滴就是对眼下景致最好的形容吧。凉爽的天气颇有点早秋的味道。但毕竟时令不同，淤积的阴霾经过夜的洗礼生成清朗的天空，但还有流云的舞动。太阳已经按捺不住寂寞了，努力地从云层中爬出来——虽然热烈的程度远远不像夏天该有的那样灼热有力。

我们一行在这可人的天气里接受大自然的召唤，把久违的青睐化作迫切的行动。车子行驶在宽阔的子午大道上，两旁是郁郁葱葱的绿化林带，连片的麦田已经变成金黄色，远处可见在田野中忙碌的收割机。农人们一年的收成全寄托在这几日晴好的天气，所谓“龙口夺食”讲的就是和天气赛跑，收割时节最怕“龙王”变脸，所以这几天勤劳的人们总会发扬“不怕疲劳，连续作战”的精神，要尽最大的努力做到“颗粒归仓”。年少时背诵的“锄禾日当午，汗滴禾下土。谁知盘中餐，粒粒皆辛苦”也主要是夏忙的写真。这些感受恐怕是不事稼穑的人们很难感同身受的。节约粮食，不仅是美德，更是对劳动者的尊重，又何尝不是对自己的尊重呢？

道路两旁的绿荫深处，散落着星星点点的红顶屋，很有童话的韵味，那是农人们为城里人休闲而精心设计的度假区。儿时见惯了的“农家乐”如今摇身一变，身价倍增，成为都市人休闲的好去处，自然也成为缩小城乡差别的一条捷径。旖旎的田园风光让人流连，想起了张明敏先生所唱的《垄上行》，但这不是秋色，而是已经丰收在望的夏忙季节。南宋著名爱国诗人陆游把初夏的景致写得最为传神：“纷纷红紫已成尘，布谷声中夏令新。夹路桑麻行不尽，始知自是太平人。”寥寥数字，一幅丹青图跃然心头。

车子开始在山路上行进，太平河已经大不似平日的静默，湍流一路高歌从大山深处奔涌而出，我们“不知叠嶂夜来雨”，只见“清晓石楠花乱流”了。伴着欢快的脚步声，我们来到了层峦叠翠的太平峪。

宏阔的声音由远及近，不一会儿，一条气势磅礴的河流出现在眼前。在关中腹地，很难见到如此盛大开阔的水面，河床几乎被全部吞没，奔腾的河水咆哮着向下游冲去。那迅捷的态势犹如狐兔竞走，穷于奔命；恰似鹰隼收翼，俯冲直下；快似空谷电闪，倏忽不见；地势稍高处，水流犹如骏马奔腾，顺坡狂奔，一纵难收；地势陡峭处，水势又显出不顾一切的架势来，好像万箭齐发，一去不回，仿佛要把阻挡它前进的一切全都撕裂开来；地势平缓处，水流又像明镜镶嵌在大地上，波澜不兴，温柔安静，仪态端庄。因地势的曲折回环，水面被分成异彩纷呈的图案——你可以尽情地遐想心中的美丽。两岸青山相伴，幽谷百合的神韵和圭峰美丽的传说强烈地吸引着我们，我们在晴明中夹杂着混沌的天气里开始追逐它的芳踪。

河流左岸的吊桥立柱上写着一副对联：“水因善下能成海，山缘思高可极天”，对岸山的入口处，也是一副对联：“青山不墨千秋画，泉水无弦万古琴”，中间嵌着四个大字：“圭峰镶月”，不用说，这便是它最具魅力的秀色了，只是我们没有那么多的时间观光，姑且算做是另一种美吧——因为缺憾，才可以在心中珍藏着一份牵挂，才更有以后再来的动力。

拾级而上，穿过一条金银花的藤蔓搭成的拱门长廊，我们在花香的氤氲里向山中进发。山色已经完全成了浓绿，雨后的大山更显出茁壮勃发的生命本色，很少见到花儿，满眼尽是青翠浓绿。因了前两天的雨水，低洼处形成大大小小的水潭，怡心亭的倩影倒映在水中，微风拂来，泛起层层涟漪，揉碎了它的幽姿，化作浮光掠影，如梦如幻。没有蔷薇，风中却传来袅袅的花香和着的青草味。想起了唐朝诗人高骈的佳句，“绿林阴浓夏日长，楼台倒影入池塘。水晶帘动微风起，满架蔷薇一院香”。

山脚下的景色已经够招惹人的了，但同行的老人们并不满足，孩子们也是兴趣正浓。于是我们沿着一条湿滑的崎岖小径向大山深处挺进——好多时候，不是“知足者常乐”，而是“不知足者常乐”——乐在奋斗的过程中，乐在征服了自然，乐在战胜了自我。

这是一条偏僻的小道，几乎没有行人留下的痕迹。我们小心地揪着乱草，拽着树枝，抓着岩石。到极难行处，手脚并用，身子紧紧贴着岩壁，躬身极小心地缓缓前行，彼此专注的神情和用心的态度连自己都被感动了——哪里有那么多的困难呢？关键在于态度。

行进到中途，圭峰已在眼前，但已无路可走。孩子们叫着嚷着打了退堂鼓，准备下山。但是“哗哗哗哗”的水响，像抓挠一样撩拨得我们不忍半途而废。正在进退两难的时候，素来话语并不多、喜欢用行动来证明的七十三岁的爷爷笑着对两个孙女说：“让爷爷探探路。”边说边向上慢慢攀爬。他那稳健的步伐连我们这些年轻人也自叹不如。不一会儿，爷爷的身影已经消失在密林之中，远处传来他洪亮而浑厚的声音：“快上，前边有瀑布群！”

我们循声而去，带领孩子们一鼓作气，穿过一片茂密的灌木丛，再攀过两块大岩石，眼前豁然开朗：一挂瀑布从山顶上飞泻而下，几经曲折，被硕大的岩石截为三段，形成了极壮观的画面：雨帘珠幕，玉珠万斛，老树新枝，杂花盈地，仰望苍穹，白云缭绕，霞光透过林荫洒下点点金波，浮动在潭水上，又像有无数的鱼儿在水中嬉戏。老人随口给它取了个极富诗意的名字——“三叠泉”。

走到开阔处，回首俯视，脚下是连绵起伏的青黛山脉，几乎可以触摸到云的衣裳，真正地体味了一回古人所说的“登山俯平野，万壑皆白云。身在白云上，不知云缠身”。而“晴云似絮惹低空，紫陌微微弄袖风”的感觉与“腾身转觉山天近，举足回看万岭低”的体验就更美妙了。还是王荆公在《游褒禅山记》中说得好：“夫夷以近，则游者众；险以远，则至者少。而世之奇伟瑰怪非常之观，常在于险远，而人之所罕至焉，故非有志者不能至也。”如果没有老人的老当益壮，一马当先，我们今天绝不会饱览如此美丽的景色；如果没有在草丛中的探险前进，也不可能有孩子们所说的“从没有路的地方走出路，就是创造力”的感悟。

站在距离圭峰近在咫尺的凌峰上，看着瀑布的肆意奔腾，一下子顿悟了“平地起风波”的说法——凡事都有它的由头，人总是在矛盾中生存、生活、发展、享受的，古人发出的“太平山上白云泉，云自无心水自闲。何必奔冲山下去，更添波浪向人间”的感慨，给予我们更多的现实意义在于合理、及时地处理、化解矛盾，把矛盾作为前进的动力，作为催生新生事物的力量。

我们在黄昏的时候向山下走去。下山的路并不好走，体力消耗得差不多了，新鲜劲也快没有了，杨万里说“莫言下山便无难，赚得行人空喜欢。正入万山圈子里，一山放出一山拦”！道理对头，用在此时却不合适。于是鼓励孩子们引用了陆放翁的名句，带着继续欣赏的眼睛下山——“山重水复疑无路，柳暗花明又一村”。而自己的心中只有一个想法，赶快回去，洗个热水澡，然后美美地睡上一觉，直到自然醒——人真是两面性的表演大师啊！想到这里，自己也禁不住偷偷地笑了。

倦鸟归巢，幽静的群山更热闹了，“万壑有声含晚籁，数峰无语立斜阳”。夜幕下的青山渐渐地离开了我们的视线，不能目睹“池光天影共青青，拍岸才添水数瓶。且待夜深明月去，试看涵泳几多星”的夜景，还是那句话，给自己留点遗憾，找一个故地重游的合适理由吧。再见了，神秘的圭峰，我们探寻的足迹还会再来的。

金丝峡的夏韵

今年古城的夏天比较难耐，天刚一放晴，气温便开始一路飙升，整个城区如同一只庞大的蒸笼，热得人喘不过气来，汗流浃背是最寻常不过的事情。这时候，如果能投身于大山怀抱，肯定会有一番不可多得的清爽。二十二日下午，在暴烈的阳光烘烤中，我们驱车走向渴慕已久的金丝峡大峡谷。

人在旅途

这是一条开通不久的高速公路，沿途连绵起伏的山峦苍翠欲滴，表现出咄咄逼人的疯长气势。大大小小的隧道群成为这条线上一道靓丽的风景，邃洞里透着幽暗的灯光，置身其中，仿佛在时光隧道里穿越。

太阳渐渐地向西天落下，薄暮开始降临。车子加快了速度——不是赶路，而是飙车，体验一种超越自我的极限美！远处大山的颜色越来越深，回首间太阳已经成为巨大的圆盘，非常抢眼，显得温柔、圆润。西天的彩霞写满了苍宇的辽远与壮阔。偶尔可见倏忽而过的飞鸟，它们是长途迁徙还是倦鸟归巢？是享受生命的快乐还是在奋斗中体验生命的律动，磨砺生存的本领？实现自我，是世间一切生灵追求的共同主题。

鸟儿在天空飞翔，人们在旅途行走，夕阳播洒满天的云彩，青山继续着夏天的辉煌，路旁的河流依旧“哗哗哗哗”奔流——一切都在按照自己的轨迹运动着，各得其所，各得其乐，这不是我们追求的相得益彰的美么?

夜幕完全降临了，车子沿着崖壁缓缓前进。在强烈的灯光里不时有走过的胖墩墩的兔子，偶尔也有受了惊扰的山鸡从草丛中、树枝间迅捷飞过。不用说，这里的生态环境保护得不错。当地朋友自豪的笑语证明了我的猜测：“这几年我们这儿综合治理力度大，环境保护舍得投资，现在财政主要靠旅游业。旅游业拉动了餐饮等经济链的繁荣。老百姓得了实惠，更加注意环保，所以形成了良性循环。”

远处连绵起伏的山峦露出黑魆魆的轮廓，已经看不见河流，只从那湍急的水流声中可以听出浩大的水势，公路附近的村落掩映在稀稀疏疏的灯光里，湛蓝的天幕上缀满了星斗。山区的夜被这造化之手装点得澄澈、空旷、辽远、幽深、静谧。这时候，感觉天地间的我是如此渺小，仿佛只是一枚轻飘的蒲公英的花蕾，被风裹挟着飘向远方。但我又想，即使远在天涯，也应该用一袭的绿色和花的事业来亮丽大地，回报地母的恩赐，在生生不息的奋斗中享受生命的朝阳，聆听生活的福音。既然来到这个灿烂的世界，就应该用自己创造的灿烂奉献它。只为这一念，我将辛勤耕耘，不负四季，不负流年。

夜宿拱月楼

晚上十点钟，我们到了金丝峡，夜色为它笼上了神秘的面纱。友人在“聚星阁”设宴，畅叙师生情谊。尽兴而归，已是子夜时分。

是夜，我们下榻在充满浪漫情调的“拱月楼”。打开窗户，温润的空气迫不及待地挤了进来。它弥漫着清幽的草腥味，处处张扬着一种充满生命韵律的湿漉漉的气息。尽管看不清楚，但仍然可以深切地感受到山的葱茏与水的灵性。这一夜，睡得很甜，仿佛回到了儿时乡下寂静的夜晚，做着儿时的梦……

菜园小记

翌日一大早，晨曦微露，鸟儿们就开始练功了，那清脆的声音和着潺潺溪流的欢歌，从四面八方涌向耳际，让人享受到天籁之音的曼妙和身心舒展的熨帖。一下子从床上爬起来，呼朋引伴，匆匆用罢早餐，便向金丝峡挺进。

太阳缓缓地从山坳间升起来了，东南的云蒸霞蔚与满眼的葱茏翠绿形成比照鲜明的色调。道路左边是叮叮淙淙的河流，河畔是一畦畦的时鲜蔬菜：辣椒穿上了绿袍，头顶上还扎着褪色的小白花；西红柿涨红了脸，竭力把身子从藤蔓中探出来；豆角伸着细长的脖子张望，似乎渴望游人的驻足欣赏；茄子把自己吃得壮壮实实的，推介着自己是“健康食品”；红薯潜伏在地下，让一袭的绿蔓匍匐在地面上打掩护；小青菜密密麻麻，但排列整齐，好像时刻准备着接受游人的检阅；黄瓜并不“荒”，绿得发亮，因了身上的绿刺愈发显得水灵灵的；丝瓜把身子高高地挂在搭建的竹篱上，在练“倒挂金钟”吧？

河岸右侧是新建的颇有江南水乡风格的屋舍：青砖、粉墙、蓝瓦、屏风，几乎家家的门楣上都贴着“吉祥如意”“耕读人家”之类的横批，而宽敞明亮的庭院最适合于城里人休闲和自家人纳凉，所以都叫作“农家乐”。

其实，快乐常常在过程之中，所谓的目的地往往只不过是获得快乐的手段而已。

挺进金丝峡

不觉之中便到了金丝峡口。这是一条悠长的峡谷。据说开发时因发现有金丝猴出没而得名。溪流伴着我们一路走来，时而水势盛大，激流飞驰，仿佛有巨大的动力在驱使着它昂首奔泻；时而回环平缓，几乎感觉不到水的流动，水面犹如明镜，水波不兴，绿树倒影，静如处子；时而微波荡漾，揉碎倩影，唱着欢歌潺潺而下。溪流中央的水草上，不时可见关中地区很难觅到的黑色斑纹蝴蝶，三五成群地翩翩起舞。

峡谷的两边，是茂密的树林和高峻挺拔的山脉。几乎看不见鸟的影子，但却到处是鸟的歌声。尽管在峡谷外看到的是艳阳高照，但是走进峡谷里，仿佛天近黄昏，浓密的树荫几乎遮住了前进的路径，阳光极力从繁茂的树叶缝隙间爬出来，洒下斑斑点点的光影，这个时候，你会对“遮天蔽日”有切身的体验。

中华文化的博大精深在山水文化中表现得最为突出。山水的灵性常常因为人们赋予它许多神奇的故事而显得更有文化魅力。

马刨泉的传说

进峡门约 200 米，在一块巨石底下，喷出一眼清泉，在极远的地方可听见水势咆哮的轰鸣。传说三国时期，战乱不断，苏娘娘追剿王弘、孟禧于此，大军人困马乏，饥渴难忍。情急之中，苏娘娘胯下战马一声长嘶，奋力一刨，一股清泉喷涌而出，大军得以解渴。

为了纪念这一盛事，后人遂取名为“马刨泉”。在丰富的传说中，正统和正义总是成为被弘扬的主旋律，这正是华夏民族文化凝聚力生生不息的源泉所在，也是人类对正义的追求与渴望。据说平时它的流量达每秒0. 39立方米，汛期则达每秒1立方米，水中富含对人体有益的锌、硒等矿物质，所以当地人称之为“神泉”。到此一游，不可不饮——清冽甘甜，爽口极了！

空谷幽兰

虽然已经过了观赏兰花的时节，但你依然可以从成片的兰株中想象兰花盛开时的盛大场面。兰花素有“花中君子”的美誉，我国传统文化中所说的“花中四君子”——梅兰竹菊，兰花排名第二，可见其地位之高，声誉之隆。据目前掌握的资料，这里的兰花是我国兰花族群中的珍稀品种，并且幸运的是没有遭到破坏。置身此地，不难想象，长约3公里的兰花谷，从峡谷沿着两边的山势攀崖扶壁，乘势而上，百万余株兰花竞相开放，争奇斗艳，彩蝶纷飞，馥香弥漫，整个山谷氤氲在浓浓的花香里，在这秦岭最大的兰花王国里畅游一番，也不辜负了花的美意。

云阁赤壁藤

所有关于生命顽强力的描写常常让我们感动得落泪。当你走进大山，当你看到那些绿色生命在难以想象的艰难环境里茁壮生长的时候，你心灵的震撼使任何文字的描述都显得多余和逊色。不信吗？那么请你看看这条在赭红色的岩壁上常年攀爬、练就了一身“钢筋铁骨”、成就了生命壮阔、直入云天的赤壁藤吧。

你看，它把根须牢牢地扎在石缝里，一点空隙都不留，然后挺起身子，一点一点地扭曲着、迂回着向上爬。狂风袭击过它，暴雨摧残过它，游人们用好奇、惊叹之后看似友好的爱抚方式伤害过它，它伤痕累累、蜿蜒曲折的躯体诉说着搏击的壮烈，它的根须也许已经有上百年了，裸露在地面部分的疙疙瘩瘩，紧紧扒附岩壁的虬枝显出无与伦比的沧桑感——对于生命的热爱，从它永不低头、毫不退缩的顽强状态中完整地得到了诠释。它给我们最重要的启示是：为了更好地生存，就要和命运不懈抗争；通向成功的道路千千万万，但学会在必要时的“能屈能伸”是至关重要的一条。

这棵赤壁藤还给我们提供了诸多的生物学知识。从专业角度讲，它叫赤壁草，属虎耳草科木质藤本，根须生出吸盘，吸附在岩石壁上，支撑枝叶向上延伸，老藤扎根岩缝，枝叶覆盖岩面，绝壁附藤，生机无限。

石 生 树

如果不是亲眼所见，我以为那不过是民间传说而已，但眼前的景象却不是幻觉：两块似为孪生兄弟的顽石中间令人不可思议地生出两棵树来，看不到一点土壤，两棵树的身子牢牢地嵌在石头里，茂密的枝干旁逸斜出，伸向峡谷，巨大的树冠形成了“逍遥伞”。这两棵树中，一棵是国家级保护珍贵树种铜钱槭，另一棵是花香，它们坚强、旺盛的生命力令人赞叹、感慨、遐思，过往的人们无不驻足观看。

一位耄耋老人在儿子的搀扶下走到“石生树”下，小心翼翼地把龙头拐杖放在一边，整了整衣襟，用干瘦的手指非常仔细地拢了拢稀疏的花发，脸上露着慈祥的笑容。儿子一边笑着一边引导老母摆好姿势，“咔嚓”按下了相机快门，笑声随之而来：“好了，妈，你看，照得很不错，您可以寿比石树啊！”母亲笑得合不拢嘴。这幅亲情图长久地留在我心里——亲情是世界上最无私、最纯洁、最伟大的感情，血缘的纽带让亲情的细胞孕育的胎儿在阳光下茁壮成长，生生不息，犹如薪火相传，照亮我们的心扉。亲情常在，青春不老！

飞天蝙蝠峡

沿着峡谷继续前行，是一片逶迤连绵的群峰。群峰的主峰，造型酷似一只蝙蝠头，两侧山脉宛如两只张开的翅膀，凌空飞翔，似与天公比高。

如果一个人走到这里，看到如此奇观，惊叹之余也不免有点紧张：大自然的伟力往往是人类无法比拟的。所谓“人定胜天”，更多的是一种勇气和毅力，一种不屈服、不屈从于自然的精神，一种冲天的干劲。精神可嘉，做法未必妥帖。耳不闻“只拉车，不看路”是非常危险的吗？这和“盲人骑瞎马，夜至池塘边”是一个道理，应该引起我们的深思。

天眷诗人翰墨崖

从蝙蝠峡前行，走过一段栈道，穿过汪汪一碧的湖泊，便到了翰墨崖近前。这座山峰巍然耸立，险峻秀丽，在陡峭的石壁上，仿佛有斑斑墨迹。相传这是“诗仙”李白仙逝后，驾鹤云游天下，路过此处，饮酒乐甚，遂挥毫泼墨，尽兴赋诗。天公感其旷世诗才，于是从云中泼墨，诗人笔走龙蛇，洋洋洒洒，遗漏的墨迹渗透此崖，遂成今日奇观。

人类的奇思妙想承载着智慧的灵光横空而过，美丽的传说让我们对文化有了更深刻的理解与顿悟：寄情山水，感悟文明，追求天人合一的境界，乃是我们弘扬优秀文化永恒的话题。

悠远的白龙峡

入峡口约 1500 米，便到了白龙峡，东西绝壁间仅相隔 2 米左右，相传峡内石燕寨道人为防止外人进入，曾在此凿槽插板蓄水成湖，并修建悬空栈道通行，至今古栈道遗迹尚存。湖水清澈，深可见底，依稀可见湖底的水草和白石，传说这里有龙出没，以此得名。

想起了刘禹锡的《陋室铭》，不过没有他那般雅致飘逸的想法。古代的隐士或因清高孤傲而远离尘嚣，或因仕途失意而遁入教门，或因生活窘迫而远走他乡，凡此等等。其中的绝大多数几乎别无二致地都选择了名山大川。自给自足，知足常乐，纵情山水，吟诗作画，好不逍遥！其实哪里是躲清静呀？大多数人不过是息马深山，审时度势，养精蓄锐，以图将来。他们中有不少人是耐不住寂寞的，所以隐姓埋名往往不过是“障眼法”和所谓“看破红尘”的托词而已——当然，这是文化苑中不可忽视的一朵奇葩，置身其中，对于静心养气、安神补脑、消弭浮躁不失为一剂良药。

空灵碧玉潭

在莽莽苍苍的群峰中，时时可见从岩壁上流泻的泉水。这些小小的溪流，飞下崖壁，穿过树林，趟过草丛，漫过石径，荡入谷底，汇成了水潭。水潭碧波荡漾，树影婆娑，宛如一块块巨大的翡翠，镶嵌在峡谷中，煞是好看。

这其中蕴含着的道理虽然浅显，但掌握起来并不容易：再小的场景，只要汇集起来，也会形成壮观的场面；再小的力量只要凝聚起来，也会形成巨大的力量。思考了，懂得了，关键是要做起来！

神奇的金狮洞

峡谷愈深，路愈险，树愈密，草愈茂，山欲奇，水愈秀。爬过一段陡峭的天梯，便到了金狮洞前。

洞里一块天然的巨石，没有任何雕琢的痕迹，那无疑就是酣睡中的“金狮”了！从不远处看，“金狮”的伟岸形象跃入眼帘：巨石两侧的顽石是它的耳朵，中间隆起部分是肚皮，岩石上细密的纹络便是毛发。由于岩石富含水晶石和紫晶石等矿物质，在阳光的照耀下闪闪发亮，因此美其名曰“金狮”。据说在这里虔诚地祷告，可以带来财运，果真如此，可真是喜出望外。

“金狮”的神奇主要不在于它造型的朴拙、大气，而在于它正对着对面的“聚宝盆”，日夜守卫着“金库”。别看它“睡着了”，即使它酣然入梦，又有谁敢轻易在“百兽之王”头上动土呢？如果你稍一留意就会发现，银行门前的雕塑几乎都是“金狮”——财富的守护神，财富文化的象征。

天井与“聚宝盆”

从金狮洞口眺望，正面一峰兀立，峰顶两端的翘檐高高凸起，左右两侧各有一座比它还高的山峰，与金狮洞所在的山峰形成了巨大的屏障，将它牢牢地拱卫在中央，把这座秀丽的山峰与周围的群峰连接起来，仔细观察，你就会领略人与自然的和谐神韵：一口被翠绿环绕的天井中镶嵌着一枚硕大无比的“金元宝”，人间财富尽在其中——山水的灵性给予人们的传统文化气韵在这里酣畅淋漓地再现了。游名山大川，不就是在痛饮文化的琼浆么？

抱憾月牙峡

在金丝峡中部，距离峡口约3800米，是黑龙峡的最窄处。在它的两边，一边是旗杆峰，一边是猫耳崖。从峡谷仰视，天空仿佛是一道弯弯的月牙，故名“月牙峰”，所在地域，自然称之为“月牙峡”了。这是地壳运动形成的一种天谷地缝式的峡谷奇观。

月牙峰以上是十三级瀑布群。由于时间所限，我们到了第一瀑就不得不恋恋不舍地向山下走去。也许遗憾本身也是一种美，惟其如此，才有再来的希望和念想。

典型的垂直带峡谷生态系统

走出金丝峡，回首间，再次为它美丽的风光所感染，造化的神奇令我们赞不绝口。从地理学的渊源中约略知道，峡谷垂直性差异造成光照、温度、湿度的差异性，原始、封闭、潮湿、弱光照的自然条件，形成了峡谷基部生长苔藓、蕨类、地衣等低等植物，中部生长繁茂的阴生小灌木、苔草类植物，顶端生长高大的乔木等三个梯次的峡谷植物群落带谱。植物垂直带谱明显，从下而上依次分布着热带、暖温带、温带植物的罕见景观。

现象是丰富多彩的，常常令我们在欣赏中眼花缭乱，而本质的东西深藏其中，具有相对的稳定性，不易为人们所发现。恰恰正是本质性的东西演绎着灿烂的世界物象。所以，在轻松愉悦的情怀中，怀揣探根究源的意趣和孜孜以求的精神，也不失为旅游的一大乐事——人生存在的重要目的，乃在于探索、发现中享受生活的乐趣。

登山的意趣

俗语说“看景不如听景”，又说“百闻不如一见”，总之是各有其理，各存其妙。譬如同一句话，从不同的人口中说出，其中的滋味也往往大不相同。这背后的缘由，恐怕多在阅历深浅有别、修养高低差异和生存环境不同。因此，同一件事，常常因参与者的观察和体悟角度存异，从而会得出迥然不同的结论。上周末，与朋友前往蓝田汤峪游览，自有一番非同寻常的感受。

依然是一个初秋的薄阴的天气，车子在环山公路上疾驰，两边是一望无际的田野。高大而深密的绿化林带陪衬出公路的幽远，仿佛一条天路把你引向遥遥天际，满眼郁郁葱葱的玉米地，宛如辽阔的青纱帐，地里间种的豆子用青青的藤蔓铺平了地面，一串串的果实正在做着秋收的梦。沿山地带的庄稼演奏着“步步高”的曲子，拾级而上，把健壮的浓绿色直洒向天边，清晰而错落有致的层次，令人赏心悦目。

沿着曲曲折折的盘山公路，行进约两公里，便到了汤峪湖畔。连绵的秋雨，丰满了湖水，青翠了群山。汪汪一碧的湖面上，偶尔有几只白鸽翩翩而过，仪态从容高雅；而湖畔葱绿的白杨树下，屋舍俨然，酒旗猎猎，各家尽显其能，主人热情地吆喝着，拿手小炒和时鲜特产一应俱全：核桃、野生猕猴桃、野葡萄、山野菜是主打产品，享有盛誉的蓝田饸饹、老豆腐、神仙粉更是名副其实的招牌菜，而烤鱼、清炖土鸡、野葱炒鸡蛋也颇有地方特色。面对如此丰盛的农家菜肴，单是看上几眼，便会抵挡不住诱惑，垂涎欲滴的感觉在心底一漾一漾的，更不要说坐在那里大饱口福，尽享美餐的开心了。

此行的目的是登攀西峰。从湖边极目远眺，西峰笼罩在一片薄薄的云雾之中，三座朱红色的亭子掩映在万绿丛中，显得颇为惹眼。走到第三个亭子，也便到了西峰之巅。

路不算陡峭，拾级缓缓地走，并不觉得累。“不怕慢，就怕站”，不知不觉中便到了第一亭。回首间，发觉这山也算不上秀丽，到处是灌木丛、荆棘草、野酸枣，加之周围没有水源，所以少了几分灵性，满心的兴致随着高度的增加在递减。

不一会儿，太阳钻出了云雾，天地间霎时成了巨大的“烤箱”，缺少树木的荫庇，便也少了清凉对人的呵护，天气愈加闷热，知了在肆意地叫着，整个人暴露在“光天化日”之下，那副汗流浃背、举步维艰的样子实在显得有几分狼狈。

越往上走，脚步越沉重，衣服已经完全贴在身上，嘴角是浓浓的咸味，眼睛被汗水淋得有点模糊，大口“呼哧呼哧”喘着粗气，一股炉火呛人的味道。好多人已经没了兴趣，半途而返者不在少数，一路上总有询问者：“离山顶还有多远？上边有啥？”回答是少有的干脆：“啥也没有！别上了！没意思！”

我们也受了影响，走到二道亭的时候停了下来。前面的几位游客坐在那里歇脚，聊得很是开心。其中精神头特足的老妇人说道：“咱爬山是为了锻炼，顺便检验一下身体状况，身体虚弱的就不要再往上爬了，小心中暑，出来啦就要相互照应，别惹出个麻烦弄得大家扫兴。再者说也要对人家组织者负责。好心让大家出来休闲，结果弄得不愉快反而会伤和气。人活着为啥？图个好心情呗。”那位年轻的女士显得比较斯文，一边喝水一边微笑着附和："大妈说得对！一块出来，就要遵守纪律，相互照应，要有团队精神，不能各顾各，万一把谁落下啦都不好看。爬山是找乐子，最大的乐趣在于我们大家都高兴。"站在亭角边一直远眺的姑娘仿佛没有听见这二位的交流，兴高采烈地开了腔："嗨！你们往东边看，山顶上的云雾飘来飘去，好壮观哟！再瞧南边，那一座山峰上的石头白灿灿地裸露着，藤蔓匍匐在山体上，多像一幅山水画屏风！哎！看北面，汤峪湖碧波荡漾，那些划船的人们，多自在呀！再望西天，西峰峰顶已近在咫尺，加把劲儿就上去了！转身三百六十度体验一下。"说着做了一个很大的转体动作，"群山都在咱们脚下啦，我们成了山的主人了。咱们不来，这山一定会寂寞的！"说罢自己先笑了起来。大家的精神头又来了，开始继续前进。我相信，在这样的情境里，你会对"人是万物之灵"有更深的体会！

想起了六月份与朋友们在终南山黄峪寺游览的情景。黄昏时分沿着雨后的险径向大山深处挺进，满山的翠绿和遍野的杂花在招引着我们的视线：一边是深沟险壑，一边是迷人风光，而山里人的闲静、好客、淳朴、悠然给我留下了至深的印象，那位杏园女主人朴素的爱情故事犹如山泉般清澈：从商南采药到山北，偶然遇到了在山坡上耕地的小伙子，双方互相搭讪着，慢慢熟悉了，假以时日，喜结连理。这富有传奇色彩的而又极其平淡的乡村爱情故事，简单、明快、质朴，和和美美的恬淡生活诠释了大山深处幸福的"农家乐"。几间崭新的瓦舍门口一棵百年板栗树诉说着岁月的沧桑，而树荫底下正在开心玩耍的孩子们，给我留下了"十年树木，百年树人"的遐想。

成片的杏树林枝丫间挂满了黄亮亮、红彤彤的果子。山里人是豪爽的、大气的，他们热情地招呼着我们，我们全忘记了已是不惑之年，一个个欢实得像猴子一样，攀爬在粗壮的枝干上，腾挪、屈臂、猫腰、钓挑、金鸡独立、双臂合围，好一副“老夫聊发少年狂”的模样，边采摘边吃，这过程中的乐趣远远超过满载而归的美感。

夕阳西下，晚霞中的流岚萦绕山冈，满树的金辉渐行渐远，又一个美丽的日子与黄昏牵手消逝在缀满星斗的夜幕里，准备做一个好梦。

我经常想，我们为什么喜欢结伴而游？源于内心对友情的渴望和精神的慰藉？源于参差共融产生的和谐之美？源于意趣相投？都是，也许部分是。但最重要的是听从内心的召唤。生活是否如意，取决于衡量的标尺和对未来的憧憬，也不可不顾及对现实的审视——心态是幸福最重要的审视标准，登山何尝不是如此呢？

登山的意趣无需刻意地怀揣期待，只要用善于观察的眼光和一份恬静的心境去感受，以关爱与宽容做调料，以才情与悟性作羹汤，那些美丽的景致终会化作满心的欢喜，生长出快乐的细胞，把幸福的基因种植在周身的每一个毛细血管里——美在心中比留在笔下更好！

我们每个人的需求不同，爱好不同，但放松的心情并没有质的区别，以欣赏的眼光去看待周围的世界，世界也便会以美丽的姿容款待我们的眼睛。当它成为一种期待，成为一种预设，成为一种任务的时候，那么应有的欢乐便会在折扣中黯然失色。

当年的意气风发，已为日渐丰富的阅历和沉潜的心境所取代，但浪漫的颜色并未因年轮的增加而消褪，反倒在岁月的流逝中更见亮丽——心中珍藏的浪漫一遇适宜的环境便会破土发芽，人生经历的阶段性特点有时一旦越过，不免会留下遗憾，可是它总会以别样的方式予以弥补——毕竟走过，滋味虽然不同，但也自有它的风韵。譬如登山，挑战了体力、耐力和意志，自己会获得一次超越自我的体会；聆听了游客的对话，欣赏了造化的魅力，也便有了意想不到的收获——不把登山看作目的，处处带着闲适的心情去欣赏——欣赏自己，欣赏他人，欣赏山水，总会生出一份飘逸和旷达的意趣。

行走的风景

当时钟在清晨六点三十分准时敲响的时候，女儿已经迅速地穿好了校服，在梳妆镜前仔细地打量着一个八年级新生的容貌。短短两个月，令女儿非常自豪的是她的个头已经超过了妈妈，这成长的速度犹如雨后春笋，势不可挡。孩子在一天天地长大，生活自理能力也在岁月的流泻中日渐增强。

暑假里，女儿学会了不少生活技能。择菜的细心，切菜的认真远在我之上，煮面条、下饺子更不在话下。我们父女俩相处的时候，刷锅洗碗多半成了她未必“自愿”的自觉行为，理由非常简单，女儿总说我“洗不干净”，对于这样的结果我自是非常乐意，只是不敢声张，躲在书房里一边翻书一边偷着乐——未及年衰，但享“清福”，真是优哉游哉啊！

女儿的学习习惯也是大有长进，我向她表示了谨慎的祝贺，也表达了继续努力的心愿。我沉浸在暑假美好时光的回忆之中，一声“爸爸、妈妈再见！”女儿便飞也似的奔出家门，奔向她告别了近两个月的母校，新学期的校园生活也在这充满明快节奏感的脚步声中拉开了序幕。

红红的花/绿绿的草/早行的人们出发了/自行车铃儿叮铃铃响/树上的鸟儿叫开了/啊/早上好/早上好/早晨的阳光

多美妙

度过了漫长而轻松的暑假，在这美妙的歌声中，孩子们迎来了新学期、新学年的第一天。

走在大街上，在凉爽的秋风里，在满眼可人的绿意中，沐浴着清晨的第一缕阳光，看着熙来攘往的人流，看着这动人的画面，心中涌动着一份难以言传的激动和感动：开学了！开学了！孩子们开始从四面八方走向他们快乐的精神家园。看吧，路上处处是美丽的风景。

一

靓丽的妈妈推着童车，孩子坐在车子里专注地摆弄着玩具，全然无视路人的关注，一副憨态可掬、活泼可爱的样子。面相斯文、戴着近视眼镜的爸爸扛着崭新的被褥跟在后面。孩子的周围，是送行团队的核心成员，从那些亲昵的动作和年龄来看，应该是爷爷、奶奶、姥爷、姥姥，他们不停地念叨着，一会儿对着孩子，一会儿又相互攀谈——风信子捎来了他们对幼儿教育的强烈关注。

二

年轻的爸爸一手提着鼓鼓囊囊的书包，一手牵着胸前挂着钥匙链的孩子，边走边笑谈着。在这一瞬，亚米·契斯《爱的教育》中许多亲切的画面浮现在我的眼前。其实，亲情教育、感恩教育最直观、最生动的范本常常就在我们身边，只是由于我们习惯于在课本中、在宣传中寻找榜样的力量而忽视了最亲切、最真实、最平常又最具针对性和实效性的教育资源。改变定势思维，往往会豁然开朗，开辟一片崭新的天地，迎来明媚的光景。

三

爷爷推着自行车，车座上的小宝贝高兴地按着铃铛，奶奶在旁边小心翼翼地扶着孩子，幸福感如同微风中的湖水在他们沧桑的脸上荡漾，这隔代的“吉祥三宝”在阳光中更加引人注目。孩子永远都是老人们的“开心果”，是老人们身心健康、延年益寿的催化剂，是家庭教育资源开发的助推器。这温馨的一幕对“隔辈亲”做了最好的注解，成为流动的风景线中最美丽的画面。

四

小学高年级的孩子们渐渐脱离了父母的羽翼，他们身着颜色清爽的漂亮校服，三三两两，肩并肩、手拉手，边走边热烈地聊着，孩子们活泼快乐的天性看着都让人心动，他们可不会放过任何一次与同伴交流的机会来分享彼此暑假的快乐生活。从个头体型猜测，骑飞车前后追逐、很快消失在视线里的多半是中学高年级的男子汉们。青春闪亮登场，年轻的魅力和对未来的憧憬在深切地呼唤着教育工作者勇力向前，我们哪里敢有丝毫的懈怠呢？

五

公交车上也是久违的热闹和多彩：戴着红领巾、挎着双肩包的孩子们像清晨的鸟儿，叽叽喳喳叫个不停，大人们不时地看着他们，也开心地加入到有关开学的话题交流之中。汽车的喇叭似乎也忘了禁令，欢快地鸣叫着。奇怪！昔日的噪音今天却像变魔术一样，成了动听的音乐！孩子所在，快乐所在，希望所在！

六

路过校门口，在匆匆的一瞥中，首先映入眼帘的是在醒目位置高高悬挂的标语：“欢迎新同学，迎接新学年”，“新学年，新打算，新作为，新气象”。老师们脸上洋溢着温暖的笑容，身着校服、排列整齐的值周同学极有礼貌地向过往的家长和同学问好，他们的举手投足无处不显示着文明、礼仪、和谐、青春和活力。

俗话说，“一年之计在于春”，如果以学年度来看，似乎称之为“一年之计在于秋”更好些：它既满载着硕果累累的丰收喜悦，又向莘莘学子传递着耕耘的辛勤必将换来收获的期待。在这初秋的晴朗的天气里，在这新学期、新学年伊始的时刻，我更愿意把最美好的祝福和祝愿送给敬爱的老师、尊敬的家长和亲爱的学子们，用我们彼此的辛勤汗水蘸着智慧的琼浆，酿造出快乐成长、愉悦工作、开心生活的醴酪。美丽动人的笑脸，氤氲书香的校园，将在孩子们的欢歌笑语中迎接每一个美丽的今天和明天。

秋　思

细雨蒙蒙的天气里，一曲斯琴格儿勒的《带你一起看草原》，把我秋日里的思念牵到美丽的校园。这种温馨亲切的感觉离我已经两年多了。此刻静静地坐在书房里，任思绪云飞轻扬。理查德·克莱德曼舒缓缠绵的钢琴曲，仿佛澄澈的湖水，把造化丹青染就的层林，洒满阳光的田间小径，尽收眼底。秋天正在忙着打理花儿的事业，孕育果实的梦想。我在这梦幻般的季节里，看着爬满绿藤的窗棂和阳台上正在疯长着的辣椒，挂满枝头的红豆，享受着一份假日的惬意和丰收在望的喜悦。这些可爱的精灵们，既有花团锦簇的美艳，又有硕果累累的丰满，把交相辉映的生命赞歌扯向遥远的天际。那密密挨着的叶片一律绿油油的向上支棱着身子，没有任何谦让的意思，谁不愿意在这美好的季节里尽情展示生命的辉煌呢?

看吧，这些纹络细密的叶脉宛如生命的涓涓细流，汇成浩瀚的律动的海洋，尽情地徜徉其中，聆听生命如竹笋拔节的乐音，感受成长的快乐和成熟的圆润，而另一种对青春即将作别的惆怅又在我的心头潜滋暗长。生活的美颜在这丰富、丰收与丰庆中化作窗外的绵绵细雨和屋内的点点灯光，这一切仿佛都在召唤着你：停下匆匆的脚步，抖落一路的征尘，在这闲暇的周末光临的时候，尽力释放欢愉的心情，让一周的劳累得到稀释、缓解，让安逸、清静来抚慰；捧一杯清茗，信手翻阅心仪的报刊，留住惬意的光临；或者什么也不必想，只是静静地享受一份从容与闲适。当然，我以为更美的是邀上三五好友，看山色如黛，观枫叶流丹，赏幽谷飞香，沐清风明月，享受遐思的快感。

日子如水一般，它从来不因我们的留恋而迟滞流泻的欢歌，高节奏的生活和工作旋律，常常令我们头晕目眩，无所适从，体味不到太多的乐趣与意趣，甚至有时候连抱怨的时间也没有。而每每这个时候，便增添了一份思考的肃然。

此刻，在难得的悠闲中，看着阳台上曾经青春的枝蔓已经饱含成熟的流韵，满载即将收获的喜悦，自然生出对自己劳动的杰作期待的满足感和成就感：在物质生活极大丰富的今天，劳动的重要职能在于创造精神财富，在于满足人们的精神渴望和文化诉求。从某种意义上说，作为现代人的增值点主要体现为灵魂的高贵、丰富和善良，外化为一种从容不迫、气静神闲，又洋溢着时代精神的深刻、冷静与热情，敢于创新，勇于负责，我以为这是优良传统与开拓进取品质传承与发展的必然要素。

思绪又飘到了倏忽而过的一周。在四天的时间里，跨越四个区县，走访了六所高中。那些美丽的校园中的园丁们恪守对事业的忠诚，怀揣梦想努力工作，奋力搏击。“精益求精，细致入微”，这是精细化管理应有的内涵，我看到了它流盼的美目——虽然不免化妆的痕迹；“幸福教师，快乐学生，成功学校”，我听到了这令人振奋的口号——虽然我在善意地谢绝了陪同人员后从学校开展的各项活动中未能深切地感受到应有的活力，但我依然为同行们的着力探索和积极向上的状态所感动。一所学校的发展主要靠的是校园文化精神的支撑，大家都在全力铸造——不管是粗加工，还是“舶来品”；也不管是大而失当，空泛抽象，还是特色初显，初见端倪。我以为，最可喜的是同行们都已经在属于教育本质和彰显教育真谛的方面积极求索——只要行动，就有收获！

沿途美丽的郊原风光诉说着秋的丰盈，用满载的成熟把一个丰收在望的季节呈现在我们面前。城区的热闹与郊原的静谧渐渐融为一体，城乡一体化的进程在我们的切身感受中步伐越来越快，年少时充满浓郁乡土气息的村落渐行渐远，那些亲切的乡情却如影随形，在我近来读完的贾平凹先生的小说《浮躁》和《秦腔》中变得更为浓烈。故乡啊，那个魂牵梦绕的地方，不仅有我年迈的父母，有我儿时欢乐的天堂，有我青年时代的理想，更是我不管走到哪里都永远不能忘怀的生命之源啊！绿叶不会忘记对根的情意，人又怎么能忘记生育养育他的故乡呢？

盘桓在这秋的风光里，一幅幅造化铺陈的水墨丹青蔓延流芳，美对感官的刺激逐渐化作空灵的舒缓，化作对人本身的遐思：人是什么？一百多年前，一位西方哲人说，“一半是魔鬼，一半是天使”，另一位导师说，“人是各种社会关系的总和”，而古埃及半人半兽的斯芬克斯为人给出一个千古之谜：早上四条腿，中午两条腿，晚上三条腿。这其中描述的人的非人非兽、亦人亦兽，不正是人的复杂性的写照么？不管是“人之初，性本善”的一家之言，还是“人之初，性本恶”的自成一派，也不管是“人之初，如玉璞，性与情，俱可塑”的认识升华，都从一个方面说明了人本身是一本最难读懂却最有诱惑力的书籍，我们的一生都在做着认识自我的事情。而对和平的向往，对善良的呼唤和美好的期待，自古以来都是人类追求的永恒主题，愈是社会处于转型期，人们愈是对此有着强烈的呼唤——人不能因只限于追求物质享受而成为纯粹的经济动物，如果那样，将使人完全沦为动物的标识，人的高尚性、高贵性将等同于动物本身的样子，人将贬值为动物本身。

写到这里，屋外雨打窗棂的声音把我的思绪又带到遥远的过去，爱因斯坦的一段话在耳际回响：“我每一天一再提醒自己，我的精神生活和物质生活都依赖别人——活着的人和死去的人——辛勤的劳动，因此我必须竭尽全力，以便给予别人等量的东西。”

雨　趣

国庆节长假的最后一天，我约上好友，拜访了多日不曾造访的曲江南湖。我喜欢泊满凉意的初秋薄雨天，朦胧迷离，寂静清阔，造化丹青的写意把一个梦幻般的世界呈现在人们眼前。

走在烟雨蒙蒙的曲江湖畔，湖水浩淼连天，榆柳含烟叠翠，亭阁古韵悠长，画舫独享清韵，龙口玉珠飞溅，溪流漫漱石径，群鸭悠闲踱步。雨落成趣，人在云天，物我相宜，自是惬意。这时候诗意油然而生："微雨池塘见，好风襟袖知"，"落花人独立，微雨燕双飞"，"如何得与凉风约，不与尘沙一并来"，"最是秋风管闲事，红他枫叶白人头"……诗歌绵长了历史，风景丰满了人生。

站在诗坛上，周围拥绕的唐诗仿佛在诉说着时世的辉煌，那些或飘逸洒脱、或风流倜傥、或沉雄豪放、或直面时弊的芸芸众生从遥远的天际走来，他们在以自己独特的灵性感悟着时代的脉搏，成为时势或勇立潮头的文化领军人物，或摇旗呐喊的猛将走卒，而贯穿诗篇始终的则是经世济民、苍生为念的文人情怀。

这些世代相传的民族文化，无处不彰显着与民族前途同呼吸、共命运的意蕴，继而将文化升华为一种生生不息的民族精神——博大的胸襟，开放的视野，革新的魄力，励精图治的作为，昭示于今的繁荣，不正是我们在历史中孜孜以求的风骨么？

在这空灵俊秀的天气里，驻足于熠熠生辉的文化圣地，流连于汉风唐韵的深邃幽远，顿生宇宙无限，人生有涯的感慨。我们呼唤人间的真诚、率性、善良、丰富、儒雅、高贵；我们渴望拥抱自然，怡情山水；我们崇尚返璞归真，亲密平淡。其实，我们一生都在探索着自身存在的意义，一生都在探索着人生的奥秘，一生都在追求着合乎人类规范的幸福所在。

由东口入，绕湖西行北折，约四百余米，红墙碧瓦，参差颜色，便是满园盛色锁不住的大唐芙蓉园，虽未置身其中，也可以想象它恢弘的气势和奢华。而落成不久的大唐不夜城的万千景象，则印证了我们对盛世的怀恋和繁华的向往。但我总觉得那些速成的建筑中弥散着浮躁的味道。一个文化圣地，也许清静一些会更好，王谢堂前的飞燕，早已在寻常百姓家的檐下落户了，我们为什么还要再造一个新的“王谢堂”呢？历史不会自然地告诉未来，它需要我们潜心研究，需要我们在尘埃覆没的底下发掘构筑心灵安顿的精神养料。

我喜欢罗素的话，参差多态乃是幸福之源。雨中闲步，美事一桩。

玉树临风正有时

这种美妙的感觉已经是二十多年前的体验了。思绪依然是那样的云淡风轻。韩红的一曲《天路》让我在奔放嘹亮的歌声中，领略到雪域高原莽莽苍苍的壮美辽阔，而戴望舒的《雨巷》流泻的江南情愫，让我想念故乡，油然而生淡淡的哀愁。生活的美在这壮阔与哀婉中化作夕阳下的缕缕炊烟和黄昏的点点灯光，这是在召唤远途的孩子早点回家了。

我在这如梦如幻、如歌如诉中，坐在爬满绿藤和开着朴素的不知名的杂花的阳台前，享受着一份清凉与寂静。这些朴实的精灵们的叶脉宛如生命的涓涓细流，在我的心头潜滋暗长。

在那三百六十五个少有的日子里，心绪犹如大海上飘荡的一条小船，没有“君看风浪里，出没一扁舟”的闲逸洒脱；没有“弄潮儿向涛头立，手把红旗旗不湿”的豪迈激昂。在素有“陕西后花园”美誉的岭南文化名城汉中返回西安的路上，青山绿水挡不住内心的忧虑；在以“塞上明珠”饮誉华夏的榆林的镇北台上，大漠的苍凉悲壮陪伴着我，在风中倾听我的内心独白。我发出了“生死中年两不堪，生非容易死非甘”的慨叹；在越南闻名遐迩的“海上桂林”下龙湾，迎着海风仰望满天的星斗泪流满面，心底不断地涌动着一个声音，“三十功名尘与土，八千里路云和月，莫等闲，白了少年头，空悲切”；在古城清晨寂寥的大街上，望着鼓楼上翩翩起舞的燕子，呢喃着倏忽间直入云天，猛然想起早已过了“双飞燕子几时回？夹岸桃花蘸水开”的季节，现在已然是浓荫密匝、青果满枝，“最是橙黄橘绿时”了，感喟于“未觉池塘春草梦，阶前梧叶已秋声”的时光流转的匆忙，不免对虚度年华生出感慨。

日子悄然地从指尖划过，“爆竹声中一岁除”“二月春风似剪刀”“烟花三月下扬州”“人间四月芳菲天”都在不知不觉中飘然而过，“五月槐花香”已成为记忆，“映日荷花别样红”也渐行渐远。我心中的那份感觉却在一天浓似一天地升腾，仿佛要涅槃重生了。在回眸的一瞥中，猛然发现自己并非甘于平庸，其实也做了许多不愿做但却有意义的事，从未闲置的文字成了流动的历史，诉说着岁月的沧桑和我的喜怒哀乐。原来一个执着的信念在冥冥之中支撑着我、鞭策着我，鼓励着我，引导着我：不轻言弃，大爱有为。

我记得在那美妙的一刻，在我的眼前出现了你，犹如昙花一现的幻影，犹如纯洁之美的精灵。在那喧嚣的都市尘埃中，在那月光粼粼的乡村中，在那海天相接的宏阔中，在那烟雾缠绕的山峦中，在那孤寂清冷的旷野中，在那索然无味的假日中，在那风雨潇潇的深夜中，你云集的乐善好施，侠肝义胆，干练决绝，率真直白，明眸善睐，真诚善良，宽容仁爱，果敢坚毅，意气勃发，春风雨露，久久荡漾在我的耳际，久久在我的眼前闪现。我曾经发出“天下相识多，知己能几人”的慨叹，我曾经沉迷于“西出阳关无故人”的真情，我曾经有过“同是天涯沦落人”的惺惺相惜，我曾经向往“男儿何不带吴钩，收取关山五十州”的豪迈，也曾心生“指点江山，激扬文字”的壮怀……

那些日子，已经在日历的翻动中渐渐褪色，化作历史苍穹中若隐若现的星辰。西方那位哲学大师的话又在耳畔回响：“有两件事情深深地打动了我的心，那就是天空中闪烁的星辰和隐藏在人们内心深处的道德规范。”

“此情可待成追忆，只是当时已惘然”，　“人生可意最师友”……

坐在自己亲手构筑的书城里，感受梅香透彻肌骨的芬芳，对我来说，还有比这更快乐的事情么？相识于青萍，熟稔于交心，乃是人生中的不可多得的快慰。我愿意把这流金岁月定格在我的笔下。

谨以此作献给我的教师朋友们！

请饮一杯月光茶

今夜是属于恋人的。今夜星光灿烂，今夜月光皎洁。今夜我用盛满《忘情水》的《青花瓷》杯，邀清澈的月光映照水中，把《千里之外》的《思念》，用《祝福》《牵手》，化作深情的咏唱——《当我遇上你》，就知道《不可不信缘》的《味道》！《后来》，我《读你》的时候，用了《爱情三十六计》和《七十二变》，我已《爱的无可救药》，起初的《雾里看花》犹如《滚滚红尘》的纷扰，我努力《一心一意》，《渴望》在《天天向上》中《懂你》——《我的眼里只有你》，你是《独一无二》的，我《注定》不再《一辈子孤单》，我《祈祷》——在讲述《光阴的故事》时，《昔日重现》，《一生有你》！我们会《爱如潮水》——《只要你过得比我好》，我们犹如《两只蝴蝶》翩翩起舞，《让爱飞翔》！

今夜，我虽不能成就“月上柳梢头，人约黄昏后”的浪漫，但我会在心底《千万次的问》，我将用《黄玫瑰》的歌声唱出《信天游》的婉转，唱出《铿锵玫瑰》的力量，思《月亮之上》，望《彩云追月》，虽然《月满西楼》，你《在水一方》，但我依然《为你写诗》。我们会因心灵的电码共同品味《最浪漫的事》——《爱你一万年》！不！那样太短，我愿在今夜穿越时光隧道，携千年诗句，为你吟诵《上邪》——“我欲与君相知，长命无绝衰。山无陵，江水为竭，冬雷震震，夏雨雪，天地合，乃敢与君绝”！

今夜是属于家人的。今夜的月光串联着往古今来的咏叹，诠释着亘古不变的亲情主题。一首《流浪歌》让我潸然泪下，而孟郊的《游子吟》又饱含了多少拳拳心、眷眷情！母亲啊，亲爱的《白发亲娘》，请让我以一颗《感恩的心》为您点播一首《两地书，母子情》吧，也捎去一个儿子对敬爱的七十九岁的《父亲》的问候吧！捎去对《睡在我上铺的弟兄》和《我的兄弟姐妹》的问候吧！

今夜月光朦胧。我痛饮造化酿制的琼浆，让月光茶把悠远的思绪化作浓浓的恋曲。今夜，我不能在黄庭坚的《鹧鸪天》里享受“身健在，且加餐，舞裙歌板尽情欢”的聚宴，也没有李清照的《声声慢》中“这次第，怎一个愁字了得”的感伤，我只觉得我是杜甫《旅夜书怀》中的匆匆过客，“飘飘何所似，天地一沙鸥”！《我醉了》，真的醉了，醉倒在《白桦林》中。我仰《望星空》，问《十五的月亮》可否《轻轻地告诉我》《星星知我心》？把《千里明月寄相思》的情愫，转接在《水调歌头·明月几时有》的豪迈里！《望故乡》的方向，我《是否》只能在这古城的月光下，坐在我《爬满青藤的小屋》的阳台上，聆听吕思庆荡气回肠的《梁祝》，聆听理查德·克莱德曼那浪漫的钢琴曲《致爱丽丝》，聆听葫芦丝悠扬的曲调《月光下的凤尾竹》，聆听委婉动人的《花好月圆》，然后浅吟低唱一曲《美美美》？

今夜是属于诗人的。今夜清辉皎洁，今夜笙箫唱晚，今夜心旌摇荡。我在这美如梦幻的月光下不奢望《一帘幽梦》中呈现的《月朦胧，鸟朦胧》，我愿静静地坐在这里，在《高山流水》的乐音中，享受《走四方》后《静夜思》的感伤。于是，我第一次如此忘情地把近年来收藏的音乐碟片全部摊开。那依依惜别的《阳关三叠》，那哀婉缠绵的《雨霖铃·寒蝉凄切》，那碧波荡漾的《春江花月夜》，那慷慨激昂的《念奴娇·赤壁怀古》，我陶醉在这如泣如诉、如诗如歌、如醉如痴的仙境中，手捧月光茶一饮而尽！清朗的迷离的夜色，温润的冷艳的夜色，澄澈的混沌的夜色，我体验了舒伯特的《小夜曲》令人流连的静谧，感受了柴可夫斯基的《天鹅湖》的纯净高远，而十四首属于云端的心情故事，再现真实的天空历程的“班得瑞”，还有詹姆斯·拉斯特乐队那美轮美奂的演奏，都令我情不自禁，不能自已！我哪里是《一无所有》？我分明是《所向无敌》啊！

今夜是属于天涯游子的。为什么总要在今夜伤怀？为什么每每在这一刻我总是想起台湾诗人余光中的《乡愁》？为什么我常常在这一刻总会想起我引以为自豪的故乡的书法家于右任先生在生命的晚年写就的泣血文字《望故乡》？为什么冰心老人旅美时在漂泊的大海上写下的诗句《大海》往往在今夜飘然而至？为什么闻一多先生的《七子之歌》让我如此动情？为什么海外赤子在今夜总会油然而生“海上生明月，天涯共此时”的感动？《静夜思》，最思是《故乡》。

今夜无眠。天涯不过咫尺路，天涯何处无故人？我在柯岩小说的《他乡明月》里读到你娓娓动听的言语，我在霍达的长篇小说《穆斯林的葬礼》中读到你感天地、泣鬼神的唯美真情，我在贾平凹的小说《秦腔》里读到你平实中浓浓的乡情，我在路遥的小说《平凡的世界》里读到你赋予的与命运抗争的不竭动力，我在周国平的散文《善良·丰富·高贵》中读到你生生不息的文化意蕴，我在泰戈尔的诗集《新月集》里读到你旷世幽远的意境之美。驰骋疆场的忠诚卫士因你的皎洁静美而感受风雨兼程的壮丽，天涯倦客因你的冰清玉洁而重温家的温暖，海外游子因你的朗润眷顾而顿生“天涯咫尺”的亲切。我在你的素光中默念伟人的诗句，“东方欲晓，莫道君行早。踏遍青山人未老，风景这边独好”，我在你温柔的注视下拜读艾青先生深情的心灵呼唤，“为什么我的眼里常含泪水，因为我对这土地爱得深沉”！

今夜是属于我的，今夜也注定是你的，今夜更无疑是属于华夏儿女的。今夜的月光牵着你的梦，连着我的心，横渡万里关山，普照天涯海角，神交古人，视通天地，传承着华夏璀璨的文化，诉说着历史沧桑中的情缘，把一个古老民族的伟岸与旷达、深邃与广博、深沉与浪漫、传统与开放，在从容中激情演绎。

今夜的月光是扯不断的牵连，今夜的月亮是永不褪色的胎记，永远地生长在你我的心里——月到中秋分外圆——月圆时，团圆时。

与君同赏月亮湾

中秋节，一个与月亮有关的节日。可是，今晚的月光来得实在不容易，甚至有点出乎意料。当然叫喜出望外更合适一些。昨夜还是风雨交加，今天几乎一整天也是阴云密布。人们似乎不再抱有希望，往来的信息里尽管都是些关于“花好月圆”的祝福、祝愿，但是，阴沉的天气多多少少冲淡了节日的气氛。

我一直以为心存希望便总会有希望。今夜更是如此，我相信奇迹一定会出现。事情往往会在看似毫无转机的时候迎来转机。这并非出自事后的英明，而是无数次耳闻目睹的结果使然。经验也是一种力量，一种财富：它内含理智判断的成分，唤起人们似曾相识的激动，游刃于对未来趋势的正确预测。我是怀着这种心情等待着夜幕中如约而至的美丽。

渐近黄昏，云层少了霸气，厚重的铅灰色越来越淡，慢慢地露出了浅浅的棉絮状，看上去可眼、温和、亲切、风情，自然也与今宵期盼的情调越发地浑然一体了。东天开始泛白，白里透出些许光亮，越来越薄，越来越亮。仿佛就在一刹那间，一轮明月穿过云层的最后一道防线，“咣”的一声，光芒四射，澄澈夜空！在这一望无涯、莽莽苍苍的天幕下开始演绎所有关于亲情、爱情、友情、乡情的美丽传说。

古往今来，有多少文人墨客写下了不计其数的诗词美文对月抒怀，感慨人生短暂，盛赞人间真情。“明月皎皎照我床，星汉西流夜未央”，“青天有月来几时？我今停杯一问之”，“海上生明月，天涯共此时”，“明月却多情，处处随人行”，“月白风清，如此良夜何”，“多情谁似南山月，特地暮云开”……一朝风月，万古长空，此情古今同在。

天空越来越朗阔、亮丽、清爽，处处显得生机勃勃：风清天高，纤云飘动。在天河粼粼的波光里，跳动的星辰若隐若现。一会儿月亮朦朦胧胧地镶着晕圈，光线从云层中直泻下来，恰似佛光普照；一会儿又破云而出，清辉盈盈四溢，这单色的灿烂令人怦然心动，浮想联翩。月中的嫦娥、玉兔、吴刚、桂树，此刻也如同人间一样在这个多情的夜晚享受各自对幸福的理解吧？我想，世间的一切都应该是有灵性、有悟性的，运动的自由、思想的自由乃是快乐所在、幸福所在。

在这静谧的夜晚，云层一刻也不闲着，它们像魔术师一样，此时是浩瀚的白色海洋，瞬间在月光的映衬下又变成绚丽的云锦，一会儿又化作云龙叱咤苍穹。月光、流云、星辰、银河，把天空打扮成壮丽的画卷，如同举行盛大的露天交响音乐会。

午夜的月亮已经升到中天，把满怀的澄明与晶莹洒向大地，洒上林梢，洒在草坪，洒在离人的心窝里。今夜的月亮是令人难以忘怀的，虽然“月有阴晴圆缺，人有悲欢离合”，可是，谁不渴望“但愿人长久，千里共婵娟”呢？天宇的美照应着心绪的起伏怡然，自然界无穷的变幻总给我们以启迪：正因为我们有盼望，有念想，才更觉人间温情的珍贵。风雨彩虹，云破月来，良宵美景，一夕百年，是非经过不知难，难能可贵在珍惜。最值得回味的当是期待的过程，奋斗的过程，因为那里面有我们创造美好生活的倾心付出。境由心出，以诗记之：

蟾宫好客处处巡，皎皎月光照离人。
万里长空今夜月，千载风情对知音。
轻车故园拜家亲，陇上秋色已十分。
缘爱邀君中庭坐，尔来久违细谈心。
举杯深铭父母恩，从来桑梓是本根。
携妻牵子常探看，乡音声声倍温馨。
夜凉云雾漫林阴，月光如水度迷津。
此时声闻不相见，暂借月华伴君身。
素日抒怀觅诗文，今夜流光更有神。
落花风迎清都客，撷取光华满载归。
我欲览胜复登临，舞榭歌台颂古今。
回望天幕人何处？细雨落花弥芳菲。
弦歌婉丽虚缥缈，远近高低入宅门。
谁道潋滟水清浅，曲江秋波不逊春。
月夜萦怀何其深，朦胧风月好成吟。
今宵留恋云破月，疏影交柯醉中真。
银河波光粼粼奔，直向云都天籁村。
云天连地浑然色，天上人间共一樽。
月集澄澈逸清芬，呼来莲心却俗尘。
惜缘望月情几许？不薄人生伴黄昏。
归来清辉映万林，月光默默浮流云。
遥思天宫天美意，天人合一同朴淳。
灿灿灯光连星海，溶溶月色落影痕。
风物流转催时令，阴阳相接气象新。
共赏明月秀成堆，真情氤氲事无违。
辞别家亲忽生悲，岁月循环不可寻。

古来笔墨多玉轮，文采风流情义存。
与君今夜同赏月，良宵行乐莫辞频。
年少壮志慕诗客，动辄挥毫觅星文。
而今笑谈人间事，俯仰天地建业勋。

秋到白石峪

这是一个秋天晴明的午后，我们坐在远近闻名的长安区终南山麓上王村一家“农家乐”的屋顶凉台上，一边品尝着充满乡村情调的美味，一边热烈地交流着登山的去处——其实，真正的目的在于休闲，去哪里并不重要。喜欢挑战是人的本性，而征服欲的攀升对于四十岁左右的男人来讲似乎正在与日俱增，对青春的眷恋表现为对激情的强烈眷顾，所以“老夫聊发少年狂”的做派往往会使他们抓住任何一次表现机会，就像《士兵突击》中许三多喊出的那句“钢七连”撼人心魄的口号——“不抛弃，不放弃”的慷慨激昂，而明显的成熟质地却像这秋天的大山一样浑厚、圆润、爽目。在孩子们面前给予的呵护中的鼓励，疼爱中的严格，禁令中的引导，着实让人感动。大概是诸葛孔明在《诫子书》中说的那样吧，“年与时驰，意与日去”，顿悟了人生的道理，享受着家庭的温馨，自然要感谢生活的恩赐，所以也便多了一份粗犷中的细腻与温情。在人生的四季中倘能成就一份“笼天地于形内，挫万物于笔端”、“观古今于须臾，抚四海于一瞬”的悟性与灵性，肯定是非常幸福的事情。即使不能如愿，也会在求索之路上生出欣赏一路风景的快慰。

钟情于真正的“原生态”，于是我们选择了毗邻“秦岭野生动物园”的游人罕至的“白石峪”。这是一条偏僻而幽邃的沟壑，潺潺的水流一会儿把自己隐藏在浓密的灌木丛中，一会儿又飞花碎玉般地从崖壁上荡开来，清澈得令人心醉，纯净得涤人心肺。它的温润中的风情在于会用一种不失含蓄的温柔为你留下倩影。这水不如春水的汪汪一碧，不似夏季里洪流的势不可挡，甚至也不能与冬季里的冰清玉洁同日而语，但它的晶莹剔透，它与天宇相映成趣的澄澈清朗，总能使人想起月白风清的秋夜的浪漫。

一条时隐时现的小径很难让你把它和真正的路联系起来。满径的茂密的草丛和可着性子生长的旁逸斜出的树枝叙说着这里静谧祥和的生存环境，丰满浑实的风貌张扬着这里生活的自由、悠闲与怡然。走着走着，便完全陷入草丛灌木的包围之中。

路在哪里？极目张望，只见巍然兀立的山峰矗立眼前，指引着我们前进的方向，牵引着我们行进的步伐。目标是明确的，揪着草，攀着乱石，奋力地从没有路的地方爬上去，也便蹚出了路。路，不就是人走出来的么？坐享其成固然节省了气力，节约了时间，提高了效率，可以直达目的，但哪里能够比自己经过努力收获的欢乐更愉悦呢？人生少了冒险，少了探索，少了奋斗，也便少了丰满，少了充实，少了快乐。

秋天的白石峪是名副其实的风韵美。六月拜访它的时候，漫山遍野的花草和咄咄逼人的葱茏正在显示着生命的张力，几乎看不到隐藏在浓密的绿色下的岩石；七月造访的时候，绿韵环绕的山峦苍翠欲滴，气势磅礴，上演着成长的辉煌；八月来访的时候，满山豪气正旺，霸气十足，有一种令人欲放不能、欲罢不休的不可一世；到了九月，白石峪的生灵们累了，有点倦怠了，但它们可是闲不住的，青春的脚步渐渐地缓慢了，开始思考跋涉的收获，累积花儿的事业。在惹眼的青葱中，在连绵逶迤的山峦中，孕育着秋之梦。

十月，金秋十月，我在古城的街衢的深巷里看到国槐簌簌而落的米粒一样大小的散发着沁香的槐花，我在寂静的篱笆院落里享受丹桂的味道，我在乡下的原野上目睹肥硕的石榴挂满枝头；十月，白石峪用它的劳动收获了灯笼似的柿子，红玛瑙一般的野葡萄，一串串红晶晶的酸枣，沁人心脾的野菊花，“玲珑塔”装扮的松果，散落在地上的毛茸茸的板栗，甜中带涩的梨子，还有许许多多的我们叫不上名字的果子。白石峪清澈见底的小溪也赶趟儿似的在石罅间回环流转，一路欢歌，弹奏着秋的韵律，向山外奔去。

这时候我恍然大悟：这里的石头，既看不到黛青色，也很难发现深褐色，更没有赭红色，只是单一的白色的大千世界：深白的，透露着隐隐约约的绿韵；灰白的，潜藏着一份从容中的深沉；粉白的，流泻出青春的活力；苍白的，诉说着千年的沧桑；淡白的，又让人想起宁静中内涵淡泊，素雅中饱含丰实；浑圆的，记述着岁月的磨砺；棱角分明的，彰显着风格的成因；傲然矗立的，续写特立独行的意蕴；卧于脚下的，虽变了颜色，但最不失奉献的本色和情怀。人生如石，林林总总，仪态万千，都在以不同的方式书写着生命的乐章。

薄暮中，我们踏上了归途。此刻，山间一轮朗月清辉盈照，满天的星斗拉开了夜的序幕，远处的闹市已经是万家灯火，想起了王绩《答刺史杜之松书》中的话，“歌去来之作，不觉情亲；拥招隐之诗，惟忧句尽。帷天席地，友月交风。……高吟朗啸，挈樽携壶，直与同志者为群，不知老之将至……”是以为记。

秋日行

旬日，携友南山汤游览。时天高云淡，飞鸟凌空；芳草幽径，蛱蝶旋舞；杨柳轻风，盛汤氤氲；终南疏影，气韵流长。念及深情，心生怡然：秋日鼎盛，不逊春光；遐思神飞，多有挂牵；音信频来，以慰心宽。

常忆三月至此，阳和朗日，祥云竞飞；田畴碧海，杂花盈地；乱草吐芽，花径香幽；暖水淙淙，禽鸟和鸣。不觉倏忽半载，物是人非。触景生情，几许伤怀。曾经豪情凌云楼，君今何处？而今闲散怡心阁，同行安在？

少年得志，义薄云天；英雄迟暮，慷慨健谈。归途星光灿烂，远近街灯流丽，顿生岁月蹉跎，时不我待之感：郊原静谧，都市曼妙，能驰骋于一方，施才华于一端，修德化于学子，造福祉于韶华，乃是今生使命之所求，价值之所在。倘如此，入则殚精竭虑，夙兴夜寐；出必勤勉精干，一往无前。

翌日晚，云霞西天，漫步曲江，心绪如昨，暖意萦怀。归来灯下凝思，笔走龙蛇，思接千载，视通万里。漫游词赋，神交古人，饮茶为酒，一吐为快：范蠡泛舟西湖，岂比曲江浪漫？灵运峰登绝顶，难拟终南闲逸。得意人生在清明，真情文章价不轻。是以为记，名曰《秋日行》。

未到山前已知秋，轻云凝滞草木疏。
斜阳流岚传寒气，天幕冷月挂玉钩。
平生好友乐远游，寓情山水从未休。
和乐多闻将军令，歌赋常行白鹭洲。
呼子二三登峰顶，人在云天心不惊。
雄视辽阔连广宇，俯首苍茫卧云岭。
素日劳碌少闲暇，咫尺浑如隔天涯。
不为浮名遮望眼，厌倦俗务恋卿家。
意怜感言生慨叹，却见秋色迷魂散。
生如四季天行健，怡然心境出恬淡。
故人邀约南山汤，芙蓉秀水换新装。
温泉凝脂何处现？三和风廊兰桂房。
翠竹合径红袖池，泉涌涟漪无竟时。
岸滨花草翘碧树，天地冷暖芳心知。
忽忆三月繁华地，群鸭戏水柳依依。
半载风景依稀见，花褪残红叶满溪。
廿年韶华意气发，指点江山爱登塔。
不惑豪情何曾减？鬓染秋丝气更佳。
主人好客多应酬，持壶捧杯频劝酒。
性情刚烈兼温柔，行文豪饮皆高手。
心似飞舟立涛头，扶楫注目藐激流。
敢笑谢公行危途，瘦水还载范蠡舟。
宴罢驱车踏归程，满天星辰带露风。
幽香拂面暮色晚，一路欢歌向古城。
今夜幽思结心语，曲江徐步忆盛情。
但将交契常相顾，为君再作《秋日行》。

后记

近一段时间，忙碌得几乎不辨东西，体力透支与精神不济的感觉常常在夜深人静的时候悄然而至。但也在身心疲惫中领略了充实的快慰——生命化教育已然不再是“纸上谈教”，追寻教育真谛的探险历程成为每一天最大的安慰，一次次地为学界中人的艰苦探索与奋力打拼所感动，所以虽累亦乐，亦苦亦甘。毕竟在长途跋涉中，已经依稀可见在浮躁的背后更多的是认真的思考与践行。

近日，我在与一位资深校长多次深入、流畅、惬意的交谈中，感受到内敛的锋芒已渐渐舒张开来，体察到了看似平淡中潜藏的一种气势，仿佛看到了秋的丰韵中孕育着的来年的希望的种子在迫不及待地要破土发芽。我愿意作基础教育这片热土上的一捧黄土，在这片希望的田野上守望未来。

雪中行

时序刚过立冬，天气陡然加寒。

昨天在长安区召开全省农村学前教育工作现场会，天公偏不作美，风疾、雪紧、路滑，我们在风雪中参观了七所幼儿园。

不难想象，为了迎接参观，老师带领孩子们不知准备了多长时间，付出了多少辛苦！恰恰是从那些绚烂的画面和老师们带有表演性的独白中让我看到了幼教工作的“软肋”。其实所有的参观、评估都带有雕琢的痕迹，而对于“原生态”的期待和向往一直是我当下不知疲倦地奔走呼号着的教育理想。孩子们的眼神应该像雪花一样纯洁，像山泉一样清澈，像晴空一样澄明。幼儿园应该是孩子们玩乐的天堂。小教化、功利化、盈利化、媚俗化的倾向令人担忧。

在学前教育发展之路上，政府任重道远，我们责无旁贷。今天，又随同西安市语言工作委员会的专家们在临潼区检查，对于语言文字工作的重要性有了进一步的认识。我以为，推广普通话决不能走入摒弃一切方言的误区。给方言一定的生存空间，其实也是在保护我们的认同感、归属感；给方言留一席之地，也是我们尊重传统文化、尊重话语权的表现，也是人权进步、社会迈向更高文明程度的表现。两天行程数百公里，见证了记事以来最大的暴风雪，目睹了钟爱的事业在前进途中遇到的种种不可臆测的艰难，倏忽间想起了陈丹青先生的《退步集》，想起了吴飞的《前方是什么》，也更增强了一份责任感、使命感只要行动，总会有收获！

乘车途中，欣赏美丽的雪景，抚今追昔，心有所感，遂成《雪中行》。

泊金栖翠叶流丹，秀色一派终南山。
最是风景绝胜处，疏林远映衔云烟。
君临上界不辞劳，阳和温暖拟春宵。
但见朔风忽纷至，万千气象如卷潮。
天幕威威生辽阔，烟云漠漠出城郊。
金秋连冬咫尺间，别样风光谁可道？
碧减红衰罗清味，水瘦山寒草木凋。
冷风迎面利如刀，枯枝残叶剪空抛。
千里茫茫寻不见，征途迢迢飞雪飘。
危崖险境启程早，逶迤蜗行过灞桥。
飞沫悬空凝冰霄，烟柳新换白玉袍。
渭水退兵敛霸气，田野寂寞鲜飞鸟。
上下天光浑一色，丹青收画作素描。
四顾辽远锐气超，寒光粼粼云水摇。
野村遁形山无迹，高低疏密共玉雕。
依稀曾记秋韵高，层林尽染最山腰。
源清流洁从容渡，小溪婉转少浪涛。
冰镜一轮银辉皎，风物不惹尘纤毫。
堪思堪忆堪博文，从来牵引多才调。
玉树琼花约我邀，银装素裹亿万条。
莽原蕴深骊山娇，红炉新酒品笙箫。
捧觞执杯歌中饮，飘逸人生未寂寥。

霞光点点出山坳，思古幽情忆前朝。
烽火狼烟美人笑，从此西周天下消。
千古一帝六合扫，穷兵黩武知多少？
史海钩沉土一抔，回首青峰惜晚照。
华清氤氲舒清波，感天动地长恨歌。
钟情本是家常事，心结偏向芙蓉国。
今古相接总好游，秦时地宫唐苑秋。
青冢已为繁华地，与时俱进皆风流。
练达雄阔藏深邃，笔走龙蛇人不悱。
登高远眺正眼望，漫天风雪待君归。
韶华渐别情益重，壮飞逸思昭丹心。
感我良言自兹去，人在天涯报君恩。
终南捷径论古今，梅妻鹤子是远亲。
平凡本为书生相，心声呼作雪中吟。
春夏秋冬情深深，东西南北意沉沉。
今日快哉雪中宴，粉妆玉砌壮精神。
人生从来期功成，风霜雨雪伴晴明。
缘君一言我记取，深厚交契在真诚。
从容淡定是良伴，洞察物理轻浮名。
爱怜从未惜笔墨，为君聊作《雪中行》。

冬日行

穷冬之初，未央湖畔，冬日之美，竞相眼前。薄雾流韵，霞光映天；疏林交柯，衰草掩径；冰水凝渊，飞鸟嬉间；鳞次栉比，广厦万千；通衢交错，往来穿梭；长墙斑驳，参差颜色；庭院深深，松竹茂密；游人恬行，优哉游哉。

入未央宫，华灯璀璨，暖意萦怀；杏坛老少，咸集于此，述文武之道，歌职场风流；学苑奇葩，异彩纷呈，扬清芬氤氲，誉硕果满堂。

忆念二十年前，一介书生，常怀功名之心，多生壮语豪言；每同室议论，往往意见相左；偶郊原共游，常常蹊径独辟。

廿年来，有幸共事一城。意气相同，数来已有时日；求同存异，略计八载有余。其间往来笔墨，多有褒奖；面晤交谈，鲜有不悦；胸中块垒，春风化雨；职场酬酢，得心应手。不觉顿悟：人生四季，风景各异，何以为然？皆岁月之功。幼年天真，童年好笑，少年可爱，青年可赞，中年可叹，壮年可心，及至老年怡然，自为造化之力。

遵循物理，求索其间；神思百通，皆在自然，此为获得人生大境界之自由之径。于是，心生感慨，聊作《冬日行》以记。

北国寒天正隆冬，群贤毕至未央宫。
朔风凛冽旌旗动，湖波静卧生玉冰。
丽日高悬映晴空，霞光万道分外明。

远近高低湖畔树，千般参差影随形。
荷塘清韵有遗梦，遐思六月花正红。
莲子酣眠长睡早，三月风来又芳菁。
挥洒自如论豪英，博今通古任驰骋。
词源独笔三千卷，胸中丘壑百万兵。
纵横捭阖擎大纛，燕然山下勒石铭。
翰林苑中沐清风，长歌高唱万里程。
崎岖逶迤逍遥过，群山丛中又青峰。
问尔何将几多能？博采众长求自声。
夙兴夜寐殷勤探，援疑质理常三更。
为求文辞信达雅，往往夜半还笔耕。
目视口诵多名篇，厚积薄发始见成。
闻听斯言弥有情，心曲未尽夸友朋。
恃才放旷花下客，座中谁是人中龙？
忽忆同窗意气生，往来迎合多纷争。
襟怀抱负凌云志，手持文书各西东。
十年学苑论雄雌，踌躇欲建不世功。
风华正茂似春笋，雨后拔节漫青盛。
光阴荏苒花飘零，四十不惑大梦醒。
气定神闲性恬淡，隔日邀约尽酒兴。
释怀心结随意倾，见识相异乐为听。
杏林开坛对清樽，殊途同归共古城。
岁月驱驰心渐平，鬓染霜雪不计情。
今夜二子歌慷慨，壮士吟罢又新征。
携手同起从帝京，提缰并辔日月行。
和衷共济求一是，杏坛丹心同赤诚。

归来不觉霜夜晚，城郊通衢连宵灯。
曾忆曲水盛会盟，千古风流说兰亭。
田园逸趣钟陶潜，山水文章还谢公。
大小李杜皆可道，慧眼风物舒灵通。
文坛巨擘韩柳在，欧阳文忠连曾巩。
雪泥鸿爪君记否？东坡道人遗仙踪。
迢迢银汉无尽处，为君翻作《冬日行》。

冬雪之美

星星点点的雨滴洒落下来，干燥的空气中弥漫着潮润的气息。风不强劲，但却很有力量，吹到脸上冷飕飕的，树上残留的枯枝败叶打着旋儿扑簌簌地坠落。不一会儿，雨中开始夹杂着细碎的、毛茸茸的、轻飘得如同晴朗的春日里漫天飞舞的杨花似的雪。

在这水瘦山寒的季节里，大自然的一切都显得那么的寂寥、空旷、静谧，甚至还有一点点混沌：阳光没有春天的绚丽，更没有夏天的热烈，也没有秋天的清朗，整个天空常常是一种灰白色。在这样的天幕下，太阳穿过云层，泊下地面的也是含混不清的迷迷糊糊的光亮。我以为冬天是一年之中最值得休眠的美好季节，特别是有雪的日子，那种甜甜的梦中，往往多了一份令人眩目的流年回忆，添了一份悠悠的闲情浪漫，而对于美的向往和眷恋也便不约而至了。

雨慢慢退场，只剩下了瑟瑟的雪花飞旋。起初是羞羞答答、零零散散、漫不经心地在天空闲步，落到地上，霎时化作雪水。水泥地上湿漉漉的，田野里的麦苗则尽情地滋润着嗓子，准备用一袭的翠绿展示青春的旋律。那雪花，也是青灰色的，呈粉末状，轻盈的如同鸟儿肚皮底下的茸毛。当然，一般来说，这是大雪来临的前奏，如果我们只是从经验出发，从感觉出发，那么，因为缺乏足够的心理准备，可能会在雪的盛况面前显得手足无措，把一件赏心乐事变得了然无趣。所以，我们不能总是跟着感觉走，也不能总是陶醉在对经验的迷恋中。我们身处繁华纷扰的世界，面对日新月异的变化，如果总是雾里看花，那么，没有练就的火眼金睛，谁能保证总是看得清清楚楚、明明白白、真真切切呢？不能！谁也不能！世界上从来就没有所谓的先知先觉，我们之所以有时认可一个人的冰雪聪明，其实是在承认他们在洞察世事时的专注与认真。

慢慢地，这新年前夕的雪变得聚精会神起来，一心一意地释放着蓄积的能量，被刺骨的寒风裹挟着蜂拥而至。天地间突然变得莽莽苍苍，那些连绵的楼宇，肃穆的树林，萧然的草丛，静默的湖泊，辽阔的原野，全都笼罩在飞雪之中。红墙顶的瓦楞间拥满了雪，更显出宽阔的轮廓；灌木丛臃肿着高高低低的身子挤在一起，宛如厚积的棉絮，使人联想到寒夜里家的温暖；雪中绽放的迎春花和一树树的红梅更见风致。风骨与飘逸，素洁与高贵，朴实与灿烂，简约与丰富，现实与憧憬跃然眼前，完美地组合在一起，让人倍觉生命的珍贵与可敬，生活的美好与期盼。

小径周围的竹子把满目的青翠变成了玉树琼枝，高大的杉树秀美颀长的身影在积雪的映衬下更显得空间的辽远；挺拔的苍松的虬枝上已经依稀可见爆出的新芽，但在积雪的覆盖下露出粗壮的褐、赭、黑、绿、白交织的颜色，兀自在风雪中伫立，似乎做着童话的梦。溪流呈现暗褐色，一副睡眼惺忪的样子。雪花落入水中，瞬间不见踪影，但可以想象水势在不易觉察中渐渐涨大，你不见那奔唱着明快的歌声不是越来越嘹亮了么？鸟儿们则躲在屋檐下瑟缩着身子，停止了展示美妙的歌喉，用忧郁的眼神注视着这个茫茫世界。远处的终南山已看不见形迹，只能在大雪中想象它绵延起伏的壮阔。整个世界被打扮得粉妆玉砌，雍容华贵，格外妖娆。

在这幅壮美的瑞雪图里，一切陈腐的和新生的东西全都匍匐在雪的身下，而能给予我们回味的、体悟的是心灵牵引的视界的多变与善变。我想，神奇的遐思，优美的诗句，生动的语言，生花的妙笔，纵使在这多姿多彩的自然面前也显得功力不济，逊色不少。那么，在这美妙圣洁的物象里，渺如一粒尘埃的我们又有什么不能割舍的呢？又有什么理由不去珍惜大自然给予我们的精神盛宴呢？

雪后初霁，太阳依旧是那样的迷茫，穿过林子的光线经过积雪的反射，变得辉煌起来：昏黄与韵白，洁净与俊朗奔涌而至；树林露出一层薄雾般的氤氲，青春的旋律开始在枝头奏响；屋檐上隔夜的冰柱已经按捺不住地母的召唤，化作晶莹剔透的水珠倏然滑落，形成一股股清流在地表上肆意漫溢；鸟儿们又活跃起来，蹦蹦跳跳地在雪地里“啾啾”地叫着闹着，开始呼朋引伴地觅食、嬉戏。

打开窗户，清新温润的空气直入脏腑，仿佛清凉澄澈的湖水沁入心脾，令人沉醉其中。走在厚厚的积雪中，脚下发出“咯吱咯吱”的声响，身后是一串串清晰的脚印，脚踏实地的豪迈顿时在心中荡漾。远山对于春天的呼唤已经化作淙淙的雪水在山谷里奔腾。天空也不再那么灰暗。阳光依然不够灿烂，但那惨白中开始渲染的温暖已经足以让我们感到春天真的要来了。原野上积雪消融的斑驳的颜色，如同宣纸上撒下的墨汁，人们往往因它的斑驳陆离而引起对往事的感怀，谁能说自己对匆匆的岁月没有真心实意的留恋呢？

雪天是寒冷的，但雪天也是温暖的。一家人围坐在火炉边，叙说一年的故事，感受新的一年即将来临的欢喜，畅想新年的希望，享受亲情的温馨，那是一件多么快乐的事情啊！

冬天是一个让人容易感觉百无聊赖的充满了萧瑟和缺乏活力的昏昏欲睡的季节。但是，恰恰是冬天慷慨地赐予我们蓄积力量的时间，而冬雪的降临更让我们在盘点一年的经历中获得心灵的收成，迎接春天的到来。所以，我赞美冬天，更欣赏冬雪之美。

落花人独立

今晚坐在灯前翻看日记，两年前遗失的记忆豁然眼前，把我的思绪牵到那个夕阳辉煌、月上枝头的美丽乡村。已经有好多日子心绪处于极度的疲惫和困惑中，没有冠冕的理由，没有工作的激情，没有程式化的语言，职业倦怠症在疾病的唆使下招摇而来。但是，我一直认为大自然是最好的医生，而广泛的阅读则是最好的心灵鸡汤——安神、润肺、健脾、醒目、滋容、养颜，是身心健康的忠实卫士和可靠朋友。

许多时候，喜欢一个人静静地坐在窗前享受一份安静带来的愉悦。就像现在，透过窗棂，婆娑的树影间洒下斑驳的光点，如同湖面上的粼粼波光，风过树叶的沙沙声响宛如一支金曲在心头荡漾。周末的时光总是令人向往：欢快的步子显得如此轻盈，闲情已经飘然而至，心灵的羹汤正在炉火中烹调，圣诞树的璀璨牢牢牵住了目光。

享受冬日里温情的彩信如同飞燕呢喃，书城青睐的眼神已经化作笔底喷涌的泉流，郊外的空旷与辽远正在等待着我们的如期光临，而大山深处的清泉让我们的身心得以舒展。青春的呼唤虽然渐行渐远，激情却在青春的狂想曲中愈加澎湃。一切美好的事物都在频频招手。

每当这个时候，我会怀着宗教般的情怀虔诚地拜读自然的美颜，领略她的神韵，接受她的恩赐，心中涌动无限的遐想，渴望在散发着丁香般的空气里美味大自然馈赠的饕餮盛宴，读她迷人的风采。

八年前我到过美丽的七彩云南，那里的山水让我对造化的神功有了更多的感官认识：丽江古城、瑞丽新都、苍山洱海、石林奇观、玉龙雪山传奇、崇圣寺三塔……大自然的鬼斧神工和人类的巧夺天工浑然一体，人与自然的和谐共处勾勒出世间最美的画卷。

四年之后，当我第二次走进傣家楼的时候，那些素雅的民族风情画和曾经熟悉的自然风景一下子把我的思绪带到遥远的过去。云南，那是一个书写神话的地方。那甜美温润的歌声和婀娜多姿的舞步，倏忽间让我想起英姿飒爽、身着漂亮民族服饰、忘情地用葫芦丝演奏《月光下的凤尾竹》的那个小伙子和翩翩起舞的傣族少女。

思绪又回到了两年前盛夏的那个夜晚。乡下的黄昏是美丽的。车子仿佛一只行进中的小船，瞬间消失在马路两边防护林铺就的绿色海洋里。坐在车子里放眼望去，在辽阔的原野上，破土而出的禾苗鹅黄嫩绿，恰似刚刚织出的地毯。靠近村庄的田垄上隐约可见正在赶着牲畜回家的农人，天际间偶尔飘来合着浓郁乡土味的歌声，在这欢快的歌声里，一天劳动的疲惫一扫而光，也许晚上回家会有一顿美味佳肴来犒赏自己的。如果能邀上几个朋友，就着兔肉喝上二两龙酒，再加几个小菜，那岂不是神仙过的日子？户县的人们常常是这样来吃夜宵的。

黄昏的落日是相当壮观的：太阳已经没有多少光泽，如同一只经过多道工序涂了赭红色的圆盘，又像受了磁悬浮力的牵引，被托在茫茫的田野和成片的密林上面。西天的落霞映红了那一片天空，而东边的天宇则是令人炫目的湛蓝。

天幕开始稀疏地缀上了星星，灯火辉煌的远处的喧嚣不失时机地向远道而来的客人证明着自己的繁华与热闹，夜幕的降临正是它们大显身手的时候，而近处黑魆魆的偶尔闪烁着迷离灯光的地方，无疑就是已经快要进入梦乡的村落了。生活如此地分工明确，生动明快，我们还有什么理由要拒绝由此带来的快乐呢？

兔肉鲜美，龙酒好饮，主人盛情，客人洒脱。大人们三五杯酒下肚，总不忘交流工作上的事情。孩子们岂肯落后？也许是为了讨得大人们的欢心，在爸爸妈妈的诱导下，他们开始煞有介事地讨论着学习，分享着经验，那一脸的庄重不免让人发笑。可是，孩子 毕竟是孩子，不一会儿便回归天性，旁若无人地追逐，毫无顾忌地喧闹，全然忘记了我们的存在。好多时候，孩子是我们的老师，在心灵的天平上，他们的砝码很重，我们应该向孩子学习。?

我敢说，夜幕下乡村如梦如幻的浪漫、温情、素淡和静谧，对于热爱生活的人们来说，肯定有着不可抗拒的诱惑力和感染力，虽然它不会拥有恒久的持续力——毕竟显得有点单调、有点冷清，有点保守，甚至在恪守传统中不免肤浅。这是习惯了都市生活、享受着高度物质和文化生活的人们不可能长期接受的。城乡结合的路需要慢慢地走，就像素昧平生的两个人由于邂逅而互生好感、彼此都为对方的神秘色彩所吸引，但需要在交往、交流、交心中慢慢理解一样，也可能回眸一瞥失之交臂，也可能一见如故相识恨晚，也可能芸芸众生平平淡淡。但我相信缘分天空，即使搭错车，也终究会交汇的，因为地球是圆的，永远没有平行线，我们总会相交，不是在此时，不知在何处，也许会在现在，在冬季，也许要走过四季。

昨夜月光皎洁，天气异常寒冷，这是冬天标志性的天气。我走在大街上，心事却异常拥挤。朋友们虽然共处一城，近在咫尺，却因为彼此的忙碌，甚至顾不上问候一声，常常有一种莫名的惆怅和恍如隔世的感觉在心头盘桓。但是，我知道我的路并不孤单，我们大家会用心灵的眼睛注视着对方，会用同样的梦想彼此鼓励，只因为我们有所执着。

红树醉秋雪梦冬

北方的冬天总给人一种萧瑟的感觉：没有春天的活泼，没有夏天的热烈，没有秋天的飘逸，似乎只剩下了冷清和寂寥。人们顺乎时势，也少了游玩的兴致，心境仿佛也要为冬眠开始做准备了。可是，对于热爱大自然的我来说，却从未受过季节的影响，正如北宋文学家欧阳修先生在《醉翁亭记》中所说的，“野芳发而幽香，佳木秀而繁阴，风霜高洁，水落而石出者，山间之四时也。四时之景不同，而乐亦无穷矣”。我常常怀了这样的心境走向大自然。

我平素爱好不多，比较迷恋书斋和大自然。但是书斋坐久了，浑身便不自在。俗语说，“一脉不和，周身不安”。我自以为算得上是个比较勤奋的人，这勤奋一半源于读书获得的意趣，另一半源于感恩的心理。今夜随手打开电脑，看到有那么多的博友来访，心中颇为感动，顿生一种久违的感觉。积习促使我开始飞快地敲击键盘，与朋友们分享交流的快乐。

我素来干活不怕出力，甚至工作起来对身体“蛮不讲理”，所以，身体的各个器官常常因受了“暴力侵犯”而自发组织起来联合对抗我的“野蛮”。意志的力量虽然是惊人的，但筋骨疼痛的折磨也是令人难以忍受的。思忖再三，还是做出必要的让步——以热情拥抱大自然的方式馈赠身心的不满，这样就可以保证取得“双赢”了。

在这个充满温馨的夜里，周日漫游的情景在眼前浮现开来，呼唤我赶紧写出来。听从内心的召唤是我最大的享受，我当然乐意为之。

这是一个多云的午后。阳光无精打采的，一派恹恹欲睡的样子，天地间莽莽苍苍、混混沌沌的。但是我出游的心境向来不多受天气的影响，原本是为了给身心放个假，所以风霜雨雪，朝夕阴晴皆有妙趣。于是，又一次驱车来到曲江森林公园，这里是我闲暇的时候经常光顾的地方。

薄暮时分，茂密的森林中弥漫着升腾的雾气，隐隐地透着几分神秘；那片闻名古城的葡萄园里趴伏在水泥柱上的葡萄藤蔓似乎还在倾诉着昔日丰收的辉煌；枫林用丹色把自己打扮得分外妖娆；银杏林则用满身的金黄展示着无与伦比的高贵；柿树上风干了的果子在风中轻轻摇曳，仿佛有串串风铃随风飘来美妙的乐音；沟渠堰、土塄坎、悬崖边、荒冢上，到处开满了金黄的、浅白的野菊花；原野上新翻的土地露出黑油油的土壤；偶尔可见几个农人在地里侍弄着肥硕的青菜；远处的塬梁上残留的积雪的斑驳和青青的麦苗形成巨大的色系落差——一个似乎记述着岁月的沧桑，一个却昭示着灿烂的未来。

走在旷野中，尽享大自然的清幽和空旷。我又想起了初夏来时的盛景。那种扑面而来的旺盛生机，强烈地感染着我。世间物象，皆是因为有了人的介入，才变得活泼起来，空灵起来。所以，人是最宝贵的，人是第一位的，我们所说的人权，不也是在强调人的生命尊严吗?

今天的我们，既是昨天历史的传承者，更是明天未来的缔造者。那么，我们一定会在这寒冷的季节里更好地蓄积力量，磨砺铁肩道义的修为，成就来年春天的梦想。

此刻在灯下漫笔，自然想起了今年盛夏时节曾与好友漫游此地的情景。夏日的葱茏总给人一种昂扬向上的精神力量，而雪天童话般的美丽也会让人生出对未来的憧憬。冬夜寒冷，因有友情，倍感温暖！撷取小诗一首，以为纪念。

枫叶流丹簇菊黄，十里风景数柳杨。
清芬多揖农家乐，野芳弥散正幽香。
忽忆七月暑天忙，轻车御风游曲江。
故地独迈悠闲里，汉陵唐苑蕴华章。

天地无私玉万家

元日之初，曲江去处。朔风萧瑟，万木碧落；弱柳失色，鲜有婀娜；衰草盈地，良莠不齐；冰河臃肿，池水无波；画舫无声，孑然静默；寒鸭两两，偶有耳聒；檐雀啾啾，羽翼张罗；亭台有道，楼阁蕴多；石坊镌刻，绝胜新奇；金顶琉璃，仿古阅今；通衢寂寂，华灯依依；连廊回环，庭院深深；修竹茂密，玫瑰迎春；篱墙藤蔓，逶迤蛇行；蹊径引胜，屏风叠影；丰碑诗画，精雕细凿；车马浮空，以为长桥；蛟龙吐雾，泽国梦瑶。

翌日黄昏，暮云混沌；驱车载欣，故园归奔；夜色茫茫，华灯遥遥；冷风呼啸，尽隐妖娆；曲江漫道，尤念春宵；灯下漫读，驱除心芜；思接往来，博今通古；飞笔作笺，心语开颜；暖意萦怀，佳音流传；更深临窗，惟斯有光；漫天旋舞，祥瑞飞扬；瑟瑟清音，簌簌至今；玉树琼枝，余霰微湿；呼朋引伴，上林江畔；探芳寻幽，竞走不休；低吟浅唱，留恋汀洲；持觞把酒，吟诵风流；笔尖抒怀，各有千秋；所欲如意，焉复何求？

坐中追忆，发思古之幽情；驻足良久，感物华之临境；归途欣悦，筹新岁之愿景；灯下漫笔，鉴来者之影从。

又隔日，漫步曲江，湖光秀色，眼底奔来；疏林莽原，复续前缘；高楼栉比，此伏彼起。倏然心生慨叹：光阴迫切，韶华易亲鬓霜；流年不待，平淡皈依寻常；勤能补拙，恒久总能华章；慧心明鉴，时时处处风光。

当此之时，思绪与雪花共舞，雅意随言语同行。犹自思忖：天降瑞雪舞晶莹，笔底桃李尽东风。独乐虽好，与众更欣。简笔稍显寒碜，浓墨又虑夸张。心随意动，信马由缰。与其犹抱琵琶，不如大江东去。凡百余句，以为情趣。名实然否，非我所量。极目远眺，跃然纸上，名之《雪中行》。

一

元日繁华暖阳天，曲江慈恩连郊原。
云雀翩翩呼伴过，晨钟悠悠新岁添。
摩肩接踵群中看，出门俱是合家欢。
恩深牵怀惟根本，驱车一路向故园。
渭水冰流隐清浅，林疏田阔生辽远。
乡音入耳多切切，人事纷谢道长短。
天寒倍觉亲情暖，围炉闲话新怡满。
人生坎坷寻常有，豁达从容驱百艰。
常将望眼寄山川，云淡风轻心自闲。

二

夜来阴霾抑清芬，林梢瑟瑟输黄云。
残叶零落卷地走，衰草抱根随风吟。
寒天隐月起纤尘，朔风苍劲夜沉沉。
时有冷星云里没，清光孤影灯昏昏。
位立校场望天末，满目萧然少银河。

渺渺叠嶂还西驰，犹似顽云转洪波。
霜风过林呼索索，隆冬松柏色不落。
登高望远心似马，耸入云霄赏雁塔。
佛门圣地掌故多，心驰神往天竺国。
我期玉兔奈若何？慈恩塔下拜佛陀。

三

寒天未必草木尽，青青入眼君执信。
坐看亭台琉璃色，一湖清景丹青印。
荒冢化作新景展，天南地北客不缓。
依稀昨年碧水湾，夕阳未尽星满天。
御汤消解劳人意，烟花曲柳浑自然。
今年今日寒风晚，北池头前飞郑笺。
惟将幽怀作心语，玉人携手相与欢。
芙蓉园里情不浅，玉盘珍馐君明鉴。
连廊回环空复空，夜色如梦锁朦胧。
温馨金井玉芙蓉，青春鼎盛意气生。
长桥卧波画舫在，依稀去年赏荷来。
古城儒士居何处？故地登临忆俊才。
薄雾如纱漫古城，循道归途徐步行。
但从诗人学笔耕，字非珠玑却深情。

四

顽云笼城久不开，灯火隐隐落暮霭。

更深忽闻风瑟瑟，晓看鳞甲漫天来。
琼竹摇曳雪纷纷，万树林花疑复春。
慈恩盛色浓似酒，瓦雀檐头意深深。
曲江池畔多美文，诗词歌赋道翰林。
冰心揖取清芬忆，便将祥瑞入君门。

五

今朝雪中拜李杜，梨园子弟说苗圃。
东坊西肆商千户，万国来朝信使驻。
回眸九州谁雄主？长安自古帝王都。
诗接曲水怀旧赋，曲江桥畔歌今古。
成败利钝无远近，知往鉴来看郿坞。
王朝归去往事空，日月昭昭一般同。
英雄已作寻常死，千古风流红尘中。

六

初晴群鸭戏水波，呼朋伸颈引吭歌。
江畔好饮梅花酒，邀君同上凌云阁。
日暮黄昏伊水间，流云脉脉月晕寒。
拾级独步怀天远，雄视今古览奇观。
金柳扶疏灯次第，倦鸟枝头鸣唧唧。
瓦檐虬枝飞寒雀，往来相逐时明灭。
鸳鸯交颈曲水叹，犹忆子规夜啼血。
缆绳系舟杨柳岸，画舫唐风遗江畔。

昔日形胜今何在？栋梁离宫尽眼前。
春夏秋冬各有司，感念物华四季一。
浮光掠影重叠加，水天一色画中画。
道旁苍松冠云萝，修竹竿竿枝叶多。
凛然相对谁敢欺？盘根错节叹绝奇。
浓荫滋生繁盛处，幽径深浅藤拂衣。

七

雪夜持觞频举樽，美酒合是醉中真。
暮色沉沉映疏林，酒酣耳热好为文。
索句循道声声意，寻章践约款款春。
惜我销魂细叮嘱，晨曦更感温情人。
天远林疏绕玉河，莽原残雪映晴阔。
冬岭云霞浮红日，西山雾霭舒流波。
终南秀色寻常伫，曲江生态独一格。
置此流连思清迈，同赏江梅君如何？

八

回看塬头旌旗飘，江岸杨柳晴柔娇。
新景入怀迷方寸，池水涟漪卷心潮。
依稀黄昏夕阳照，窗畔探身佳人笑。
细看诸处君不知，多情常为流光抛。
曾忆会盟欢声甘，红笺歌韵芳菲间。
玉人润语拨心弦，红豆碧枝话前缘。

有情还思相聚好，别离容易催人老。
诸君欢娱知多少？座中言语雅趣高。
倦作职场天涯客，几多肝胆几寥落。
风物长宜谁见了？当下思量邃密说。

九

风花雪月念柳永，山高月小怀东坡。
似此二子风流种，悲欢离合总能歌。
我怜红尘聚无多，笔尖飞旋竞婆娑。
诗接千载藐李杜，词连今古小容若。
春去秋至管有痕，寒来暑往吐心扉。
年年踪迹只相望，岁岁身影护花蕊。
姹紫嫣红月枝头，水瘦山寒亦堪游。
诸君交契淡如水，诚善处处友情收。
人言风景美十分，君居中心恒为春。
韶华乐与尔共度，祈云化雨润苗根。

十

旧岁辞别起幽怀，新年招手姗姗来。
笑看蹉跎寻常事，颃云散尽林霏开。
暂将心曲付瑶琴，悠扬声乐分知音。
感叹物华几度秋，岁月何曾青春留？
抚额经眼还细数，纹络损色增不休。
雪夜幽意未曾歇，连接晴明西楼月。

倏忽流萤无罅隙，光阴驱驰愈壮烈。
更深雪飞故迟迟，红叶残花无人拾。
罗衾辗转人不寐，灯下执卷丹心始。
逆寒追忆天欲晓，语贫词屈佳句少。
还期诸君寻常聚，多情总识滋味好。

十一

心潮澎湃扶摇起，遨游飞天九万里。
杂花生艳草萋萋，唐风氤氲人迷离。
回眸诗坛谁家子？微吟轻发别垆肆。
归来灯下还念兹，飞笔分与知音识。
拙耕不辍亦通神，誉君从心缘慧根。
心结恰似岭上云，浮我御风入君门。
今夜念君人何处？满天飞花心无主。
岁月悠悠不知苦，晨诵暮读共庭庑。
曾因功名日迫切，鬓发不计霜与雪。
更深人静犹自问，误把痴情作事业。
笔尖飞旋书离情，雪落阶前立梧桐。
可怜风光正相待，取次花丛幽梦中。

十二

飞雪寒天不堪行，一路踯躅过古城。
心似丝网千千结，春有消息对君倾。
初闻画心更惊心，大街往来多路人。

玉露霜花不知艰，笃信交契有缘分。
芳草有情叙古事，删繁就简鉴心志。
欲将物华作诗笺，真情从无别离时。
吟罢归途起新征，丽日高悬又升平。
行者无疆缘大爱，灯火辉煌有影踪。
夜色不隔千里眼，冰心无纤更分明。
笔走龙蛇抒肝胆，为君翻作《雪中行》。

踏雪寻梅好放歌

今年的冬天，雪是最寻常的，竟破纪录地光临了半个多月，似乎要把隔年的欠账在春节到来的时候全都还回来，造化也是讲诚信的，它从来不欺骗人类啊！

走在雪地里，听着脚下“咯吱咯吱”的声音，感受雪花的青睐，呼吸着清新的空气，欣赏满目的玉树琼枝、银装素裹，油然而生一种久违的清静、澄澈之美。

我喜欢一个人在漫天的雪花中漫步，一任思绪凌空飞扬，仿佛置身于童话世界，暂时忘却了尘世的烦扰，尽情地在丰腴、圆浑的唐诗和清瘦、婉丽的宋词中享受那份寥寥数字，却境界百出的曼妙人生。

关中的冬天，你尽可以在乡下的风雪中领略“千山鸟飞绝，万径人踪灭。孤舟蓑笠翁，独钓寒江雪”的寒韵，感悟“人生到处知何似？应似飞鸿踏雪泥。泥上偶然留指爪，鸿飞那复计东西”的哲思。一个人走在茫茫的原野上，疏林掩映的一间茅屋，自然会使你想起“日暮苍山远，天寒白屋贫。柴门闻犬吠，风雪夜归人”的果园冬天的萧瑟之美；也有“忽如一夜春风来，千树万树梨花开”的童话世界之美。

我不喜欢冬天，但我喜欢冬天雪的曼舞：天地间莽莽苍苍一片，浑然造出一个冰清玉洁的世界，把期盼的洁净和素雅活脱脱地展现在你面前，心里淤积的迷茫仿佛得了灵性的点化，慢慢地消散，化作一份清澈，一份温润，氤氲着从心底慢慢升腾开来，直到五脏六腑无一处不透彻、纯净、熨帖。这时，便觉造化对天地万物的厚爱，周而复始，轮回往复，生生不息，从无偏私。冬天的雪，提醒你心中的晶莹永远不能褪色，那是生命的本色；冬天的雪，让你拥衾酣眠，铆足力量，做着春天的梦；冬天的雪，让你把童话世界的祥瑞化作平和、豁达、宽容；冬天的雪，让你多一份处世的从容，少一份浮躁、浮华与肤浅。

我喜欢冬天的雪，不管它是缥缥缈缈，还是纷纷扬扬；不管它是漫天飞舞，还是凌空疾舞。我喜欢冬天的雪，雪天是寒冷的，但正因为寒冷，温暖才会到来。

我更爱风雪中的梅花。漫天风雪中，寒梅独放，傲然枝头，风姿灼灼，那份清爽中的朗润，冷艳中的高洁，让人顿生敬慕之心："疏花个个团冰雪，羌笛吹它不下来"、"清香传得天心在，未许寻常草木知"、"向来冰雪凝严地，力斡春回竟是谁"、"人间奇绝，只有梅花枝上雪"……

我在风雪中慨然独行，引吭高歌，"真情像草原广阔，层层风雨不能阻隔。真情像梅花开放，冷冷冰雪不能淹没。就在最冷枝头开放，看见春天走向你我。雪花飘飘北风萧萧，天地一片苍茫。一剪寒梅傲立雪中，只为伊人开放。爱我所爱无怨无悔，此情长留心间……"

第二辑

故园之恋

我的美丽故乡

乡　思

近两个月没有回老家了，对父母的思念一天也没有停止过，愈是忙碌，这种牵挂的纠缠就愈加强烈，甚至几次在梦中已经飞回到那个魂牵梦绕的地方。对于年近八旬的老人来说，最幸福的事莫过于儿孙们在节假日回家欢聚。二老知道我们都忙于工作，身不由己，因此总是在想念极了的时候，装出漫不经意的样子，在电话中淡淡地说上一句，“家里一切都好，放心工作，就是日子多了有点想娃儿们”，这真正的含义在于他们既想见孙子，也想念儿女。

每当这个时候，我总是满怀亏欠，惴惴不安，遥望故乡，心绪难平，一次次的电话中让他们生出希望，又一次次的因公务繁忙让他们失望，而父母的每一次体谅都在增加着我负疚的砝码——无论如何我都该回去看看了，更何况姐姐说母亲最近几天时不时地在念叨我，父亲在谈笑中也附和着母亲说了同样的话。其实，父亲只不过更艺术一些，接茬母亲的话顺理成章地说出自己的想法。聪明的父亲一辈子都在实践中总结着语言艺术，他虽然没有多少知识，但他的刚毅、坚强、果敢、见识、睿智、文化修养和超凡的能力却是远近闻名的，父亲一直是我儿时崇拜的偶像，延及今日，他的高大魁梧的形象早已定格在我心里——他不仅仅是一位优秀的父亲，更是一位令人仰视的汉子。

牵　挂

利用公干间歇，我飞也似的回来了。车子从村庄后面的马路上疾驰，映入眼帘的是刚刚收过麦子的田野，到处是临时堆积的麦草垛，偶尔可见还在田间劳作的人们，杜尚的传世佳作《拾穗者》从心中一晃而过，劳作的辛苦早已使农人们养成了勤俭的习惯，“谁知盘中餐，粒粒皆辛苦”。每一次的耳闻目睹，每一次的别样感受，乡情犹如一瓶老酒，芳醇绵长。

粉色记忆

近几年，由于不断开发，故乡渐渐失去了原来的风貌：年轻人大多远走他乡成为进城务工大军中的一员，交错的田间小路已经为水泥路面所替代，独轮车、架子车已经成为遥远的记忆，曾经作为重要交通工具的自行车也逐渐淡出人们的视线，少年时代农忙时节所见的昼夜喧哗的老水车永远成为记忆中美好的一幕——那是同伴们放学后最好的去处，匍匐在清澈见底的水渠中消暑，滚得一身泥巴，然后躺在渠堰旁边的草地上“太阳浴”，堪与现在的“沙滩浴”媲美。午饭时，大人们一声呐喊（那是关中农村人特有的豪迈和粗犷），便匆忙地用清水一冲，一溜烟地飞回去。

土坯做的老屋已经所剩无几了，成排的小楼房矗立着，诉说着彼此的富裕程度——传统的农村人一生的梦想就是娶妻生子盖房子，这观念并未因经济的发展而发生根本性的变化。我常常听到一些城里人谈起农民来表情中透露的鄙夷不屑、言语中流露的傲慢与放肆以及身为城市人的优越感，其时总会心生一种莫名的悲哀和煮豆燃萁的感觉：文化素养高，不等于个人修养高。农民的“土”与城市人的“小”都是社会的产物，我们的责任是共同改变它。如果追根溯源，中国的农民是最善良、最质朴、最勤俭、最富有同情心和乐善好施的，数千年的历史长河中，他们总是处于社会的最底层，正是他们养育着其他的各个阶层，为社会发展提供最廉价的劳动力，任何一个懂得感恩的民族，一个积极向上的民族，都不会无视、漠视、乃至蔑视他的同胞兄弟的存在，更何况农民生活的境况不能够缩小与城市的差距，其结果必然是我们都不能开心，不能快乐——没有“农家乐”，何来大家乐！

母　亲

黄昏时分我回到了家。对于我的突然归来母亲自是惊喜，她先是嗔怪我的不提前打招呼，接着便是不住地问候和没有目的地忙碌。母亲张罗着要去做饭。她的身体已经大不如从前，腿脚行动不便，长期的慢性病折磨得她本来就瘦小的身子更显病态，她的腰已经彻底直不起来，说话也大不如以前利索，只是越到晚年，越爱她的儿孙，每每电话中絮絮叨叨地嘘寒问暖让我感到母亲似乎在补偿她过去的不善言辞。

母亲三岁丧母，没有上过一天学，只认识自己的名字。十九岁时嫁给了我的父亲，一生中最引为自豪的是自己养育了四个儿女。母亲生性怯懦，却极为善良，特别能吃苦，一辈子都在扮演着全力操持家务的角色，直到现在依然没有退居二线的意思——虽然她在家里“参政”的地位很是不高，但她从来都不甘人后，一生都在为争取自己的政治权利与父亲作不屈不挠的斗争，虽然在父亲的“高压政策”下一辈子都没有取得实质性的进展，从“苦菜花”到“金达莱”的转变似乎对于母亲来说永远都是梦想。但她决不放弃斗争，凡事总要发表一些甚至连她老人家自己都没有完全明白的意见。在讨论家庭的诸如儿女们就业、婚姻等重大事宜时，父亲的绝对权威与母亲的可有可无形成强烈的反差，可怜的母亲经常一个人自言自语地抱怨她的委屈，有时甚至偷偷地咒骂父亲的蛮横与无理，渴望“上天”能够惩罚父亲，替她出口恶气。

母亲的韧性、勤俭、善良、执着，是馈于我们这个家的巨大精神财富，是构成家族光荣传统的重要组成部分。

父　亲

父亲常常衔着他那杆铜制旱烟锅，烟袋是母亲用自己织的土布做的，估计至少也有三十多年的辉煌历史了，这是他们那个时代彼此恩爱的重要表现方式。父亲身体硬朗，这得益于他从不停息地劳作和老当益壮的心态。

父亲一生经历坎坷：七岁生父亡故，开始帮母亲料理家务，养家糊口；九岁给别人家放羊，差点被野狼叼走；十六岁当长工，远走他乡；二十岁走南闯北落户现在的故乡；二十二岁当村主任直到四十五岁。期间历经“三反五反”运动、“四清”社教运动、“文革”以及改革开放，在农村可以说是“西安钟楼上的麻雀——见了大世面”了，因此他虽然没有多少知识（父亲没有上过学，后来自学，认了好多字，一般的书他都能读懂），但有智慧，加之聪明好学，因此不光干农活是一把好手，他还是个多面手：木匠、泥水匠、自乐班骨干成员、说客外兼半个阴阳先生，这些全是自学成才的结果。

父亲一生中最骄傲的事情是我们村子四十年来第一位大学生，出自他这个异乡迁来的独门户的大儿子——我的兄长，第二个大学生是出于他的并不宽裕的家庭的二儿子——也就是我。一时间闻名十里八乡，父亲成了最风光的“风云人物”。那些日子，他天天在家里设宴款待乡邻，下地干活总是掩饰不住自豪与得意地高唱秦腔——虽然那略带沙哑的声音中没有多少美的成分。我们姊妹四个都知道，父亲一方面是高兴，另一方面也是在抒发着多年来饱受委屈和排挤（农村人特有的族里观念自然外化为欺生的表现，这也是中国特有的农耕文化风景）的郁闷。我想，父亲高亢的声音和辛苦劳作，一定锻炼了他的肺活量，增强了他的筋骨机能，练就了他刚毅、雄阔的秉性。

很难想象，就在去年夏天，没有征得我们的同意，父亲竟在暑假自作主张，又在后院盖了一栋二层楼房。等我们知道消息后回家探寻，只剩下粉刷墙围了。面对我们的责怪，父亲反而很是得意，他深知儿女的孝心，他深知对于一个年近八十岁的老人来讲，独自与他小不了几岁年龄的母亲来张罗新建一栋楼房的体力和心理代价，更何况母亲还身体不好！他深知儿女们会操心，他深知一旦他的儿女们知道他的雄心后就会异口同声、全力以赴地阻挠——那样，他的有生之年的宏伟计划极有可能化为泡影。于是他潜藏的霸道的秉性又暴露出来，严令一辈子都听命于他的母亲保守秘密，不许向我们吐露一点点他的计划。父亲的心事我们了然于心：从八十年代后期我们家在村子里盖起第一栋楼房，到九十年代后期盖第二栋，再到去年盖第三栋，这也是绝无仅有的一家，父亲勇当第一、敢为人先的夸富心理在房子上表现得非常充分，传统农民的范儿在父亲这里发挥得淋漓尽致。在他内心深处，隐藏着一个我们都明白的巨大秘密：等到自己离开这个世界的时候，要使三个儿子都平等地享受他的遗产——一人一栋楼房！

父亲没有上过学，但他很会抓住教育时机。只要我们聚在一起，他绝不放过任何一个机会，总是以少有的耐心向我们讲述家庭的饱含悲壮的牧歌式的发家史，从不幸的童年到颠沛流离中举家西迁（父亲根据自己儿时的朦胧记忆，以为老家隐约在河南开封附近，那是一九三八年黄河花园口被炸决堤后被迫背井离乡的），从北南迁落脚高陵，从娶妻生子到成为村子里的领头羊，从勤劳致富到供给我们求学，到嫁女娶媳，到儿孙满堂，尽享天伦之乐。父亲这本书里的故事没有太多曲折离奇的情节，那些故事我几乎可以倒背如流，故事本身早已经了无新意，但父亲的语言技巧是十分娴熟的，不管他什么时候讲起来，我们都如同听一则奇闻轶事般地认真、专注、动情——当然也是为了老人家欢心。每每这个时候，父亲仿佛喝了陈年老酒似的，涨红着脸，讲得愈发起劲，那带有浓重乡土文化气息的语言的爆发力、感染力和吸引力，我是直到现在也难以望其项背的。

这几年随着年龄增长，父亲的话明显少了，他的神态经常处于一种对往事的回忆中，近来我和他闲聊时更明显感觉到这一点。他的身体非常硬朗，全然看不出老迈的样子。他和我们谈论最多的话题就是他的孙儿们，主题词永远都是“身体、生活、学习、快乐”，简单的八个字几乎概括了人生的全部内容。对于孩子们的慈爱让我发现了在我们儿时远远没有享受过的待遇：他可以不顾年事已高，骑着自行车到集市上为孩子们采购喜闻乐吃的小食品，可以让孩子们毫无顾忌地去摸他那“聪明绝顶”的硕大头颅，可以肆无忌惮地和他开玩笑，他当年的暴戾、威严、一言九鼎式的霸道已经荡然无存，更多地显示出他的虽然处于被动地位却满含快乐的民主，总是和孩子们用商量的语气说话。一辈子过惯了简单生活、对吃穿住行几乎没有任何追求的父亲竟然在晚年研究起了少儿零食，我没有想到一生清正廉洁的他竟会“晚节不保”——父亲竟然学会了“贿赂孩子”！不过他的做法的技术含量很少，常常是躲开我们的注意力，悄悄地把从我母亲那里讨得的零花钱塞给孩子。等到我发现了，他貌似漫不经心却是理直气壮地说道：“你就不懂！娃娃在城里经常不回来，慢慢感情就疏远了，我给娃娃点钱是在联络感情呢！”父亲朴素的言语中饱含的深情常常令我感动不已，亲情就像汩汩的清泉从我们心田流过。这种浓浓的爱萦绕在我的周围，特别在我身心疲惫的时候，工作失意的时候，更显得温暖和弥足珍贵！

最近几年父亲似乎思考更多的是生死问题。我明显感觉到他对生活的眷恋和对我们的眷顾已经不再那么深沉和含蓄，常常是直抒胸臆，对生命的留恋和掩饰不住的亲情牵挂从他的眼神中和沧桑的笑容里毫无保留地表露出来。父亲和我们聊得最多的话题就是要善待人生，珍惜时光，尽量减少遗憾。他常常无奈而又略带伤感地告诉我们村子里的老人们已经不多了，他活了快八十岁了，应该知足常乐。

每一次知道我们要回来，父亲就早早地在村口等候——但他从来都不承认，只是说自己没有事随便转转。我们返程的时候，他一定要坚持送到路口，那借口是冠冕堂皇的：要么说他是有事要出去，刚好顺路；要么是孙儿们想和他多待会儿；要么是我母亲腿脚不灵便，他代劳一下；要么想看看庄稼的长势...... 我常常从汽车的倒视镜中看见父亲依依不舍的表情，还有久久定格在空中的“再见”手势，直到车子离开了彼此的视线。我的眼泪又来了...... 其实，父亲的爱，不需要理由，父亲爱的理由却又无处不在。

父亲在总结自己人生经历的时候，自然能够炫耀的都是些古人“温酒斩华雄”、“过五关斩六将”的壮举，对于“败走麦城”的事他是一向讳莫如深的，比如我的兄长上高中时选择读文科，他固执地坚持已见：长子必须读理科！他完全左右着哥哥的志向，他的权威性是不容置疑的——他认为理科是出人头地的捷径。父亲的自以为是牢固地建立在他认为自己几乎不可能出错的基础上——虽然他有时也承认“人非圣贤，孰能无过”。直到两年后，他在急躁和盛怒中失去信心，严厉斥责哥哥之后听从了儿子的选择——那一年兄长黄榜高中，位列县上三甲。这一下父亲又表现出了他的先见之明，到处宣扬兄长的选择是他的主意，连日大摆筵席，以示庆贺。对于门庭光宗耀祖的事儿他几乎得意忘形。不久，因饮酒引发的肠胃炎的剧痛使得他彻夜难眠，但他的心情却是非常的好——因为他可以在这个心目中的“异乡”扬眉吐气了！

有一次，在闲聊童年的往事中，我回忆起了上小学五年级时父亲对我的教诲，他对于我的不用功很是恼火，火爆的脾气发作起来，熟练的一个弧线动作从空中划过，霎时我的脸上热辣辣的——这是我整个求学阶段仅有的一次接受父亲的“洗礼”，因为我的个性酷似父亲，永远都不服输，永远都不甘人后。对于错误，我一直相信自己会在反思中矫正、改正，那一次我当面并没有表现出“屈服”，但从此后学习的刻苦和认真程度发生了跨越式变化：自律代替了他律，“不耻下问”演变为上、中、下问兼而有之，《劝学》、《黄生借书说》、《送东阳马生序》等经典文章时时鞭策着我，成为自己发奋的座右铭，不管是在学校、路上、旅途中还是在工作的间歇，从来都随身携带着书籍，总觉得父亲那双满含期待的眼睛在看着我，时而严厉，时而忧虑，时而温暖。直到现在我对父亲的感激之情没有半点淡化，他那取之不尽的教育资源成为家庭教育最好的范本，他自身的课程价值还有进一步发掘的空间。父亲这本书太大太厚，我只读完了其中某些与我紧密关联的章节，剩下的留着慢慢读吧。

别样的幸福

现实生活中，有一种夫妻间的幸福是以吵闹作为载体的。在我的记忆里，父母大半生都是在争吵中度过的，于今仍然没有偃旗息鼓、握手言和的意思，只是随着年龄的增长，当初的激烈程度经常为彼此无可奈何的一声叹息所替代。在我们看来，父亲的精明和经历的坎坷造就了他好斗的性格，在父亲的人生哲学里，单门独户者要求得生存，就必须勇敢地去面对各种挑战，只有坚持不懈地斗争，才能赢得尊重、得到快乐、获得幸福，才能自立门户，受人羡慕。而母亲大概因为小时候受到惊吓的缘故，直到现在仍然胆小怕事，她的处事原则永远都是息事宁人。这和父亲的秉性是格格不入的，当然这也就注定了两个人的一生必定带有悲情色彩。

在父亲的骨子里，母亲是没有地位的，唯一让父亲满意的是母亲为他养育了四个儿女。母亲常常在发牢骚时说："这个老东西一辈子都在欺负我！我就是他的出气筒！好在我这几个娃娃争气，不然还不把我活活气死！"母亲朴实、随和、勤俭、谨慎、小气、唠叨，常常成为父亲攻击的对象，但她痴心不改，不管是苛责的语言，还是粗暴的行为，母亲都不为所动——母亲的倔强与任性一如父亲的霸道与蛮横，在我们心中早已习以为常了。

母亲知道，我最喜欢吃她擀的手工面，因此不管什么时候回家，母亲永远的专用词语都是"我擀面去！"在她老人家心目中，儿子永远都不会厌倦她做的美食，就像《闯关东》中的一郎一样，经年之后，最值得记忆和回味的依然是"娘做的打卤面"。

母亲大半生几乎都是在担惊受怕中度过的。到了晚年，家中诸事都算顺畅，子女孝敬，儿孙满堂，总该是颐养天年了。但她依然闹心父亲的"好管闲事"和"争强好胜"，担心儿女的身体，操心孙儿们的学业，忧心邻里纠纷，劳心未来的日子可能会发生变故。在她的人生字典里，似乎永远只写着"操心"两个字。母亲没有什么养生之道，跟自觉锻炼没有缘分，她这一生如同一只旋转不停的陀螺，只知道劳动，好像永远都有神圣而光荣的劳动任务在等待着她。

据我的观察，父母这一生最大的共同点和乐趣在于彼此对劳动的热爱上，他们似乎从来不知疲倦，源于劳动而获得的满足和快乐常常写在劳动过程中专注的神情上，写在饱满的精神状态上。他们对于劳动的真挚感情永远表现在积极的行动上。劳动的快乐让他们全然没有“老之所至”的感觉——至少在力所能及的范围内如此。

根

这一次回到老家，诸多的变化和对往昔的回忆更增加了我对故乡的眷恋。根文化情结始终缠绕着我。美丽的田园风光永远都有超级吸引力。清晨的第一声脆响总是属于那些喜欢卖弄自己嘹亮歌喉的鸟儿们，在密密匝匝的树枝间，院子里的铁丝上，突兀的屋脊上，一会儿鸟儿们就呼朋引伴地开始举行盛大的晨会，燕子、麻雀、云雀、布谷鸟、灰喜鹊……纷纷闪亮登场，静谧的村子开始热闹起来了。

圈舍里的牲畜开始躁动，勤快的庄稼人已经走出门户，单调而粗犷的秦腔和跑了调的流行歌曲在田野里飘荡，不大工夫，一幅“晨耕图”展现在眼前：拖拉机在田野里一路高歌，机器所到之处，黑油油的土地像浪花一样翻滚着，让希望的田野上显得生机勃勃。带着各种农具的庄稼汉下地了，但已经远不似我儿时常见的那般忙碌，农业现代化技术的推广已经使许多农民离开土地，父辈们曾经引以自豪的手工精耕细作方式发生了根本变化：大型机具替代了手工操作，昔日集体劳动的壮观场面化作遥远的记忆，青壮劳力大多进城务工，留守的老人和妇女们下地劳动的场景叙说着农村的巨大变化。这多少引起我的感伤，城市进程的触角已经延伸到农村的角角落落，曾经浓郁的乡土味道在弥漫着商业气息的氛围中慢慢褪色，那个充满着朴素与原生态情调的故乡渐渐地为乡镇企业的喧哗与新时代的“圈地运动”所替代，我想起了贾平凹先生所写的《秦腔》……

袅袅炊烟还在作最后的努力，以证明乡村生活的浪漫与温馨。该吃饭了，主人大声吆喝着，餐桌上的饮食结构也悄悄地发生着变化，开始向城镇化迈进，类似于城市中街边的大排档。饮料、啤酒是少不了的，各种半加工的散发着机器味道的食品开始改变着人们的胃口。我总以为效率的提高往往是以牺牲人文情怀为代价的，因这背后隐藏的是永无休止的竞争与忙碌，从而使得我们赖以追求的生活目标走向反面，城乡一体化进程可能因为物质的巨大满足缩短了人们的贫富差距，但无疑影响了它的丰富性和多样性，影响了淳朴的乡情、亲情传承，更何况农村以牺牲耕地和环境的代价求得经济的发展有悖于对人的终极关怀与尊重。

当我思考这些问题的时候，已经是吃午饭的时候。田野里暂时停止了喧嚣，燥热和着新翻的泥土味儿，弥漫开来。鸟儿们也怕热呀，成群结伙地退回到树荫休憩。用罢午餐的人们总要下个晌（关中人所说的睡午觉），男人们半裸着上身，躺在门口的石板或者竹床上，手里的蒲扇已经换成了电扇，四平八稳地躺在那里，以为这种享受是家庭地位的标志。女人们也会在收拾完碗筷后稍稍地在里屋打个盹。整个村子除了偶尔几声鸟叫和还在顶着烈日劳动的人们之外，显然也是慵懒的，仿佛进入午梦一般，难得的安静。

下午两三点后，静静的村子又渐渐喧闹起来，人们开始继续各自的工作，直到日落黄昏。当夕阳西下，薄雾渐起的时候，村子里、田野里已经成为鸟的天堂，它们夸张地卖弄着歌喉，走家串户，在院子的铁丝上，房檐上，门前的树枝间，甚至在距离你不到一米的地方蹦蹦跳跳，撒着欢儿，希望获得它的一份晚餐。善良的人们总是在院子撒上一点麦粒或者饭渣，也让这些小生灵们分享晚餐的快乐。

掌灯时分，村庄独有的静谧与浪漫降临了。在昏暗的天底下，天空还残留着未褪尽的晚霞，三三两两的鸟儿们呼号着划 过头顶，消失在茫茫夜色中。坐在田垄上，远处是迷离的灯火和依稀可见的村落，周围没有人声，昆虫们成了田园的统治者，在这夜的寂静中成为天籁的主宰。浅唱低吟，上下和鸣，喧嚣了一天的田野看不出一丝的倦怠，反而更见生机与活力。静静聆听大自然的物语，五脏六腑无一处不舒坦，为生计的劳碌和名利之心一扫而光，只觉得天地间如此和谐与美妙，我们生活在这奇妙的世界里，尽情享受着安逸，体验着幸福，还有什么不知足呢?

我深情地爱着我美丽的故乡，我尤其爱她给予我的美妙遐想。

有一种牵挂叫魂萦梦绕

我们在明媚的春光里相伴而出，让欢乐的心情伴着骀荡的东风一路奔向渭北的故乡。车子在宽阔蜿蜒的公路上疾驰，沿途绿汪汪的麦田为大地铺上了地毯，道路两旁高大而深密的绿化林带已经泛起了朦朦胧胧的颜色，似有若无，如梦如幻——春天毕竟来了，草木们铆足了劲，准备拥抱春天。

跨过渭河，便离故乡不远了。曾经的“泾渭分明”早已成为遥远的记忆，“泾渭不分”却是眼前不争的事实。一年一年在看似微小的变化中几乎已经见不到儿时生活的痕迹。在城市化进程的杂沓脚步声中，历史的警钟依然在耳畔回响：任何革旧布新的作为必须以保持优良的传统为前提。割断历史意味着放弃了未来！过于功利化的追求，令人担忧地损害了人们之间朴素、纯真的感情，甚至人文精神的弱化趋势还在进一步加大。经济损失尚好弥补，而精神因“疲软”带来的恶果在不久的将来，一定会在个体失范的言行中被人们深切地感受到！令人遗憾的是，这种并非杞人忧天的担心依然没有引起社会的足够重视——至少目前尚未有强力的举措！如果任其蔓延，它必将像一只飞速旋转的陀螺，单是惯性使然也会给社会机体造成莫大的伤害。

对于故乡的眷恋如同珍视自己的身体一般，不敢有须臾的忘怀。对于故乡的变化总有一种难以言表的感慨，经常处于颇有点无奈的逡巡状态。保守与现代，愚昧与文明，朴素与狡黠的感触时时令人难置可否地交织在一起，从中不难窥见传统文化顽强的生命力。老屋与新楼，手工劳动与机械耕作，依然有着彼此的强势所在。

社会需要渐进式的变革，跨越式发展可能会因为阶段性发育不良而影响整个进程，犹如催生胎儿提前来到人世间一样会出现先天不足的问题。“回头补课”的代价太大，我们有时不堪重负，也不该承受可以避免的重负——“历史使人明智”，那就在历史中汲取养分吧。

故乡永远是令人温暖的，怀念的——不只是源于亲情，源于养育之恩，更在于它深邃的文化背后给予人的多方遐思——我不期望让我们的后人只能在浩如烟海的卷帙中看到辉煌的历史画卷，我希望在城市化的进程中不要破坏了那些现存的精巧建筑，那些“活着”的、“会说话”的历史——如同我的故乡那样，总有值得保留的民居——它承载着一段绚烂的文化和文明，它无时不在注视着时代的变迁，它本身也是历史的明证。

我们倡导激流勇进，渴望焕然一新。可是，当我们钟情于“白加黑”、“五加二”（白天和黑夜、每周五天工作制再加上周六、周日）的时候，我们似乎在亢奋情绪的支持下无限夸大了人的身心机能。激情、狂热有时是一帖良药（比如克坚攻难的需要），但更多时候却是一杯自酿的苦酒（比如在憧憬未来中脱离实际，没有正确的方向，“只拉车不看路”）。饮鸩止渴的做法历来为人们所唾弃，而行为上的非理性常常又使我们成为理性的敌人。

渴望幸福，追求幸福，为了幸福，创造幸福，浮躁的情绪左右着我们，往往使我们轻易地让愉快和幸福从身边溜走。做好今天的事情，享受春天的阳光，不过多地奢望未来，不过分留恋过去，看看窗外盛开的玉兰、翠绿的草地，保持一份淡静与从容，今天的你，至少是充实的，快乐的，当然也会是幸福的。

感念故乡——我的精神家园！

郊原深处是故乡

我常常想，故乡是什么？为什么每一次想起她的时候我心里总是充满温馨和感动？渐渐地，在人生旅程中，我依稀看见了故乡伴我走过的足迹：是儿时成长的摇篮；是少年时代追追逐嬉戏的乐园；是青年时代壮志凌云的动力场；是人到中年后愈加强烈的亲情牵挂；是吴钩男儿雄关万里依然回眸一瞥时潸然泪下的眷恋；是才情双全的游子孕育侠骨柔肠的磁场；是有情人依依话别时喁喁细语的心隅所在；是耄耋之年朝思暮想的“落叶归根”——是我们一生的亲情圣地。

今天，我因了公干，飞也似的奔向故乡。虽然我别离她仅仅是两周前的事情，但心中的悸动一如东去之水无法阻挡，一种浓浓的欲说不能、欲罢难休的感怀油然而生！“近乡情更怯”——这种快慰中的惶恐感像蚕吃桑叶一样，在走近她的时候悄然爬上心头，剪不断，理还乱。故乡啊，因了生命的源泉令人魂牵梦绕，也更因为那里有亲情的栖息而倍感亲切。

当车子经过渭河大桥的时候，我又一次沉浸在激动之中，心情如同这河水一样荡漾开来。我以这片养育了我的古老的土地滋生的纯朴、热情、好客，向我的同事们叙说着她沧桑中的现代，伟岸中的秀丽，朴素中的高贵。我素日里的沉默寡言竟荡然无存——口若悬河，滔滔不绝，似有神助。原来呀，故乡是催生语言天赋的“助推器”和“永动机”。

工作间歇，我电话向父母报告了回来的消息，同时婉转地说明可能不能回家。我从父亲那迟滞的语气中强烈地感受到了惊喜，随之而来的轻微的叹息声也非常明确地传递着些许失望和无奈的信息。父亲一改他往昔干净利索、简洁明快的办事风格，竟没有放下电话的意思，说了他和母亲的安好，说了今年的收成，说了快要秋种的打算，问了我的女儿，问了我的工作，表示了他对晚年生活的极大满足，一如既往地表明了对我的十分像他的“暴戾”、“倔犟”的脾气的担忧，一如既往地表达了对城乡一体化进程中他视如生命的土地慢慢被“蚕食”的强烈不满，一如既往地表现出了他对世事洞察的精明和一贯的爱憎分明。

我静静地听着，也一改往日与他观点不同时的辩论甚至抢白。我明显地感觉到了父亲的苍老，他变得有点絮叨了，他自知体力大不如以前，但他的秉性不允他坦率地承认：他一辈子都认为自己是一个强势人物，他一辈子都在以自己的言行证明他的强势，可是，最近几次我探望父亲的时候，从他略带忧郁的眼神中读出了他自知无法拒绝的日渐衰老，读出了他的不易觉察的对岁月的留恋，读出了他刚强背后脆弱的一面。

在母亲面前，父亲永远都是“英雄”，永远都在扮演着真理化身的角色，永远都是“有理村”当之无愧的“村主任”——但他现在几乎须臾离不开母亲，他开始以实际行动关心母亲的身体，他甚至隔不上几日便会骑上电动车拉着母亲逛集市，他甚至还怕母亲被我们接到城里小住——这时候，他便以母亲健康为由谢绝我们的美意，理直气壮地说母亲腿脚不灵便，经不起车马劳顿，加上城市空气不好，交通拥挤，我们上班后母亲又难以找到个说话的人，所以还是呆在农村好，这番说辞，父亲极巧妙地把自己的角色定位为母亲的贴身侍卫和无法替代的“守护神”；同时他声明自己也不愿意到城里住。每当这个时候，父亲掩饰不住孩子般的羞怯和生怕我们洞穿心扉的心虚，装出不经意的样子说，“我去了你妈不放心”。这种情景常常闪现在眼前，挥之不去，好几次令我含着眼泪微笑。

父亲依旧抽烟，但比以前少了许多，他坦言为了多活几年，为了我们少一点担忧和牵挂，他愿意做出牺牲，但我们必须承诺——不能完全剥夺他这一生唯一的生活爱好！他生怕我们忽视了他的要求，于是一次又一次地抓住他认为的恰到好处的时机告诉我们，不要奢望几十年养成的习惯在我们的劝告下会立即改变，也不要轻易改变一个老年人的习惯，但他会努力坚持去改，相信他的努力应该如同相信他对于要让一件事情成功的执着一样，不能有丝毫怀疑。事实上他的决心和他的行动是一致的。这令我们快慰了许多，父亲也从我们的鼓励与赞扬声中生出了仿佛成就一项伟大工程的愉悦——在我们面前，他几乎不抽烟了——虽然据母亲说背着我们他会争分夺秒地把“损失”夺回来，而且在母亲面前很是“肆无忌惮”。

听到这些，想到这里，眼里忽然涩涩的，更为内疚的是，这一次车子从村后经过，与我的父母近在咫尺，却似天涯一般，我终于没有能够回去探望他们，黄昏时分揣着愧疚的心情匆匆踏上了归程。

是夜，心情久久难以平静，乡情、亲情时时包围着我，父母温暖的笑容、慈祥的面孔，每次送我踏上归程时留恋的眼神和身影总在眼前浮现。我站在古城西隅寓所的阳台上，遥望故乡的方向，把深深的祝福献给我的双亲：愿二老颐养天年，健康长寿！

故乡的雪天

时序刚一过立冬，古城的大雪便在磅礴的气势中宣告了人们关于“暖冬”种种预言的破灭，一夜之间，气温骤降，儿时期待的银装素裹、玉树琼枝的童话世界的美丽，很快为北风呼啸、冰雪难行的困扰所替代——冷色没有遇到任何竞争对手便登上了主色调的宝座。故乡的雪，肯定比城里下得更大。不知道父母是否安好？雪后第五天，踏上回家的路。

是日，大地刚刚张开惺忪的睡眼，薄雾缭绕着整个城区。街上行人稀少，匆匆的脚步成为驱寒的最好方式。晴日里林林总总、错落有致、金碧辉煌的楼群仿佛失去了灵性，变得木木讷讷。冷冷清清；平素间最能吸引眼球的“金字招牌”商场也显得索然寡味，毫无魅力，似乎仅是出于职业习惯履行着自己的职责；屋檐楼顶上残留的斑驳陆离的积雪，泛着冷森森的白光，让人不寒而栗；高大而深密的白桦树的叶子已经变成金黄，在清晨的朔风中簌簌而下，奔向地母的怀抱。“树高千丈，叶落归根”——这种生于斯、长于斯，最终又用凌空飞舞的幽姿回于地母恩泽的冷艳与凄美，不正像魂牵梦绕的亲情牵挂一样吗？这些雪后的景致已经扣动了心弦——我的心早已飞向故园。

车子在北方干冷的晨风中疾驰。冬日的田野空旷寂寥。春天的繁华，夏天的茂盛，秋天的清韵，全都被冬天的萧索收藏。沿途的树林变得疏朗清俊，枝桠间残留的叶子似乎要用尽最后的气力追忆青春年华；田野的禾苗正在雪下甜甜地深睡；偶尔可见几只飞鸟迅捷地窜入云天；渭河上浮着一层薄冰，枯黄的芦苇和蒿草在风中摇曳，使人在这空旷中更觉天气的寒冷。春耕夏种，秋收冬藏，这四季的更迭乃是造化遵循物理的呈现，所谓“天时人事日相催，冬至阳生春又来”，不正是自然对人的启迪吗？

忙完了公干，午饭时分，执意要回家探望父母，这个理由是任何人都不能阻挡的。主人再三邀请，但“不在家吃饭，父母会不安心的，况且我也有好长时间不曾看望老人家了”一句，成了最好的脱身法宝。出了校门，飞也似的向家奔去。

故乡总是令人心动的。车到村口，徒步而行，门前的原野上依然覆盖着厚厚的积雪，树梢上也零星地缀着雪片，柴垛上、屋顶上白茫茫的，房檐上的冰柱参差多态，遥看宛如水晶宫的玉帘。我一下子想起了儿时故乡的雪天。李白有诗云“燕山雪花大如席”，那是夸张，但在我的记忆中，数十年前故乡的雪的确是很大的，一夜下来，整个村庄便被装扮成雪的世界。

雪天正赶上农闲时节，村中的狩猎者腰挎行囊，斜背长管猎枪，牵着健硕的猎狗，在积雪覆盖的原野上奔走。田间的麦草垛、乱坟岗是最好的狩猎场所——冬天兔子无处藏身，只好躲在这些地方。目标出现时，猎人一声呼哨，猎犬便撒开四爪，拼命奔跑、追逐。可怜的兔子不一会儿便累得筋疲力尽，成为囊中之物。猎犬们摇着尾巴向主人邀功请赏，主人自是得意，从行囊中大方地掏出一块玉米饼，掰成几块，高高抛起，形成一道美丽的弧线，猎狗腾空跃起，动作迅捷，娴熟而准确地将赏赐笑纳口中，那情形好像杂技表演一般耐看。

孩子们成群结伙跟着猎人看热闹。主人心情特好的时候，会大声吆喝着将炉火烘烤的鲜美兔肉与孩子们分享。所以那时我们是期望下雪天的，不仅仅是因为打雪仗好玩，可能还有令人垂涎欲滴的美味在等着我们。

雪天闲暇，乡里人最喜欢的事是相互串门，大家围坐在炉火旁，一边有滋有味地品着酽茶，抽着呛人的旱烟，一边闲聊着一年来庄稼的收成，盘算来年的计划。那份满足、闲散、恬淡和惬意，至今想起来仍然历历在目，不能忘怀，忙碌之余的闲情何尝不是一种美滋滋的享受呢！

父亲和母亲从来是闲不住的人，每天早上，他们总是最早起来，雪天也不例外。常常是雪还在下着，父亲已经拿起扫帚开始清扫门前屋后的积雪，母亲比父亲起得更早，厨房的火苗“嘶嘶”地响着，早饭已经入锅了。我和弟弟在雪天中最幸福的事是，一睁开眼，便看见枕头边放着用洁白的纱布包着的两块烙饼。迅速地起床，迅速地吃完，迅速地推开门，开始呼朋引伴地堆雪人、打雪仗。童年的快乐至今让我深深怀恋。

等我们上了中学，家里负担更重了，但父母从来没有抱怨过。父亲依靠他的手艺整天在外干活。冬天大雪漫天，依然不肯歇息。父亲教育我们最常说的一句话是，“要注意学习方法，不吃苦干不成事”。他自己没有上过学，但他的多才多艺、见闻广博和善于创造性地运用远近闻名。母亲只是一门心思地吃苦，在她老人家身上最能体现“吃苦是福”、“以苦为乐”的境界——虽然她至今也不明白什么是境界。

因为学校距家较远，我们弟兄三个都寄宿，每周回来取一次干粮。六年下来，仅是母亲烙的饼叠加起来，足可以连绵 好几里地长。尤其是大雪天，母亲怕我们受冷，便在冬夜昏暗的煤油灯光下一针一针地赶做着棉衣、棉鞋。我们常常学习到很晚，而母亲比我们睡得更晚，即使偶尔早睡一点，也睡得不会踏实。夜深人静的时候，母亲怕吵醒劳累了一天的父亲，常常会披了衣服，悄悄地走进我们的房间，劝告我们早睡，或者轻声地提醒，“快睡吧，明儿还要上学”。这些温暖的话语一直陪伴我们到中学毕业。至今想起来，仍然清晰可见，倍感温馨。

工作后，父母的牵挂变成了电话中的絮叨。每每听到我们的问候，老人家总是喜不自禁，他们为自己一生的“作品”而深感自豪——虽然他们很少在乡邻中夸耀儿女，但心里乐滋滋的感觉从那些絮叨的话语中写得明明白白、清清楚楚、真真切切。

在这个初冬的雪天里，母亲在电话中一味地念叨着她的儿孙们，只是轻描淡写地说了他和父亲的安好，极为认真地说了不必操心的话。我常常想，我们今天的快乐和幸福，不正是父亲母亲用他们的辛劳和无私的大爱换来的么？我们的孩子们有足够的理由为爷爷、奶奶骄傲，也有足够的理由向他们致敬、学习。

回忆间，到了家门口，轻轻地掀开门。父亲正斜倚在炕头。父亲从小受了风寒，落下了风湿病，及至晚年，病痛经常折磨着他，走起路来大不如以前灵便。但以他的刚强，他是绝对不愿示弱于人的。一到冬天，热炕便成了他的最爱——他不喜欢串门，也不爱凑热闹，喜欢独处，喜欢静静地听他一辈子都喜爱的秦腔，他对那种铿锵有力的唱腔达到了痴迷的程度——这其中分明包含着他对土地无法割舍的情结，有他坎坷而丰富的经历的影子，他时刻准备着将这笔丰厚的财富赠给我们，即使同一话题说上百遍、千遍他也从不厌烦。

这一次对我的不期归来，父亲满带疑惑的喜悦，连忙起身，看似平静却不失热切地说道：“咋这会回来了？冷了坐炕上！”说完，便蹒跚着下了坑——父亲明显的老了！他前后寻找着母亲，“你儿回来了”，语气中满含着欢喜。

母亲听到召唤，一边急急地从后院赶过来一边应着“来了来了！”那匆匆又显得凌乱的脚步和因病痛变得有点模糊的言语中分明写着惊喜。老人家一个劲地唠叨天气的寒冷、雪天的路滑，怪了我的回家。末了，又开始张罗着做饭，佝偻着身子又要进厨房。我搀着母亲坐下，说我不饿，陪老人家说会儿话就走。母亲哪里会听我的？我犟不过她老人家，更何况不吃饭她是绝对不会安心的。于是顺从了母亲。母亲从厨房中拿出我爱吃的烙饼，放在火炉下面的烤箱中，又端出了自制的咸菜——母亲知道这是我打小就最爱吃的。

母亲坐在火炉边，一边听我和父亲说话，一边不停地翻着烙饼。看着我狼吞虎咽地一扫而空，母亲如同完成了一件伟大的工程似的开心地笑了。

窗外寒流涌动，冰天雪地，屋里炉火正旺，暖意萦怀。我想，正是因为冬天的阴冷，才更见亲情的温暖。我愿这温情常驻人间。

暮霭初上的时候，我在依依不舍中带着父母的温暖踏上了归程……

余子谁堪共酒杯

行道树上挂满了大红灯笼，礼花紧连着天际间此伏彼起的爆炸声在夜空中肆意地绽放美丽，浓烈的火药味也因佳节的到来摇身一变，成了“可爱多”。隐隐约约荡入耳际的缥缥缈缈的锣鼓声，分明传递着人们兴高采烈的喜庆心情。

除夕之夜已经近在眼前了！遥望故乡，忆念一家人围坐在火炉旁，聆听老父亲讲述陈年往事，乃是一年中最快慰的事啊！

今夜，一个人漫步熟悉的街区，遥望故乡的方向，思绪久久不能平静。祈愿亲人们平安、健康、快乐！

除夕夜，且将此刻的心情以诗为记。

佳节呼唤兴味浓，万木枝头灯光明。
同赏高树宜嘉兴，高低远近别样红。
万家灯火谁点缀，辉煌炫舞竞缤英。
瑞虎山林隐隐去，玉兔款款正前征。
冰河潜流融春声，天寒好蕴桃花风。
黄昏持觞失形容，归来半醒和懵懂。
夜色运筹驱灵慧，慨叹造化神斧工。
蓬莱未抵啧啧叹，乾坤浮沉谁能穷？
寒蟾岁末摇瀚海，万里清辉舒灵通。

思乡彻夜入梦境，红尘滚滚无西东。
我欲御风长驱入，白云翔宇慈恩宫。
亭台之巅悬星斗，银河浪奔卷长空。
细察芳踪杨柳岸，丽人何处觅神功？
仙山久闻卧东瀛，登临偕君骑鲲鹏。
酒酣提壶将樽满，好趁月色如意征。
万花见我竞相争，百鸟朝凤清音鸣。
句如连珠声声赞，歌由心来境自生。
浩淼苍茫开气量，波澜壮阔如泄洪。
置此销魂摄魄地，安能处之隐豪情？
踏曲长安兴无尽，夜色初照玉芙蓉。
长街寂寂路漫漫，九州浮空阴转晴。
冰河有梦思春水，风花雪月总关情。
赤子衷怀铭肺腑，一样乡思殊异行。
茕茕孑立共甘苦，伏案飞笔任纵横。
但愿缱绻成美意，年年月月与此同。

细雨春树故园

一

这个春天的雨特别寻常，如同赶场子一般，隔不上几天便会光临，或大或小，或疾或徐，不缜密，不张扬，不突兀，不放纵，不懒散，颇有九天持斛，潇潇洒洒，妙“雨”连珠，闲情逸致，随心而至，逸趣横生的意味。

雨过之后，每每展现于眼前的便是鲜鲜亮亮的灿烂和扑面而来的清新与活力，美了眼神，润了心田，给人一种助跑的力量。而寻常中孕育的奇崛往往在不经意间的闪亮登场，又使人在眼前一亮中洞察物理，追寻平淡之中蕴藏的新奇，感悟生活真谛。我在这醉人的春光中，又一次回到了魂牵梦萦的故乡。

二

细雨网罗了公路两旁如同哨兵般排列整齐的白杨的翠绿，织就了田野麦苗的青壮，唤出了宛如兔子耳朵模样的毛茸茸的桐树的叶片，离乱了杏花雨，迎来了梨花风，惹得芳草芊芊，撩得碧水湾湾，诱得飞燕翩翩。想起了晏几道的《临江仙》：

梦后楼台高锁，酒醒帘幕低垂。
去年春恨却来时。
落花人独立，微雨燕双飞。
记得小苹初见，两重心字罗衣。
琵琶弦上说相思。
当时明月在，曾照彩云归。

回乡的路并不漫长，但心的旅途却千里迢迢。一抔黄土将我与咫尺之隔的父亲化作海天之遥。自从父亲离开我们后，“常回家看看”成了每月的必修课，我试图以对母亲加倍的孝敬来淡化对父亲无尽的思念，但事实证明这是徒劳的，反而在思念的天平上加重了砝码。没有任何可能把父母从精神上分开，二老总会在我的忆念中同时出现。我终于在一次次的努力中逐渐走向彻悟，所谓“老伴”的“伴”，乃是指“人”的另一“半”，怎么可以分开呢？而近六十年的风风雨雨铸成的相濡以沫已经把父母连为身心相依、坚不可摧的生命共同体了。父亲去世后，母亲几乎在所有谈话中永远不离父亲的主题，更验证了我的看法。

父亲走后，母亲自然成了家族的精神支柱，成了我们最重要的牵挂。在母亲面前，我们扮演着多重角色，有时是街坊邻居的亲切招呼，日常走动，比如家长里短，喋喋不休；有时是亲朋好友的相互帮衬，礼尚往来，比如逢年过节，揽亲叙旧；有时是父亲的强势霸道，倔强任性，比如对于母亲的饮食起居，身体保健所制定的计划的实施，可以在商量中微调，但不能讨价还价；有时是幼儿园的叔叔阿姨，比如对于正确而母亲不易接受的事情，要用“真实的谎言”等法宝；更多的则是作为儿女的本分，用我们集体的生活智慧，想尽一切办法，保证母亲身心愉悦，颐养天年。

三

在我的记忆里，除了把全部心事和精力用于经营家庭外，母亲一生几乎没有什么兴趣爱好，也没有什么奢求。对她来说，一家人和睦平安就是最大的追求和幸福。她的一切言行都是围绕这一心愿进行的，她虽然不懂得逻辑知识，不通晓说话技巧，但她深明一个道理：只要执着于一件事，并把它当作事业来干，就一定会获得好报。在她眼里，父亲就是她的事业，儿女就是她的事业，家庭就是她的事业。所以，从柴米油盐酱醋茶等日常生活所需，到我们（现在当然更包括她的孙儿们）的生活、学习、工作，构成了她生命的全部。

现在，风烛残年的母亲干不动体力活儿了，可一贯闲不住的她，依然勤于家务。腿脚虽不灵便，但洗洗涮涮，擦擦扫扫，从不停息。老人家竭力做到生活完全自理，努力用行动证明她依然是个有用的人，中用的人。她的底线是，至少在饮食起居方面不拖累我们。这一点酷似我的父亲，表现在韧性上甚至还要比父亲略胜一筹，当然在气势上又稍逊父亲。

父亲故去后，也许更多的回忆让母亲逐渐悟出了父亲当年的英明：在我们日以缩短周期的探望中，她看到了我们因为沉重的工作压力和辛苦奔波之后的倦容，担心我们因为她影响工作，操心我们在物欲汹汹、诚信失范中迷失方向，于是她一再告诫我们做人的重要，免得她整天提心吊胆，担惊害怕。她逐渐接受了我们的劝告，将主要心事和精力用于打理自己的心情和身体。母亲终于明白：只有自己好，儿女们才会安心做自己的事情。

四

回到家，看到母亲的气色比原来更好，我拉着母亲的手不住地夸赞。母亲很是欣慰，先是对我们的孝顺赞不绝口，继而道出了其中的秘密，那就是，严格执行我们从医生那里讨得的食谱和作息时间，这成为母亲近年来每天必做的事情。母亲的现身说法是：只要坚持，就有效果。

对于母亲的出色表现，我几乎每月都会按时颁发奖金。口口声声坚持“不要”的老娘，总是笑眯眯地慢慢地伸出手来，一边和我交谈，一边在看似不经意间悄悄地把钱装进外衣口袋，末了总会补充一句：“我给娃娃留着。”而每当到了年关的时候，等到我们全家归来，母亲则会从她的百宝箱中层层包裹着的布兜里拿出积攒的“奖金”，再转发给孙儿们，而且是双份。这个时候，老人家往往会以微笑伴着浑浊的泪水告诉孩子们：“这一份是奶奶的，这一份是你爷爷的……”一想起这些情景，我的眼泪又不能自禁，扑簌簌地落下来，我不知道用什么样的语言才能表达自己复杂的感情，“谁言寸草心，报得三春晖”啊！

五

一天中的大部分时间，母亲完全是一个自由的人。我们共同的主张是，老人家想干什么就干什么，怎么高兴就怎么来。但是，母亲快乐的时候好像并不算多。在她的脑海里，似乎储存了太多的不如意，惹得老人家每见到我从城里回来，便没完没了地絮叨，给我的感觉是所有的人都在和她作对。说到激动处，连远道而归的我也免不了受到责难，母亲埋怨我的工作卖力，数落儿媳不让她劳动乃是对她的最大不敬，担心孙女因了过重的学业负担累垮了身体，抱怨老父亲不讲信义，过早地弃她而去，在天堂里独自享福，后悔当初没有陪伴聪明能干的父亲而慷慨奔赴黄泉，免得活着讨人嫌。

有一次说到伤心处，母亲佝偻着身体，蹒跚到门前，望着老父亲的坟茔，声泪俱下地数落着父亲："你个老东西没有良心，太自私了，忍心舍下我自己走了，让我现在受煎熬，拖累娃们。你到底是个啥英雄嘛！你不在了，我连个吵架的人也没有了，你不起来看一看，赶快叫上我吧……"母亲越哭越伤心，任凭我如何安慰，也没有一点缓和的意思。我只好陪着老人家，默默地流泪。别离父亲的伤痛又一次在母亲的泪水中触动了我敏感的神经。眼泪肆意流淌，泪光中父亲的音容宛若眼前……

六

事实上，我没有一天不想念父亲，我常常怕过于伤悲，只是一味地用忙碌来充实自己，转移视线，用一次次地探望母亲来弥补心灵上的亏欠和伤感。年迈多病的母亲像一只离群的孤雁，头雁的离去留给她的除了无尽的思念便是日复一日的回忆。母亲本来就记忆力不好，现在更是有点糊涂了。但是，对于与父亲五十六年生活的追忆，她如数家珍，即使再琐碎的事情，在她脑海中仿佛扎了根，随时便可以说出发生的时间、地点和当事人，而且叙述得朴实、生动、逼真，足以让我们感觉到当初的事实一定如此，肯定如此，必然如此，必须如此，只能如此！

我想，这不仅源于母亲对于父亲以能力树立的绝对权威性认同之后的心悦诚服转化的言听计从，也在于她虽经不懈反抗但最终只能妥协的结果。而父亲权威的形成，又源自他对于所有家里家外大事的决断和担当。母亲也曾在一段时间奋力抗争，甚至拉上我们结成同盟军，以求哪怕暂时获得主角的地位，即使昙花一现亦无不可。可是就这一点小小的心理需要，也在父亲无数次的“谈笑间，樯橹灰飞烟灭”了。父亲是永远的“家族狮王”，他的权威不容挑战；母亲是天生的“配角”，她的怯懦需要“狮王”保护。

七

一生强势的父亲在晚年明显变得谦和多了，宽容多了，体谅多了，亲切多了。给我印象最深的一次是，他破天荒地说出了自己对母亲的爱。当时他虽面带羞赧，不好意思，但终于在我们的千呼万唤与长久期待中，当着儿孙们的面勇敢地表白了对母亲的爱恋和感激，他主动捋去了头上的光环，心甘情愿地把母亲从曾经的“苦菜花”奉为令人敬仰的“金达莱”。他对母亲的态度的谦恭让人感动，以致母亲兴奋得有点晕点，恍如梦中，顿生扬眉吐气之感。父亲的衣食住行全是母亲说了算，家里的大小事母亲拥有了绝对的发言权，甚至掌握了部分的决策权。徜徉在满足感、成就感、幸福感里的母亲，身体也比从前好了许多。他们俩好得就像革命年代的“黄昏恋”，在事关柴米油盐、家长里短等生活琐事上，母亲说一不二，在关系国计民生、形势走向方面，父亲当仁不让。历经近六十年的“战争”与“和平”，父亲母亲终于明白了适度妥协才能和平共处，两全其美，才能各得其所的道理，他们的生活虽简单、朴素，但亦幸福、甜美。

在父亲七十五岁生日的时候，弟弟给两位老人买了代步车。乡邻们经常看到的风景是，父亲载着母亲，走亲戚，串朋友，逛集市，游郊原。他们脸上洋溢的祥和怡然与快乐满足总使人想起《最浪漫的事》那首歌的歌词。

我能想到最浪漫的事/就是和你一起慢慢变老/直到我们老得哪儿也去不了/你还依然把我当成手心里的宝

这美丽的乡村爱情也成为《最美不过夕阳红》最好的注解。

夕阳是晚开的花/夕阳是陈年的酒/夕阳是迟到的爱/夕阳是未了的情/有多少情爱化作一片夕阳红

父母是我们的掌中宝，老来宝，当我们已过不惑之年、知天命之年、耳顺之年，还有“爸妈”叫的时候，我们肯定是天底下最幸运、最幸福的人啊！善待老人，孝敬老人，就是呵护幸福，守望幸福，享受幸福。

八

四年前，父亲去世后，母亲很快便衰老下去。每当我探望老人家的时候，怀念父亲成为我们念叨家常的主题。父亲的厚道、善良、坚强、行侠仗义，父亲的勤快、聪明、好学、上进，乃至父亲无处不在的人脉、神韵、气场，每一个词眼里都有说不完的故事。回忆与父亲在一起的日子成了母亲生活的主宰。那里有温馨、温暖、温情，也有伤心、伤感、伤情。但每一个故事都成为母亲和父亲生命共同体的组成部分，已经融化在老人家的血液里，永远不能分割开来。

母亲仿佛一位专职向导和解说员，她总是不厌其烦地尽最大努力叙述着所有与父亲有关的故事，言语中充满了敬意和爱怜，自豪和欣慰，也夹杂着些许的哀愁与哀怨，失落与无奈。也许只有在这个时候，老人家在乐此不疲、毫无倦意的讲解中才能够真正体会到她现在活着的价值和对于我们这个家族的重要意义。

我在条分缕析的思索中，逐渐发现了在那些陈年往事的背后，日渐清晰的是母亲的良苦用心。她在用自己独特而又寻常的方式传承着父亲的精神，把父亲的事业当作一件功德无量的善举来进行。实际上也是在传承着家风，希冀家族人丁兴旺，精神风范永续。

好多时候，我们因为工作的忙碌而忽视了对于老人内心需求的满足，他们衣食无缺，害怕的是孤独，牵挂的是儿女们的家庭生活、孙辈的成长。他们有操不完的心，扯不完的挂念。在绵延不绝的亲情之旅中，父母无时不在的呵护、关心，给予我们的不仅仅是一份心灵的慰藉，更是精神动力的支撑。而我们反哺于他们的，常常是物质上的馈赠，缺乏精神上的关怀。理解的才是最好的，满足需要的才是最美的。

因为生活阅历的不同和工作繁忙的诸多缘由，要走进老人的心灵的确是一件不容易的事情。可是，只要我们稍微放弃一点点休息，推掉一点点应酬，减少一点点娱乐，肯花费一点点时间陪伴老人，把这作为人生的重要功课来做，当作延展亲情的工程来做，当作人生的要义对待，当作文化传承的事业对待，我们将会在厚积的精神财富中深悟感恩对于生命存在意义的重要，深谙精神传承的价值。

九

今天，当我又一次在微雨中站在父亲坟前的时候，萦绕于坟茔周围满眼的翠绿和近旁葱茏的麦田，又一次告慰着父亲的魂灵。他生前挚爱的土地依然生机勃勃，充满希望；他亲手种下的杏树已经挂满青果，他修剪的高大的国槐与桑树已经冠盖云天，他栽培的冬青树郁郁葱葱、枝繁叶茂，他嫁接的柿子树嫩芽初上，绿韵缭绕。

驻足老宅，父亲打制的农具整齐地挂在屋檐下，还有未做完的家具一直按照他生前的摆布搁置在那里。老宅的每一处物什都记载着父亲的荣光，而檐下的乳燕的呢喃也在叙述着一个永远不衰的故事：

幼年的时光虽然已远扬
总是那么教人难忘
儿时的玩伴儿时的地方
永在我记忆里深藏
童年的生涯常入我梦中
梦里我嬉笑依旧
每当梦回时仿佛还听到
松籁在空中悠扬
重回那记忆深处的地方
眼前的景象变得那么渺小
远处的孩童传来阵阵嬉笑
熟悉得叫我心惊
还是老地方

还是老景象
童年的我早已了无踪影
檐下的乳燕依旧在呢喃
可知我心中感叹
檐下的乳燕依旧在呢喃
可知我心中幽叹……

故园，我永远的眷恋。

第三辑

亲情如水

细节中的幸福

生活中的美，不只在那些荡气回肠的大事之中，往往恰恰是一些看似不打眼的、极小又极寻常的，然而却让人铭记终生的细节，富集了一切圣洁情感的元素，蕴藏着巨大的能量，在我们心中留下难以磨灭的印记。它们不因时间的流逝而褪色，反而在岁月的磨琢中更见亮丽。这些生活中的小事常常让我们回忆起来满含感动的泪水，体味真情的温暖，享受温情的幸福，传递高尚的情愫，播撒感恩的种子，成就生活的美德，续写生命的斑斓。打动人心的，便是最好的。

年逾六旬的老伴要去非洲旅游。怕老伴在非洲大草原迷路，因语言不通而走失，所以老妻特意为老伴准备了一件大红的上衣。

两位老人春节逛庙会，老太太走得口渴了，老先生慢慢从贴胸衬衣里掏出带有体温的水瓶递过去。

老伴肥胖，睡觉总打呼噜。害怕老伴因呼吸急促导致休克，老妻很警惕，总会在鼾声咄咄逼人的时候，轻轻地摇醒熟睡的老伴。

妈妈操心上夜班的女儿回来孤单、害怕，所以总开着女儿临窗卧室的那盏壁灯，回家的孩子远远地看见窗户流泻的灯光，一定会感到安全、温馨。

住着老式房子，没有通天然气，因此只能用罐装煤气洗澡。怕万一漏气发生危险，所以老两口不管谁洗澡，另一位一定会每隔几分钟便喊一声，或者故意找个话题在门外聊天。有时不免厌烦，但彼此心里很温暖。

儿子在外地工作，不能经常回家看望父母。于是打电话问候年迈的父母便是他每周要做的重要事情。儿子怕老人们接电话着急摔倒，所以事先约定，电话铃响一下，提示儿子打电话了，再过一分钟，再响一下，告诉老人家不要急，慢慢走，再过三分钟，电话一定会再打过来。

父亲年轻时落下关节炎，现在快八十岁了，上厕所解大手极不方便，儿子仔细察看了厕所的设备后，亲自动手加以改造，在通向厕所的甬道上铺了一层细沙防滑，同时给厕所安装了专用座椅，并在天花板顶垂下一根带环的绳子，以便老人把扶。

一家人就餐，年轻的妻子趁父母不注意，飞快地用筷子给丈夫夹了他最爱吃的菜。动作之迅捷仿佛受过专业训练一般，而父母佯装没有看见，只是互相用别人不易觉察的眼神对视了一下，然后会心地笑了。

做了近二十年国家图书馆馆长的著名学者、哲学家任继愈先生在退休告别会上平静地说："工作是大家干的。我只做了一件事，就是图书馆大门的玻璃擦得太干净了，不少人都碰过头。我知道后，让后勤处的同志给门上贴了个小纸条，以后就再也没有人被碰了。"

我拿什么奉献给你，我的爹娘

——重阳节随想

烟雨迷蒙中，又一个重阳节姗姗而来。秋雨细绵温柔，总让人遐思。在这样一个属于老人的节日里，因公务忙碌不能及时回家看望爹娘，的确是一件令遗憾的事情。老人们此刻的伤感也自在情理之中——虽然他们理解孩子们。电话这一头牵着父母，那一头扯着儿女，电波传递的温情多多少少弥补了彼此心中的缺憾，不完美是一种生活常态。也许正因为如此，我们才给予亲情更多的期待，才会更加珍惜当下。

此刻，年迈的父母可能正在门口期盼着儿孙的归来——他们也和其他大多数老人一样，害怕孤独，害怕寂寞，害怕冷清——尽管每一次我们回老家，老人们总是装出一副极为平静的样子，而言行中奔泻的欢喜又有谁看不出来呢？孙儿们或围绕膝下，或开心地跑前奔后，老人们心甘情愿当“服务生”，有时候那种想方设法“讨好”的样子，真让人忍俊不禁又心里发酸。当一个“取悦”于孙儿们的计划在努力中成功实现时，常常乐得脸上写着的“风霜雨雪”全都舒展开来，成为最美丽的花瓣，我以为这时老人们是最快乐、最幸福的，他们可不愿意浪费哪怕是一秒钟的时间，全力调动所有的思维细胞，进行欢乐总动员。此刻的劳动效率和因它带来的欢乐价值足以持续好长时间，甚至像生了根一样在老人们的心中留下印象——后来见面时老人们的美好回忆往往为我当初的判断作了最好的注释。当时我甚至自鸣得意过，以为自己很聪明。其实，那是老人们在用一种婉转的方式提醒我们：回来得太少了！每一次返程的时候最是老人恋恋不舍的时候，他们情绪的变化从略带忧郁与

期待的眼神中，从反反复复的絮叨中你一定会读得出来——下一次回来会在什么时候……

我们是典型的城乡二元制生活，父母住在乡下，我们在城里。工作繁忙生成的聚少离多的现实，常常把亲情的温暖变换成无法割舍的牵挂，那些动人的“亲情图”也便往往化为一种浓浓思念的寄托。

我在雨中拨通了老家的电话，父亲苍劲、浑厚的声音直入耳际：“我和你妈都好着哩，不操心了！把公家的事干好！”这是老父亲一贯的风格，说话直爽，处事毫不拖泥带水，就像吃麻花一样干脆。这几年母亲多病，身体大不似先前硬朗，腿脚不灵便，说话口齿也不如以前利索，因此更加显得老态。老人家一直保持着她那几句耳熟能详的有点语无伦次的再寻常不过的亲情语录：“吃饭了没有？娃娃放学啦？家里都好，没事我挂电话啦。”

我把每次叮咛的话语又重复了一遍。放下手机，遥望北方，心中默默地把最美好的祝福送给我亲爱的父母：天凉了，更要保重身体，你们健康长寿就是儿女最大的幸福！

走在秋景撩人的花园里，远远看见社区的走廊上悬挂着一条非常醒目的标语——“敬老是中华民族的传统美德”，这是善意地提醒人们在重阳节这一天，要把特别的爱送给年迈的亲人，也告诉老人们要过好属于自己的节日。我想，很有教育意识的老师可能早已在节日到来之前就精心安排了相应的活动，诵读经典自是必不可少的。

雨越下越大。透过雨幕，我仿佛听到了“独在异乡为异客，每

逢佳节倍思亲。遥知兄弟登高处，遍插茱萸少一人”的朗朗清音正在校园上空回响，听到了“慈母手中线，游子身上衣”的吟诵，听到了“最美不过夕阳红”的浑厚歌声……

古语说“行百事，孝为先”。儿女们到底如何对待老人才算尽到孝心呢？我们通常的做法是，给父母买一件可心的衣服，以为父母衣着体面就是孝敬；或者大家聚在一起举行一次宴会，以为满足口福就是对老人的孝敬；或者驾车带老人游玩一番就是孝敬。这些都没有错，但我以为这是小孝。

今天的我们可以说已经进入到了一个衣食无忧的时代，我以为对老人的孝敬主要表现在以下几个方面：

首先应该尊重老人们的生活习惯，这其中最重要的在于饮食习惯和勤俭节约的习惯。一辈子都和土地打交道的人，自然懂得粮食的来之不易；一辈子都和机床、精密仪器为伍的人，无疑对“失之毫厘，谬以千里”的道理体会得更为深刻；一辈子都在从事教育的人对于育人的重要性，恐怕比其他任何职业的人都要认识到位。只有从辛勤耕耘中取得收获的人才更懂得珍惜劳动成果——勤俭持家自然成为最寻常的治家之道。

我们没有必要再继续列举下去。事实上，每一个人的经历不但是一部个人成长史、发展史，其中包含着奋斗的艰辛、磨砺的煎熬，过程的坎坷，渗透着劳动的汗水乃至血泪（当然也不乏人丁兴旺的满足、家业兴盛的快慰和事业成功的喜悦），或显性或隐性的都打上了那个特定年代的烙印，自然的也是社会变革在某一时期、某一阶段、某一领域、某一行业、某一职业的缩影。从这个意义上说，认可老人的生活习俗和认知能力就是尊重老人，尊重生活，尊重历史。由此推论，理所当然地就是尊重现实——大凡客观存在，都有它的合理性，今天的现实就是明天的历史。所以，我以为孝敬老人的重要行为在于孝顺——顺着老人，就是“孝”；尊重老人就是“敬”。

我想表达的第二层意思是，我们不能因为工作繁忙而忽视 了亲情，冷落了老人。有一则公益广告，画面的情景令人难以忘怀：白发苍苍的母亲盼着儿孙节假日回家，老人家忙活了一整天，做了一桌丰盛的饭菜，满心欢喜地守候在家里等待。不一会电话铃声此伏彼起，“妈妈，单位加班，不回来吃饭了！”“妈妈，同学聚会，下周回来看您！”“奶奶，我要出去玩，再见！”……这时，你可以想象这位母亲是怎样的心情：孤独、伤感、无助、无奈！理解、谅解、宽容！又一次的期待、等待……仔细想想，我们有那么忙吗？当有一天我们要返回头“补课”的时候，才突然发现生活中太多的来不及已经抢占了我们的时间和精力，只有遗憾、后悔步步紧逼，搅得我们寝食难安，心里作痛。但愿这则广告的教化意义能够打动我们：不放过任何一个关爱、孝敬老人的机会，注重平时的体贴、关心和行动。即使脱不开身，不能赶回去，及时打个电话也会温暖老人们的心的。

我以为在这个日益重视个体精神的时代，我们不应忽视老人们的精神诉求，而一味地将更多的注意力置于物质生活的改变上。其实，我们常常会发现老人们在物质生活上信奉的是“知足常乐”，因此并不太在乎物质上的丰盈与索取。更多的时候只需要你腾出一点时间来倾听他们的絮叨——经年不变的话题——你已经熟悉到听了上句能够熟练地背出来下句的程度——但你大可不必显示出你的不耐烦和中途打断他们叙说的兴致，你如果能静静地、带着欣赏的心情去听那些陈年故事，你每一次都会在相似的情景中捕捉到细微的差别：一个眼神，一种语气，一个手势，一种神态，都会传递出新的解读意蕴，都会让你以分享的心情读出衍生出的多重趣味和教益。他们丰富的生活阅历，丰满鲜活的语言，丰厚朴素的生活感悟，都是我们取之不尽的精神财富和关于亲情的课程资源。

我常想，父母不但给了我们生命，更给了我们做人的本分和道理。感恩的心理和言行也难报大恩之十一，所谓“谁言寸草心，报得三春晖”不正是这种亲情的写照么？我们为什么总要把对老人的尊重、孝敬上升到道德的层面呢？孝敬老人本身也是情理之中的事情，理应像父母对待儿女的爱一样天经地义，是亲情双向的流动与交流，而不应该是单向的传输，我们孝敬老人也是本分啊，似乎没有必要总是在重阳节这一天提醒人们善待老人，孝敬老人，而应该注重平时的宣传、引导、倡导，创造一种小家庭大和谐的氛围。

我们已经欣喜地看到了传统美德正在冉冉复生，我渴望在不久的将来，我们民族敬老的优良文化传统能够在唤醒人们良知、孵化感恩心理、点化亲情教育方面以它不可替代的作用结出丰硕成果，到那时我们的老人能够天天感受到重阳节的温馨、温暖与温情，重阳节只留下符号学的意义——“老吾老以及人之老，幼吾幼以及人之幼”已经从理想回到了现实生活中，社会的和谐成为人们生活的必然归宿。

为了这一天的早日到来，也为了我们将来的幸福生活，请不要等待，打开你的手机，从给老人打一个问候电话开始吧。

走在重阳节的路上

一大早起来，走在上班的路上，沐浴着丝丝细雨，看着渐浓的秋色心旌荡漾：春华秋实，夏收冬藏，乃是自然之理，可时令的变化也让我感受到了人生四季的变换，到底更喜欢哪个季节？我只能说各有各的韵致，各有各的味道。今天是重阳节——属于如我的父母辈的节日。

一路上老人们构成的风景尽收眼底：遛鸟者有的骑着自行车，用几根线条简单、做工考究的竹竿前挂后牵，仿佛表演杂技一般，便把那些精灵们的“宫殿”悬在空中，优哉游哉地向城墙根驶去；有的左右手各提一只鸟笼，带着几分自我欣赏的惬意，清唱激越高亢的秦腔加入同盟军的行列。护城河堤的林子里早已是清幽中满含热闹，喧哗中藏着宁静，在“人鸟情未了”的情缘里演绎着人与自然的和谐统一。

晨练的老人们已经在欢快的乐曲声中，乘着歌声的翅膀，抖擞精神、舒展腰肢、翩翩起舞了，那动作的娴熟，神态的安详，合作的完美，宛若孩童般沉浸在喜悦中的笑脸，使人想起他们曾经的年少岁月，青春的梦想和激情依然可以在轻盈的舞步中觅得踪迹。

走过育才路，一对老人紧紧地肩并肩挨着走。他们满头的银发梳理得整整齐齐，一丝不乱，手把手扶着装满时鲜果蔬的小车，边走边谈笑着。这幅画面深深地感动着我。在那一刹那，我想起了那些动人的歌曲——《最浪漫的事》、《长相忆》、《牵手》、《好人一生平安》、《常回家看看》……“人”字的构成赋予多么深刻的意蕴：只有相互依靠，相互支持，才能走得稳，走得远，走到老。

护送孩子上学的老人们是这清晨的流动大军中最为动人的风景。看吧：有两位老人轮换着抱着孩子走的，有牵着孩子的小手走的，有在前边领路让孩子跟着走的，有在一边给孩子指着路一块走的……虽说退休了，但老人们又获得了“再就业”的机会，他们在退休之后从事着比在职时更神圣的事业，更宏伟的工程——世界上还有什么事业比培育花儿的事业更光荣、更伟大的呢？看着这一幅幅和美图，顿生浓浓的眷恋。人的一生都在劳动中实践着、体验着存在的价值，都在劳动中体味着充实感、幸福感和成就感。从老人与孩子的言行中，我看到了人一生走过的轨迹：小时抱着走，大点牵着走，长大了指着走，成人了看着走。

谁能不老呢？“老”了就变“小”了，但这绝不是同一的反复，而是在看似循环的路径上永远地向前、向上行进。正因为如此，人类才在认识自己的道路上高位运转，人类才能够成为万物之灵长。

由此我想，作为儿女们对老人的最大爱戴莫过于支持他们从事力所能及的工作——当然要以老人们的兴趣、乐意为前提。辛苦了大半生，他们的义务已经画上了圆满的句号，而对于劳动的眷顾甚至热爱表明了老人们一个最基本的理念：人就是为劳动而生存的，劳动是人的存在方式。能劳动，表明自己还没有老到不能干活，自己还不是儿女们的累赘，自己还能够为孩子们分忧，自己还没有被时代抛弃，自己还能够自食其力，自己还能够享受生活馈赠的阳光，这些都是“老而弥笃”、“老而弥坚”、“老有所为”、“老能自养”的老来乐、老来福！

看到这些美丽的风景，自然想到了我年迈的从来不关心自己节日的父母，对儿时故乡渐行渐远的记忆，这时候清晰地浮现在眼前。

我迅疾拿起电话，向父母道了节日的祝福。母亲依然和往常一样，询问我的身体，询问孩子的学习，没有丝毫节日的兴奋。这令我愈加内疚，两周以前过家门而未入。其实，我知道老人们是多么希望我们能够常回家看看，让儿女们听听他们那经年不变的絮叨；能够带上孩子与他们吃一顿家常饭；能够尊重他们养成的习惯，不因为了他们的健康而去强行地改变或者提出新的要求。儿女们家庭和睦、工作顺利、事业有成，乃是他们茶余饭后最引以为自豪的谈资，最善于喋喋不休地向他人炫耀的资本，这也是父母一生中最大的快慰和幸福。

绵绵阴雨拉长了我的思念，我因了工作的繁忙，没能赶回老家，只能把挂牵化作问候的乐音，流泻笔端，只能让电讯飞去我的祝福。愿父母在这个属于他们的节日里，少一点孤寂，多一点温暖。

献您一束康乃馨

——致母亲节

当母亲节这个伟大的日子到来的时候，我愿与天下所有的儿女一起，在历史追述中，永持感恩之心来回味美好的记忆。

当古希腊的人们在这一天向希腊神话中的众神之母赫拉致敬的时候，这种人间博大的亲情长途跋涉，漂洋过海，于 17 世纪中叶登陆英国，并在此安家落户。这一天，漂泊在外的儿女们都会带上礼物回到温情的港湾，向母亲们表达自己的思念和感谢。

19 世纪六十年代，美国爆发南北战争，成千上万的青年为了争取民主、自由、公正、平等而血染疆场。人们在纪念为国捐躯的战士们的同时，自然想到了母亲养育的艰辛和承受的心灵摧残，不少民间人士奔走呼号，请求设立母亲节以示对母亲的爱戴和敬意。在花卉王国里，康乃馨以其素雅、温馨、最能寄托亲情与爱心而深受人们喜爱，从而成为献给母亲最好的节日礼物。

1914 年，美国前总统威尔逊倡议以法律形式将母亲节固定下来（这位总统政治上建树颇丰，历史上有名的“十四点计划”、国际联盟的建立、以欢迎国家元首的盛大礼仪邀请居里夫人访美从而掀起美国人民崇尚科学、热爱科学的狂潮，而居里夫人这位卓越的女性作为世界伟大母亲的形象代言人，在美国发表的“科学的使命在于为人类造福”的热情洋溢的讲话，成为母亲节最激动人心的宣言），国会议员一致通过了这份议案，决定将每年5月份的第二个星期天作为法定的母亲节。这个节日从此美名流芳，并迅速传播到世界各国。今天，母亲节已经成为名副其实的国际性节日。节日的纪念方式丰富多彩，但我以为对于历史的回顾和铭记乃是对母亲节最好的纪念，这种温情的纽带将因时间的绵长而更见芳醇。

在我们中国传统文化里，母亲是勤劳、善良、吃苦、隐忍、奉献、牺牲的代名词，永远是亲情的集大成者，更是悲情故事的背负者，精神重压的承担者和权力斗争的牺牲者。即使她有所作为，社会的评价也未必处于基于理性考量的公允——母亲们似乎天生是社会主流生活中理所当然的配角。间或登上了历史舞台，也较多体现为权力斗争天平上的砝码。社会发展到今天，妇女地位大幅度提高，“母亲节”在我国成为名副其实的节日。

影视媒体最善于捕捉商机，母亲节来临前夕，火爆的广告已经喊得震天价响，决定要在节日里隆重推出一批亲情大片，这些热烈又不失壮观的场面非常吸引人们的眼球，剧情中煽情的、悲凉的、凄惨的、撕心裂肺的场景颇能让观众的泪腺发达起来，但母亲的眼泪并没有演绎为真正自卫的武器——眼泪只是命运圣坛上的一道祭品或情感晚宴上的佐料，这种宣泄方式显得比较蹩脚——至少缺乏水到渠成的美感——母亲是艺术大师，她在时时处处地召唤我们。只有深入火热的生活才能够反映生活的艺术，聆听母亲教诲也是好的纪念方式。

我的母亲属于典型的传统女性，她老人家一生中吃尽了我能想象的农村妇女能够负重的所有劳苦，繁重的体力劳动和琐碎的家务活儿只是她日常生活的组成部分，精神的压力和无可名状的委屈经常也要由她分担。母亲没有文化，但她勤俭、善良、絮叨和任劳任怨、甘于牺牲，和谐地体现在她的言行里。母亲的经历常常使我想起儿时看过的影片《苦菜花》，也让我想起一衣带水的邻邦朝鲜的英雄花“金达莱”。在母亲看来，她一生中最为自豪的是他为父亲生了四个儿女，最骄傲的是她现在儿孙满堂，尽享天伦之乐，母亲心目中的幸福大抵如此。

关于母亲的故事太多太多，母亲是一本永远都读不完的亲情大书。在这个伟大的节日里，我只愿我的母亲和天下所有的母亲一样，有老伴相依，有健康相随，有快乐相伴，让她的儿女们在已步入中年乃至老年的时候还能够常常在回家时幸福地叫一声“妈妈”，也愿未来的母亲们在洒满阳光和鲜花的征途中一路好行，成为真正意义上的“半边天”的缔造者，成为“满天红”的引领者。

母亲节——不只是感动、感激、感恩，更应是亲情的传承，也该是在对传承的检讨里吸纳人性中至真至善至美的基因，将之融入现代文明的元素，在追求平等中消除性别歧视，彰显文明社会的公平与公正，彰显人性之美。

请把我真诚的祝福，伴着康乃馨的芬芳，献给您——天下所有的母亲，祝母亲们永远安康、快乐、幸福！

我生命中的常青藤

——致父亲节

七十九岁的父亲有着一副大山一样伟岸的身板，说起话来铿锵有力，声音中透着浑厚、干练。他对土地的感情犹如对自己的孩子，一辈子都在静心、经心、精心地呵护、打理，终生心无旁骛地与土地为伍是父亲的痴爱。

随着城乡一体化的发展，耕地在不断地减少，父亲忧心如焚，几乎每一次与我闲话时都强烈地表达了他的忧虑、不安，直至不满的情绪转化为一种毫不掩饰的激愤，他明白无误地向我传递出强烈的信号——现代版的“圈地运动”事实上在剥夺他的劳动权！特别是看到圈占的土地因没有及时利用而耽误了庄稼的时候，他的出离愤怒公开地写在那张充满沧桑感的脸上——父亲在心底里完全明白，社会的发展已经使他曾经远近闻名的“务农高手”、“乡里能人”成为渐行渐远的记忆。只是他老人家以其一贯的倔强风格告诉我，他不愿意承认，不愿意终结使他扬名的辉煌时代。或者说，他对自己叱咤风云、呼风唤雨的时代怀着深深的眷恋。对于一个热衷于荣誉的人来说，要让他安静地走出公众视线是痛苦的。

父亲的不甘寂寞在他年逾古稀之后再次表现为他的与时俱进，他除了每天收看央视的“新闻联播”节目外，更加关注教育，关注儿女们对于教育的见解，关注金融危机对于就业和“三农”（农业、农村、农民）问题解决的影响。

父亲一生都在向我们展示着他扮演的“家庭绝对精神教父”的角色和以自己深刻的洞察和敏锐的见地而扮演的“方向导师”的角色。虽然他常常表达着他对现实中一切不合他的认知水平和审美观的事物的不满，但他也并非完全拒绝，而是在不知不觉中“悄然接受”——他时刻考虑的是“面子”和“尊严”。即使自己错了，也不允许他人说出来——他会利用一切机会和自己高超的谈话技巧恰到好处地表达自己的不足、缺点和失误——他是想以这种方式告诉我们，他善于反思、总结、提炼，他有自知之明，有勇气为自己的言行负责，并且“知错能改”。

父亲的善良在我儿时的记忆中就打上了深深的烙印。那时由于温饱问题还没有解决，几乎每天都有几拨乞丐上门，我家的大门从来没有关过。对于母亲不时的埋怨，父亲不为所动，总是慷慨布施，甚至让远路来的素昧平生的卖石换粮者留宿，不但分文不取，反而茶饭相待。每当这个时候，父亲就充分挖掘自身的教育资源，不失时机地生动地讲述充满悲壮色彩的“家族发展史”来教化我们。因此，我们兄妹间的勤勉、谦虚、刻苦、上进、纯朴、善良、孝心、忠诚、厚道、宽容以及对于工作的敬业态度最受父亲的感染，是父亲成就了自己的儿女。

父亲不服输的性格贯穿在他生活的方方面面，老而弥笃，老而弥坚，常常让我想起“老小”的说法。但他不得不承认自己“老了”，除了“聪明绝顶”（没有头发）和满脸老人斑的标志外，还有他常常在谈话中使用最多的词句，“人这一辈子很快就过去了，要抓紧干事”。有时他也无奈地承认“我干不动了”，有时又表现出因对往昔的怀念而生出老当益壮的豪情，“要是当年，我就……”语言往往在此时戛然而止，他的惆怅和遗憾，毫无掩饰地写在眼睛里。

父亲一生最为自豪的是，他只身来到陌生的村庄，打拼出了一片属于自己的领地，盖了三栋小楼房，并且十余年担任村子的“领头羊”（村主任），娶妻生了四个在他看来还算“有点出息”的儿女。如今他已是儿孙满堂，尽享天伦之乐了，但他不改热爱劳动的秉性，依然在身体力行地劳动。

父亲馈赠给我们的很多，尤其是他的吃苦耐劳、善良仁义、敢于打拼和永不服输的品质。愿我的父亲和天下所有的父亲在这个属于自己的节日里，停下匆匆的脚步，享受一份亲情的惬意，在生命的常青藤下纳凉，休憩。祝愿伟大的父亲们安康、多福！

603号病床

一

父亲不愿意躺着，他静静地坐在603号病床的床沿上，看着液体一滴一滴流入血管，满眼的迷茫和无奈。从来只知以劳动为生存之道、体格强壮得让人难以置信的八十岁老人，哪里会将自己与住院联系在一起呢？他总以为自己的健硕能够抵御任何疾病的袭扰，以数十年的经验告诉他，他绝对能扛得住，即使实在不行，充其量吃点药就好了。可是这一次——突如其来的病魔已经开始肆意地在老人身上肆虐。父亲隐隐有不祥的感觉，只是——向来要强的他，决不会轻易承认——虽然他不得不承认——年龄不饶人的道理。他一生信奉“与困难做斗争，其乐无穷”！

二

父亲的心情是复杂的：他不愿就医，但他担心一生精明能干的自己会在老来变得痴呆惹人笑话；担心由于记忆力的迅即衰退，遇到邻里不打招呼会让人觉得傲慢、冷漠；担心他的小儿子没有他的有力呵护会遭人欺负；担心他的二儿子因了随他的倔强脾性而在以后的工作中招惹麻烦；担心他的大儿子处理问题的方式令人生出

"不诚"之嫌；担心他唯一的女儿会因他的疾病而忧心如焚惶惶不可终日。他不愿意他的孩子们失去他的庇护——虽然他最小的儿子也已经三十八岁了。可是在父亲眼里，我们似乎还都是不谙世事的孩子。他说得最少的其实最担心的还是与他生活了五十六年的老伴——虽然提及我母亲的时候他依然表现出自己的"霸道"与"高明"，虽然谈到我母亲的时候他往往总是显得漫不经心，但这背后却是掩饰不住的深情与眷恋。

我陪着父亲默默地坐着，各自想着心事。他间或不无忧虑地说上一两句，"你妈身体不好，我不能总呆在医院，她会着急的"。我的无助感分明写在勉强的笑容里，只是一味地安慰："您放心，很快病好了就办出院手续。"但是种种的顾虑忧心，让父亲寝食难安。在我的记忆里，入院前父亲平生第一次和自己做了最为激烈的斗争。结果是极不情愿地住进了医院。

三

在603号病床，父亲像受了委屈又不得不听话的孩子，一边神情专注地听着医生的嘱咐，一边时不时地点点头。征询意见的时候，父亲总算找到了说话的机会，他站起来向医生展示着自己体格的健壮，说话底气十足，毫不拖泥带水，甚至不惜运用夸张的修辞手法向医生描述他在楼道走路时的风风火火，步履矫健，而对不适的感觉他尽力使用模糊语言轻描淡写。他试图以自己的卓越表现告诉医生，他没有大病，只需要吃点药就行了。这是父亲一贯的风格——他的强势促使他从来不肯轻易低下高傲的头颅，他依然用一生保持的刚强诠释了自己对生活的态度和命运的看法，他视荣誉为生命，他一生都在为自己、为家庭的荣誉而战。

父亲不好意思地向医生坦言了自己起初的拒绝就医。他像一位哲学家一样表明了自己对生死的达观态度——人吃五谷杂粮，哪里不可能生病？活了八十岁也算高寿了，不要活得岁数太大给娃们带来拖累！我没有啥大病，只是稍微感觉有点不舒服，娃们都不容易，我不花冤枉钱！生老病死不由人，娃们有这份孝心就够了，再不要折腾了！

父亲说话的兴致很高，他仿佛找到了知音一般，似乎忘记了同房病友的存在，他全然无视我们的暗示与阻挠，很卖力地向医生诉说。他非常乐意自己很快成为大家关注的中心，这符合他素来的秉性——不鸣则已，一鸣惊人；不飞则已，一飞冲天！

正如父亲希望的那样，他很快成了一个巨大的磁场源，很快地吸引了大家，医生和护士纷纷向他表示了敬意，病友们则为他的精神所感染，病房沉闷的气氛中有了一丝活力，父亲的脸上也露出了连日来少有的晴朗，他获得了空前的满足感。

四

父亲是个很会抓住机会、拿捏火候的人，看到我们近来少有的轻松情绪，他开始讲条件。先是试探着问我能不能抽烟，接着说他看见有人在走廊里抽，又向我提出了更权威的证据——医生说可以在水房的窗口抽！这时候，父亲平素的霸气荡然无存，他把商量的口气竟然提高到了相当的高度来让我们“考虑一下一个老人的请求”，随后又讨好似地向我们保证，如果同意他的意见，他将做出庄严承诺——“一天最多抽一根”！这对于一个一生在生活上除了爱好抽烟别无所求、一贯强势却从不向人示弱的老人来讲，需要何等的勇气啊！我们几乎是含着泪同意了父亲的请求。老人家哪里知道，正是他痴爱的东西成为致命杀手！

得到我们同意后，父亲拒绝陪护，几乎是小跑着奔出病房。在我的记忆里，只有在抽烟这件事上父亲常常会用商量的口气和我们做出妥协。

五

望着父亲可怜可爱又可敬的身影走向楼道的另一方，我的思绪又回到了新年的第一天。姐姐喜得孙儿的喜悦并没有冲淡父亲极不正常的絮叨带给我们的忧心。老人家完全处于亢奋状态，仅用只言片语说了自己的身体不适之后，要求大家必须全神贯注地聆听他对往事的追忆，他不愿意提及他每况愈下的健康状况，他试图以一贯的神勇和健谈告诉我们，他像一名身经百战、受了轻伤拒绝下火线的老战士一样，满不在乎；但他间或地皱眉和按抚头颅清楚地表明了症状，他用“隐隐约约”、“意意思思”、“问题不大”三个词描述了自己的病痛。问急了，显得极不耐烦的样子，声音流畅得如同那些语言早就站好了队等在嘴边，单等一声令下，嘴巴一张，立即干净利落地蹦出三个字“不要紧”！我们知道，坚如青松的父亲，视艰难为草芥，但他一生最怕的事就是看医生——他像小孩一样，害怕打针，恐惧流血——虽然他绝对不会承认这一点。

六

后来，在我们一再劝说下，父亲终于去了县医院检查。情况不好！避开父亲，医生告诉姐夫必须转院检查。敏感的父亲一直追问姐夫为什么不开药。我们在电话中得到这一信息时，充满了惶恐，不祥的预感迅速爬满心头，一个基本的判断是——父亲的病极有可能比我们预想的要糟糕！父亲从来没有得过大病，身体强壮得比实际年龄看起来要小十多岁！他热爱劳动，饮食从不讲究，只顾口感，素来不考虑营养搭配；平生没有什么嗜好，唯独对抽烟情有独钟。他几乎不生病，所以自以为病痛与自己缘分浅。这一次，他依然抱着侥幸心理，他的刚强、虚荣不允许他向病痛屈服，他甚至迂腐地认为如果自己真的病了，会成为别人茶余饭后的谈资，甚至担心别人会看笑话。而在我们心里，一种强烈的感觉占据着思维空间——父亲的病恐怕要比我们想象的严重得多。

七

没有犹豫，我们立即做了分工：姐姐继续做说服、安慰工作，姐夫陪护，哥哥开车前往老家接父亲，我联系医院。

父亲终于极不情愿地来了！面对医院如潮的人流，他大为感慨。他依然表现出自己一贯的硬朗作风，上下楼梯拒绝搀扶，竭力挺直腰板，已经努力到了他这个年龄的极限——但毕竟有些明显的佝偻；走路如一阵风——但风力显然不足。面对先进的医疗器械，他充满了好奇，专注地看着，一如他一生虽未求过学却通过自学、思考、实践掌握了许多本领一样，他不放过任何钻研机会。父亲笃信“人生也有涯，而知也无涯”的古训，虽然他上升不到理论的层面，但他深谙“实践出真知”的道理。

面对医生的仔细询问，他声音洪亮，字字充满力量，甚至自以为是地告诉医生：“大夫，我没啥大病，可是娃们不放心，非要我来。你看能不能给我开点药回去治就行了？”在父亲的执意要求下，检查完毕我们便又送老人回了老家。

八

第二天，检查结果出来了，简直是晴天霹雳！我们惊呆了！立即决定，马上接父亲来省城治疗！电话中，我们竭力装出并无大碍的平静语气，反复告诉父亲省城的医疗条件好，可以尽快治好病，好解除他的后顾之忧。父亲的敏感和警觉使他对病情有了一定的猜测——但他是不会主动说出来的，这也许是一种求生的本能，抑或是一种逃避，也可能是另一种无法诉说的心灵感应。

再次就医的时候，我们带来了住院的基本生活用品，父亲显得心事重重。毫无疑问，他意识到了病情的严重。但他依然努力装出无所畏惧的样子，而那忧郁的眼神中分明写满了不安和慌乱！

父亲连夜失眠，他极不习惯这么多人住在一起，他更不能接受这里嘈杂的环境，虽然他很守纪律，但这种约束使得他如同霜后的茄子，了无生机。他不喜欢交友，总给人一种居高临下、高深莫测的感觉。他似乎整天都深陷在沉思之中并且乐此不疲。

在旁观者看来，父亲是一个缺少生活情趣、郁郁寡欢的人——这种假象曾经蒙蔽了好多关注的目光。事实上，他的健谈、乐善好施在乡里远近闻名。他不轻易主动和陌生人说话，我猜测这可能源于他从小的生活环境和一生坎坷的经历，促使他有一种本能的警惕性和防范意识，当然也不否认他与陌生人交流时略带的羞怯。可是一旦攀谈默契，他便一发不可收拾，陈年往事他都会如数家珍一样一一抖搂出来，以为是上等的美味佳肴与人分享。

九

如同现在这样，在603号病房狭小的空间里，父亲接待了一拨又一拨的病友和前来探视的亲朋，他的那些我早已听腻了的故事经他激情演绎，竟变得如此鲜活、生动、有趣，为病房增添了平静、祥和、健康、温馨、轻松的气氛。而每每这个时候，我们这些忠实的听众都装出像听一个千年传奇故事一样，充满了期待、关心和分享故事中跌宕起伏的情节以及毫不掩饰地表达对故事结局的满意、对父亲高超的驾驭生活能力的崇敬之情。当然，我们也毫不含蓄地真心表示了对一个伟大父亲的仰慕、爱戴之情。也许正是在这些故事里，父亲获得了人生的满足感、自重感和成就感。而父亲以自己近乎一生的对生活的热爱使自己成为一本厚重的生活百科全书，书的经典性一如 他的品行那样，让我们在困惑、困难、艰难、挑战、危机甚至凶险的环境里练就求生的本领，学会奋斗，学会自立，学会超越，学会合作，学会感恩，体验着生命的意义和价值。

十

父亲情绪平静的时候，语言中流露出对于生死的豁达：“生 老病死是自然规律，谁也没法抗拒。毛（泽东）主席是多么伟大的人物，他才活了八十三岁。我都八十岁了，够本了。真得了不好的病，也是天意，你们都尽了孝，我知足了。再不要花冤枉钱了，钱买不来健康，买不来生命。你们都不容易，省着点。你们都生活得好，工作得好，我就放心了。照顾好你妈，我走了也就无牵挂了。”我的泪不住地在眼眶里打转，终于忍不住，扑簌簌地滚落下来。我们将内心的伤痛化作对父亲的感激，大家安慰着父亲，也提醒着自己，从医疗技术、名医诊断、精心护理、积极配合治疗等方方面面与父亲坦诚地交流意见，极力表达着对前景的乐观。父亲日渐憔悴的脸上带着疲惫的微笑，青筋裸露的左手在空中轻轻地摇摆，示意我们不必继续说下去，他宽慰我们说：“好！我听你们安排。但是记住，就这一次！”说完，他把手用力一挥，做出以后不可能继续妥协的架势。

十一

接下来的两天时间里，跑了省城三所驰名的大医院，寻访了著名的专科医生，做了最基本而又重要的检查，起初存留的一丝侥幸被触目惊心的检查结果击得粉碎！还是不死心，又反复地请求医生再看片子，再仔细看看片子……

面对病情的急剧发展，医生站在家属的立场，告诉我们：“完全理解你们的心情，只是病情已经无可挽救了！希望你们能够在老人不多的时间里尽力满足他的要求，这也是孝道。”医生坦言，手术已没有必要，也没有可能，其他的治疗手段只是尽心而已。他不主张让一位八旬老人忍受穿刺、放疗、化疗的折磨。以巨大的痛苦换来老人不多时日生命的延续，这个代价太残酷了。我们已经没有多少选择余地，经过咨询三所医院的六位教授，在父亲的强烈反对声中，我们姐弟四人还是一致决定为父亲做伽玛刀手术。

十二

一切都在紧张有序地进行。父亲心痛儿子们放下工作来回地奔跑，他不愿看到我们全力以赴地为他奔忙，他从我们匆匆的脚步和急切的神情中读出了病情的严重，他依然倔强地不愿公开承认这一点。

603 号病房全是重症患者，下自三十出头的小伙子，上至七旬老人，而八十岁的父亲年岁最长，精神最好，使人很难把他与“病入膏肓”联系起来。小到对邻里关系的看法，儿女的工作、孙儿的学习，大到对政坛更迭、时局变化的见解，他和临床的病友侃侃而谈，这些话题都属于他的交流范畴。他唯独对自己的病情避而不谈，即使被好心问及，也是善意地避重就轻，似乎他是一名无私的老义工在为病友们做精神按摩。当他悄然走向楼廊，长时间地伫立窗前，深情地凝望马路对面川流不息的人群的时候，脸上的忧郁、凝重、无奈、伤感一次次地刺痛着我。他太想抽烟了，但怕我的一味阻拦，往往又露出可怜的面相，近似于唯唯诺诺地，又像自言自语地说：“不知道我能不能抽根烟?”我从来没有见过父亲如此用乞求的眼神说过软话，忙不迭地应诺：“可以！可以！抽两口就掐灭。实在想抽就闻闻，或者噙在嘴里。”父亲急急地连声说：“好！好！好！”右手习惯地却是抖抖索索地在口袋里摸着，那表情充满了歉意和谢意。我掏出了早已准备好的打火机，为父亲点上，他狠狠地抽了一口，然后迅捷而娴熟地揉灭——他久经考验的烟色的手指是不怕这点星星之火的。之后，又和我拉家常——事实上，父亲在用似乎早已准备好的心态交代后事！我胡乱地搪塞着，脑子里像一下子断了电，一片空白，哽咽着不能竟语……苍天何其薄情！

十三

在住院间隙，我们陪父亲游览了大雁塔、曲江风景区。回到病房，老人家以少有的热情表达了他对古城变化的感慨，也再一次声明他要密切配合医生、尽力保证治疗效果的决心。

手术当日，我的同事们前来探望，父亲坐在轮椅上谈笑风生，一副“天下太平”、儿女们“小题大做”、“庸人自扰”的样子——

虽然他的心里是高兴的。他盛赞了我的上司的英明，又一次全面地毫不留情地向同事们和盘托出我的缺点。我熟知父亲的用意，他是在竭力用生命的烛光为我照亮前行的路，更是在用一种别样的方式希望同事们给予我宽容和包容，并一如既往地帮助、支持我。四十二岁的中年人啊，在八十岁的父亲眼里，依然是一个不谙世事的孩子！不能自已的眼泪又来了……

父亲一次次地表达着谢意，请求大家不要逗留，并要求我立即送大家离开。

进入手术室的瞬间，父亲突然费力地转过头来，深情地看着我们，那忧郁的温暖的一瞥，把刚毅、勇敢、倔强的一面化作对儿女的温情、柔和以及对生的希冀。

十四

手术室里是疼痛的折磨，手术室外是等待的煎熬。半小时、一小时、一个半小时……两小时后，父亲头上裹着纱布，满脸的汗水，双手颤抖着走出了手术室！我们忙上前搀扶，问长问短，父亲只是淡淡地说："有点疼，不要紧!"他再次强烈地拒绝了扶助，我们只好跟在后面，看着父亲自己拉着楼梯扶手，一步一步极吃力地走向病房……

医生和护士们惊讶不已，可劲地夸赞父亲的坚强，病友们围在床前像欢迎一位凯旋的老英雄，纷纷称赞他的勇敢。父亲依然是那幅精神矍铄的态势，他喜欢病友们"不相信"他是"八十岁的老人"这样中听的话，他更不希望别人知道他是同室中病情最重的患者。

十五

父亲住院的日子里，儿子儿媳轮换着守护在身边，父亲对晚年的幸福体验有了新的认识，他颇感满足，背着我们在病友面前毫不掩饰自己的满意与自豪。他对自己的孩子们赞不绝口，也再次表示了自己的歉疚与明智——坚决不允许孩子们因他而过多地耽误工作！这段时间，老人家常挂在嘴边的话是“吃公家的饭，跟公家转，好好干，尽量不误事”。他固执地坚持己见，要求我们尽快说服医生办理出院手续，好像患病的不是他，反倒是“医之好治不病以为功”者。他最好的借口是，“城里生活不习惯，容易闷出病”，加之我母亲一个人在家，他知道老伴牵挂的煎熬，所以强烈要求尽快回去。

我们反复征询了医生的意见，购买了昂贵的进口药，医生当面向父亲叮嘱了注意事项，他极认真地听着，频频点头，回家的喜悦早已洋溢在他日渐消瘦的脸上，以至于我怀疑他是否真的记住了医嘱。他少有地向我们保证，一定“会谨遵医嘱，按时打针吃药”，并痛下决心，一定远离香烟，积极配合治疗，争取早日康复，保证继续当好我们的精神领袖。

十六

从每天的电话中得知，回到老家后，父亲变化很大，他几乎不抽烟了，虽然还会背着母亲偷偷地抽两口，但绝对控制数量。昨天利用会议间歇回家探望，看到父亲很好的精神状态，我很是开心。父亲比以前温和了许多，慈祥了许多，他当面夸奖了我们的孝顺，再次要求我们不要耽误了工作，等春节时再回去。临走时，父亲送我到门口，看着车子发动后，深情地挥手道别。从车子的后视镜里，我看到一直站在那里注视着我的父亲消瘦的身影渐渐模糊……

后记

这篇随笔写于二〇一〇年二月五日。这段时间，为父亲治病成了全家最大的事情。先后奔波在医院、单位、故乡的路上。在古城生活二十多年，很少陪伴父亲，探亲也往往是月余才回一趟，呆不上个把小时就又走了。这一次，守候在父亲身边，似乎要把欠他老人家多年的亲情债弥补一些，可是，这愚蠢的想法很快就被父亲的关爱所淹没。“谁言寸草心，报得三春晖”。亲情是一条长长的河流，它涌动的是割不断的血缘的脉流，昭示着我们生命的真谛将会代代传承下去。生命虽不能天长地久，但生命中那些真善美的情愫 却可以源远流长。

我们都以虔敬的心期盼平安的眷顾，保佑父亲度过劫难。我们衷心拥护父亲继续做家族领地永不退休的“狮王”！哪怕他老得走不动了，哪儿也去不了了，但他依然是我们心中最伟大的“狮王”。

春天来了，我们满怀期待，渴望“狮王”恢复活力，在他的领地上继续潇洒地行走……

父亲的生日

一

今天是父亲八十大寿，我们在风雪中踏上了回老家的路。这是父亲有生以来第一次没有拒绝为他老人家祝寿。在我的记 忆里，父亲从来不过生日，也不主张过生日。用他的话说，他是一个素来不讲究形式的人。他最看重的是他的孩子们家庭和美，生活幸福，令人羡慕；儿女们工作能驾驭自如，出人头地，令人尊重；孙儿们能够健康成长，学习进步，将来光宗耀祖。当然他希望儿女们能够在闲暇的时候带上孙儿回家看看，并且能够经常地相互走动，畅叙亲情，紧密团结在他的旗帜下，一如他一样全力打拼，成就自己的事业，辉煌家族的荣光。

父亲最喜欢说的话是，“要把力用在最当用的地方”，比如，他最近向乡邻津津乐道并引以为荣的经典事例便是这一次他的生病，子女们对他如同婴儿般的呵护照料，让他好几次提及时感动得老泪纵横，他几乎毫不掩饰自己的自豪与骄傲，他不但向人们夸耀孩子们的孝顺、孝敬，竟然有几次当着我们的面极不自然地称赞了我们，多次表达了自己对晚年幸福的深切体会和莫大满足。而在这一切的背后，对于精明的父亲来说，他显然已经察觉到了病情的严重，只是他不愿意公开承认这一点，我们更不忍心挑明这一点。

二

父亲身着紫红色唐装，头上戴着“王冠”，坐在主位上，腰板挺直，一脸喜相。他依然像一头骄傲的“雄狮”，王者的风范从那一口气吹灭八支蜡烛中体现得淋漓尽致。可是随之而来的急促呼吸表明这头曾经叱咤风云的“雄狮”的老迈——但他毕竟还是一只能够在自己的领地上蹒跚踱步的雄狮啊。

父亲向来不喝酒，但自从病了以后，他开了戒，偶尔也会抿上一小口。我们纷纷上前向父亲表达着感激之情，祝愿他老人家早日康复。父亲每每轻轻地点点头，我们敬酒他来者不拒，虽然只是浅浅地品尝一下，他要表明的是：他依然精神矍铄，雄风不减。但那分明迟缓的动作和有点肿胀的青灰的脸色再也无法遮掩他的虚弱和病态。

父亲不像以前那样健谈，他被病痛折磨得心事重重，经常气力不济，我们更知道父亲现在的想法——他喜欢看到我们姐弟间亲密地交谈胜似我们聆听他的教诲。他在病痛的日子里，不经意间完成了角色转换——从一个习惯于演讲的主角、一个当仁不让的绝对权威、一个发号施令者，变成了一个忠实的听众和观众。面对我们的热烈交谈，他常常保持长时间的沉默，用自己的表情语言表示对我们观点的同意与否，偶尔说上几句，但大不同以前的慷慨激昂和憎爱分明了——父亲老了，不可抗拒地老了……

三

寿宴让父亲很是开心。他悠然地接受着我们每一个人的祝福，把所有的喜悦都聚集在颤动的嘴唇和笑得几乎眯成一条缝的两只略显混浊的眼睛里——当我们围坐在父亲身边，祝福老人家健康长寿的时候，他的眼里蓄满了轻易不肯落下的泪水……

在我的记忆中，这是父亲第一次没有拒绝为他做寿；在我的记忆里，这是父亲第一次极不情愿地用行为语言承认了自己开始走向衰老、病态。

我们渴望用喜庆驱散病魔的袭扰，我们全都抱着一丝幻想，渴盼奇迹出现，祝愿敬爱的父亲能够恢复健康，哪怕是部分地恢复！

今夜雨雪依然，希望这初春的雨雪能给我们带来福音——没有奢望，只求亲人的安康。

温情渐驱倒春寒，八秩仙翁话团圆。
病中儿女寻常见，祈福安康设家宴。
慈母老迈步蹒跚，心忧老伴日夜牵。
相守相望相见欢，嘘寒问暖惜残年。
举杯躬身近前看，清酒影照何欣然？
老宅声声笑语喧，丽景处处惺忪妍。
赏心莫过双亲健，更兼春雨落田间。
人生谁道黄昏晚，魂牵梦绕是乡关。

后记

这篇随笔写于二〇一〇年三月六日夜。当天，与兄长一家从西安返回老家，为重病中的父亲庆祝八十大寿。这是最重要的一次家宴，虽然非常简单，但我们都希望以这种方式为父亲祈福，渴望能以亲情的温暖延续老人家的生命。

是夜，雨雪交加。我在泪光中遥望故乡的方向，一遍遍地祈祷，希望坚强的父亲能够挺过去，希望奇迹出现……

父亲的心愿

三天以前，电话中父亲悲凉的声音依然在强烈地刺激着我，我彻夜失眠，彻夜地胡思乱想！我祈求上苍的眷顾，让病魔少一点肆虐，减少父亲的痛苦！我像一只怯懦的兔子，无助又无力地拼命地在荒原上奔跑，试图逃脱厄运的降临！我最怕在夜晚听到任何来自老家的电话或者飞信！我加班加点急切地处理完公务，在晨曦初露中迅速地踏上归程！

父亲和四天前喜庆八十寿辰时的神态相比已经判若两人！浮肿、疲惫、憔悴的形容已经看不出昔日的活力，持续地咳嗽、急促地呼吸、无助的眼神、伤感的话语，怎能不叫人揪心啊！

躺在床上的父亲第一次主动拉着我的手，声音哽咽，老泪纵横："儿呀，这一回恐怕真的不行了！我吃了那么贵的药，打了那么多天针，咋一点点都不见好转？反倒越来越重了！你（们）都不要费心了！我不去医院了，我活了八十岁了，够了！原本想多看孙儿们几年，看来心愿难了了……"父亲吃力地抬起胳膊，用袖头擦拭着泪水。"爸，会好的，现代医学这么发达，一定能治好的。您……您不要……不要乱想……"我紧紧握着父亲的手，竭力不让眼泪流下来，强装笑脸，"爸，会好的。您要好好配合治疗。我妈离不开你！我们离不开你！孙儿们还盼着放假和爷爷玩呢！爸，您一定要有信心啊……"这一瞬，我只觉得从来没有过的语言苍白，缺乏底气。我只是拥抱着父亲，轻轻地拍着他的肩膀，安慰着他，劝告他老人家听从我们的安排。

姐姐边哭边为父亲整理衣服，一边劝说父亲随我尽快出发。母亲佝偻着身子，双手颤抖着掖平父亲棉袄右衣领上的皱褶，哽咽着说：“你再别难过了，娃远远地回来接你，别磨蹭了，快走吧，大医院会治好的……”眼泪从母亲消瘦的脸颊上滑落。老人家抖抖地掏出手绢，一边擦眼睛，一边不住地让我带父亲快走。

在回家的路上，我一直告诫自己要控制住情绪，可是这种悲哀的气氛终于摧垮了我的防线，一想到父亲可能真的来日不多了，便再也无法抑制揪心的疼痛，泪水滚滚而下。

车子在公路上疾驰，从后视镜里，我看见父亲微闭着眼睛，无力地靠在椅背上不住地咳嗽着，喘着粗气，病痛已经淹没了他昔日的刚烈、坚强……

也许是巧合，也许是上苍的安排，父亲这次登记的依然是同一个病房，从603号病床换到了604号。我清楚地记得一个多月以前，在这张病床上住的是一位邻县的老乡，他的乐观和积极态度加上及时治疗，病情得到了控制，在父亲住院的第四天便出了院。我向父亲追忆着当时的情景，渴望能够给老人家带来宽慰和好运。父亲只是静静地听着，眼睛里流露的是迷茫、无奈、恐惧，还有——不易觉察的绝望！

我们挂了急诊号，又和原先的主治大夫积极沟通，一个上午便做完了必需的检查。之后，虽只有四个多小时，但却是漫长而焦虑地等待。其间，父亲再次直率地表达了他有可能再也不能享受看着孙儿们长大的幸福，同时以少有的温语（当然更多的是期待）表明了对于他的儿女们能够理智地对待他将不久于人世的乐观态度。我轻轻地握着父亲的双手，强忍泪水，一边频频点头，一边告诉父亲病房需要安静，他长途坐车劳顿，也需要休息。父亲如同一个听话的孩子，静静地躺在病床上，同时悄声告诉我可以离开，不需要陪护，去干自己的工作。

我在化验室的门外焦急地等着，等着……一个多小时的等待恍如隔年！检查结果比当初悲观的预想还要坏得多！！！背着父亲，我在医生办公室几乎是反复地恳求，而医生的回答只是摇头："回去吧！住院已经意义不大，最后这段时间准备好必备的药物，不要让老人太痛苦。"最后的一线希望彻底破灭了！我和弟弟在走廊尽头抱头痛哭，给哥哥的电话泣不成声！我们虽有思想准备，但面对残酷的结论，无论如何不能说服 自己！情绪稍稍冷静后，与姐姐、哥哥通完电话，和弟弟匆匆地商量之后，决定立即起程，送父亲回老家。

我和弟弟强忍悲痛，一起在病房开导父亲：医生根据目前的病灶，认为用中医治疗比较有效，这里主要是西医，所以条件不能完全满足需要，加上病人多，空气不好，而父亲年事已高，又极不习惯这里的环境，先开一部分药，回去再按处方抓几副中药进行调理，效果会好些。父亲不住点头，他本来就不愿意住院，因此，这样的处理方式他是基本满意的。他依然是那样的急脾气，要求我和弟弟马上办理出院手续。

父亲在604号病床前后呆了不到六个小时便离开了。我不知道父亲心里的想法，我只是又一次透过车子的后视镜看到老人家青黄、浮肿的脸和不住地咳嗽的痛苦表情……604号病床接待了一个匆匆过客，也许护士和医生在父亲离开的时候都不曾留下印象，她们更不会知道——这里，曾经住过一个善良、刚毅、勤劳、独立、一生都在用言行教化着儿女们的普通而伟大的父亲！

今天，我在绵绵阴雨中又回到了老家。父亲的精神状态较前有所好转，他和我详细谈到了后事安排：生死有期，人力难为，一切从简，尽量节约。姐弟们要重亲情，常走动，教育好孩子们，照顾好我的母亲。这样，他将会含笑九泉。

父亲对于生离死别的从容、达观，一如他一生的修为一样，即使在夕阳西下的时候，依然不忘用最后的余光妆点生命的辉煌。我已经无话可说！唯愿我敬爱的父亲在有生之日不留太多的遗憾……

恻恻风寒暗故园，飞信家翁气息艰。
名医治疗期好转，扁鹊妙手难回天。
飞车疾驰拜君颜，苍龙憔悴少清妍。
病复猖獗知日短，老泪肆溢言语浅。
死生契阔别人间，方寸悠悠叙挂牵：
儿女公干勤奋勉，孙辈学业博精专。
家和兴盛慰心宽，惜辞桑梓不偏安。
手足往来相互便，亲情深深共怡然。
回首频频嘱老伴，生怕娘亲畏孤单。
闻父心语实堪怜，哽咽难言趋步前。
执手相顾四目盼，泪雨纷纷如断线。
二度驱车奔医院，病变逼我呼苍天。
向隅而泣怕父见，违言揪心殊为难。
连宵无奈徒悲叹，亲情悲摧肝肠断。
夜幕沉沉不知晚，泪眼迷离又故园。

后记

二〇一〇年三月十四日，接父亲来医院再次治疗，希望药物能减轻老人家的痛苦。无奈病情已经没有任何转机的可能，医生明确地告诉我们，住院治疗已经没有必要，也毫无意义！我在极度悲痛中又送父亲返回老家。虽然深受病痛折磨，坚强的父亲却一再鼓励我面对现实，开始准备善后事宜……生离死别，情何以堪！

父亲的工程

一

父亲病情持续加重后，我常常从夜梦中惊醒，浑身大汗淋漓，腮边挂着泪水，再也无法入眠，只能靠药物来强迫自己入睡，或者静静地望着天花板，满脑子都是父亲的身影，那种痛彻心扉却又无能为力的无奈、无助，揪心的煎熬、伤痛一天紧似一天步步紧逼。眼见着父亲渐渐地走向不归路，五脏俱焚却又束手无策的哀痛不时袭击着深爱着他的儿女们。

我们都清楚，但我们又不得不违心地欺骗着自己，也徒劳地安慰着明智的父亲，渴望奇迹降临在刚强、独立、自尊、善良、勤俭、辛苦了一生的老人身上，虽然这种美好的愿望一天一天暗淡下去，但是我们依然怀着微茫的希望。

我们都很清楚，父亲已经到了生命的最后时光，风烛残年的老人几乎没有多少力量来表现他一辈子的刚强，但他依然还在用最后积聚的气力展示着自己的硬气、倔强、不服输。老家每一天的电话中总是报告愈来愈坏的消息，唯一没有太大变化的是父亲依然简洁明了、毫无拖泥带水的语调，他依然一副王者的风范，只是——日渐走向衰弱的声息、说不上两句话就开始大口喘气并伴着干咳的声音，明白无误地传递着可怕的信息，那种大厦将倾的恐惧感不分昼夜地撕咬着我们，让我们忧心如焚，惴惴不安。敬爱的父亲对自己的处境已经了然于胸——虽然他还在倾其所有的力量来掩饰自己对于病情蔓延的顽强抵抗，以安慰我们的悲伤。

我们都很清楚，父亲也自然明白他在我们心目中的地位是任何语言都不能完全表达出来的。父亲之所以坚强地与病魔抗争，除了求生的本能和永不言败的秉性外，他深知他的儿女们对于他的刻骨铭心的爱和崇敬不允许他慢待自己，特别是在现在。他逐渐接受了我们的说法：他的生命不只属于自己，更属于这个家族。他是这个家族绝对的精神领袖和权威，仅此一点，他就没有丝毫的权利轻视自己的生命，更不必说还有他终日牵挂的孙儿们——他必须全力配合药物治疗，必须听从我们的安排，没有商量的余地！此刻，我们这种"霸道"的作风深得他老人家的真传。他欣然接受了我们的意见——虽然从他眉宇间流露的表情语言，明白无误地传递着他对治疗效果的并不乐观。

晴和的日子里，父亲有时也会慢慢地走出卧室，坐在门口的石凳上晒太阳。他常常长时间地保持沉默，一句话也不愿意说。对于亲人们的安慰或者劝导，父亲再也没有那种令人开心的深沉的微笑，往往只是轻轻地摇摇头，最多的时候会说上一句话："我的病我知道，你们不要安慰我了，我没有遗憾……"

二

病痛一刻不停地折磨着父亲，销蚀他的意志，浮肿、胸闷、气短和日渐严重的疼痛，已经彻底改变了他的形容，药力已经几乎没有作用，他在日甚一日的失望中开始拒绝治疗！他孱弱的身体已经不允许他再迈开毫无顾忌的步子，即使勉强迈出几步路也需要付出超常的努力，但他依然保持着倔强和强势——他拒绝使用拐杖，拒绝搀扶！当他已经不能独立站起来的时候，当他面对自己的全力以赴却毫无效果的时候，父亲无助的眼神背后隐藏着的剧痛，使所有熟识他的人们都会感到内心的焦虑和煎熬——对于一辈子要强的父亲来说，此时，精神的摧残已经远远超过了肉体的折磨！

父亲的视力急剧下降，三米之外几乎看不清楚我的面孔；父亲的记忆力急剧衰退，即使熟悉的人站在眼前，他竭力搜索记忆。却不能很快地叫出那些曾经熟悉的名字。他的痛苦已经无法掩饰地写在了无生机的表情上，他的最大痛苦莫过于不能继续熟练地支配他的行动，甚至连回忆的力气也要荡然无存了。但残酷的现实来临的时候，在已经没有选择余地的时候，他依然保持了自己的硬汉形象——疾病可以吞噬他的生命，但绝不能击倒他钢铁般的意志。即使倒下，他也只给自己唯一的选择：他会在对生命的眷恋中直挺挺地倒下去……我在晶莹的泪光中想到了《白鹿原》中的主人公白家轩，想到了《老人与海》中的渔夫，想到了《柏林之围》中的儒弗上校……

三

父亲早在行动不便的时候，已经详细地筹划了他的后事：墓地的方位，材料的选择，殡葬需要的各种物品，招待客人的烟、酒、茶，母亲以后的生活，他都向我们一一作了交代。这种冷峻的理性让我们在深切的悲情中更加敬重父亲面对死亡的豁达与从容，也更增添了对失去父亲的痛楚和恐惧。

周日回家探望父亲，车子刚到门口，门前麦地里新起的土堆和掘土机的轰鸣让我们顿感凄凉！父亲像一片即将凋零的树叶，无力地坐在土堆旁的椅子里，目不转睛地看着自己的“新宅”专心地指挥。对于我们的归来他没有像往常那样流露出喜悦之色。他无视我们声泪俱下的劝告，他拒绝回家，敷衍着问候，只是倾心于自己设计的工程。他的声音不再响亮，他的手指已不听使唤，他已经不能站立起来，只能坐在那里看着自己的最后一件工程付诸实施。

这是父亲一生中为自己和我母亲设计的并亲自指挥修建的工程，也是他的封笔之作。虽然不能亲自动手，但他依然保持着对于任何一件事情永持的始终如一的认真、精细的作风。据母亲讲，两天以来，父亲几乎水米未进，不听劝阻，一直守在地里，安排着每一道工序，生怕施工不到位，直到每一个细节都令他满意为止。我不能想象，这是怎样的悲壮与凄凉啊……

四

父亲终于拖着病痛的身体为自己完成了封笔之作。这项工程最终将把父亲和我们彻底地分离开来，我们只能在回忆中追寻父亲一生奋斗的足迹和精神力量来宽慰自己，感铭老人家用一生的言行来教诲我们。那座不久将成为真正意义上的坟茔，是父亲永恒的纪念碑，他镌刻着父亲的丰功伟业，成为对一位平凡而又伟大的父亲最好的纪念。

工程竣工后，父亲已经彻底地不能独立行走了。母亲对我们说，有一天晚上，父亲整夜地哭泣，他无法想象自己的病情，他不能接受一个半年前还老当益壮的“老小伙子”现在已经病入膏肓的现实，他是一种痛彻心扉的委屈和难过。

父亲开始拒绝吃药，拒绝打针，拒绝我们无奈的劝慰。他主意已定——不再看病，并不容置疑地告诉我们：让我少受点罪，你们也少受点累，走得早一点大家都好……

五

苍天何其薄情！

我不能接受父亲的决绝远行！我一遍又一遍地祈祷，渴望父亲停下匆匆走向另一个世界的脚步，让我们继续围坐在父亲身边，叙说陈年往事，享受亲情的温暖，享受虽已过不惑之年却依然能够回老家时幸福地叫一声“老爸”的温馨！我祈求敬爱的父亲，接受一个儿子在深夜里遥望故乡的方向，满含热泪的请求！我愿意长跪在父亲的病榻前，虔敬地祈福，以求父亲起死回生……

东风浮日天气晴，春光一路故园行。
燕雀唧唧翻倩影，白鹭翩翩渭水鸣。
郊原碧海风浪劲，桃花欲绽最有情。
宅前新径驱田里，麦垄新土痛心中。
家翁扶杖倚椅坐，病魔缠身失形容。
神情凝滞鲜有语，指挥若定筑坟茔。
忽见二男回家探，涕泪纵横凄凉生。
心力交瘁徒无奈，摇摇起身实龙钟。
我睹父颜肝肠断，疾步抚慰轻声唤。
几番煎熬方寸乱，几度哽咽泪潸然。
揪心加拌伤心味，语无伦次语无对。
曾经豪情藐豪英，而今阴晴期晚晴。
世间惟有真情苦，忍能生死留伴孤。
归来西天月惨淡，祈福平安向故园。

后记

二〇一〇年三月二十一日，我在极度悲痛的心情中驱车驰向老家。一路上春光相伴，我试图依此转移视线，减少内心的煎熬。可是，一切都是徒劳。父亲的病痛几乎占据了我整个的心，我心乱如麻，哪里还有这份闲情？

到了家门口，地里新翻的泥土赫然眼前——那是父亲亲自选址，亲自指挥，亲自为自己修建的阴宅！我的泪一下子模糊了双眼，我的心在流血，我跌跌撞撞地跑向父亲的“工地”！我的父亲，我敬爱的父亲，他此时该是一种什么样的心情啊！

生离死别的痛，沉沉地压在我们彼此的心头……此时，说什么都显得多余而苍白无力……

父亲的遗言

自从一生中最后一项工程竣工后，父亲的病情便日益恶化。按照风俗习惯，在人未走之前，坟墓的门是必须用砖封上的——人们的善良愿望在于这可以“冲喜”，把不幸拒之门外，或者至少可以迟滞“不幸”的到来。可是，对于深明事理、相信科学的父亲来说，老人家已经完全不抱生的希望，不渴望奇迹的出现，他坚决反对封门，决绝地告诉我们：自感来日不多，不必作无谓的劳动，累人费工，徒劳无益。

忧心如焚的痛已经变得有点麻木，无奈的劝告在一生都保持着倔强性格的父亲身上依然不起任何作用。我想，老父亲的内心肯定是非常痛苦的。在这段生病的日子里，他在有生之年第一次较长时间体验了亲情的温暖，他少有地向乡邻夸耀自己儿女们的孝顺，他不无遗憾地表示了对生命的眷恋，他非常明智地表述了对于将不久于人世的看法，“生死由命不由人”，这种理智的背后隐藏着的哀痛，我想，即使与他朝夕相处的母亲以及自以为很懂父亲的我们也是无法想象的。

辞别父亲两天之后，在公务的间歇，伴着蒙蒙细雨，在夜色中我又回到了故乡。病榻上的父亲用疲惫的时断时续的言语和欣慰的眼神对我的归来表示了惊喜：“儿啊，这几天……别回来了。赶紧……在单位处理……好工作，爸的……时间……时间恐怕不多了，你暂……时少回…… 来，攒几天假。趁我……还能行，赶快把手头的事……安排好……” 言未毕，父亲已经上气不接下气。

搀扶父亲坐起来，让父亲靠着我的肩膀，双手紧握着父亲的手，不觉泪流满面，那些贫乏的宽慰已没有任何效力，我只是希望用我的肢体语言表达对父亲的愧疚。此前，我从来没有拥抱过父亲，甚至没有握过父亲的手——父亲不习惯这种亲情的表达，父亲保持的族长式的尊严从来不为我们提供这般亲密接触的机会。父亲的爱是深沉的，它牢牢地镶嵌在我们心里，我们时刻能够深切地感受到这份沉甸甸的浓烈的爱，但是，我们也深知任何语言都无法完全准确地诠释这种爱……

在煎熬中陪伴父亲度过了艰难的两夜。疼痛往往在黑夜里更加肆虐。父亲彻夜难眠，有时候疼得实在支撑不住了，才轻轻地呻吟几声。听见我翻身的响动，旋即便打住了。但是，寂静的夜里，父亲无法控制的干咳和揪心的喘息声响如同重锤一波又一波击打着我，肝肠寸断的痛，哪里能够入睡！眼睛望着天花板，无奈地默默流泪。

子夜时分，父亲太痛苦了，我和弟弟扶起老人，陪着他徒然地坐着。可怜的母亲也拒绝入睡，和我们一起陪着父亲。父亲已经没有多少气力，但依然固执地示意我们休息，说他自己能够支撑得住。我说了不少安慰的话，只是请求父亲允许我们陪伴。老人家勉强答应了，开始断断续续地向我们追述他历尽艰辛、充满坎坷的一生。父亲忆及了不幸的童年，颇为伤感；说到奋斗的青年，老人家心中涌动的豪情明显地表现在语气里；谈到成功的中年，他的满足感写在清癯、苍老的脸上；而讲到幸福的晚年，父亲几度哽咽。他是激动——自己的儿女们都很孝顺；他是遗憾——正当颐养天年之时，却身患绝症！悲哀的情绪强烈地包围着我们，母亲老泪纵横，我和弟弟热泪盈眶。怕父亲太累，我们劝告老人家改日继续讲述。父亲不得不同意了——事实上，他已经没有力气再继续讲下去！

我不能想象没有父亲的日子——那每一次见面都诲人不倦的说教，那必不可少的人生感悟，那大山一样的深爱，那每一次回家当面叫一声“老爸”的幸福感——我还能享受多久？亲情难舍！不弃不离，这哪里能简单的用一个“坚强”或者“脆弱”来描述啊！生离死别，原本就是 一种无法言说的痛！

翌日中午，女儿打来电话问候爷爷的病情，老人家依然一副“天下太平”的样子，“爷爷……没……事，我娃……不操心，好好……学习……”其实，每吐一个字，每说一句话，对于父亲都是极端困难的，中间他必须停顿，以保证气力的恢复。怕孩子听出来，他咳嗽时总是用微微颤抖的手吃力地捂住听筒，他坚决示意我不要告诉孩子病情的严重，以免影响孩子。

又一个难熬的夜晚折磨着亲人们！父亲很是痛苦，睡不下，坐不住！后来，喝了点水后，老人家强打精神坐起来，再也不愿意躺下。凌晨三点，等父亲稍稍睡下，我披衣下床，坐在冷清寂静的院子里点燃一根烟，悲从心起。故乡的初春之夜是静谧的，深邃的，这月明星稀的夜晚，已不似先前的温润，甚至有一点点恐怖的味道。村巷中的声声犬吠，更让人觉得夜的漫长。我的心绪痛楚复杂，一边是深爱的父亲，一边是公身不能自由……我不知道这漫漫长夜的尽头在哪里……

两天之后，我回到了古城。夜里雨下得很大，这在初春是极不寻常的，这初春的疯狂的雨夜更加重了我的不祥预感。遥望故乡的方向，不觉泪挂两腮，父亲病榻前的话语又在耳畔回荡：“看到……你们……姊妹们……很团结，都能干，我……很高兴，就是……马上走了也没有遗憾！商量着……照顾好……你妈，我……走了……也安心……”这是我听到的父亲弥留之际最后的话语。

七天之后，也就是公元二〇一〇年四月六日下午三时十五 分，父亲躺在我的怀里，永远地——睡着了……

后记

父亲去世后的一周时间里，我几乎整天处于混沌迷离状态，心里空落落的，除了安慰母亲，什么事情也不想做。清醒的时候，唯一的事情便是一遍又一遍回忆我们父子在一起的美好时光，回忆父亲的嘱托。我已经失去了父亲，再不能让母亲继续伤心。我们能够做的，就是尽一切所能，让母亲安康长寿。

四月十日晚，我在陪伴母亲的时候，又一次情不自禁，与母亲相对而泣……我不断暗示自己：要坚强！要竭力保护好母亲。于是，劝慰母亲节哀的同时，告诉老人家还有重要公务，一个人坐在西屋的书桌前，含泪写下了以上文字，权作对父亲的纪念。

一本永远读不完的书

——怀念父亲

三周以来，失去父亲的悲痛一直在猛烈地吞噬着我的健康，我不能说服自己暂缓——哪怕是一点点转移对他老人家的感念。在我心里，父亲是一本永远读不完的书，它记述着一个平凡的生命极不平凡的奋斗历程：独立自主、果断刚毅的性格，百折不回、自强不息的意志，洞察世事、富有主见的睿智，耿直率性、勇于担当的禀性，勤于耕作、乐善好施的品性，崇尚知识、勤于动脑的品质，注重实践、善于提炼的习惯，爱好钻研、勇于革新的精神，以及率先垂范、诲人不倦的风范。这些宝贵的财富将是父亲馈赠给他一手缔造的这个大家庭最丰厚的遗产而为我们所继承。

父亲九岁时因家境贫寒被迫离家独立生活，其伶仃孤苦之状于今而思仍令我们动容；十四岁时，家遭不幸，慈父见背，与寡母相依为命，寄居于铜川某村；青年初期，侍母迁居北李村，一路走来，虽饱受困苦，遍尝酸辛，却不移顽强、坚毅之志，成家而后业成，养育我们姊妹四人，并侍奉我的奶奶到寿终正寝；及至中年，父亲以其智慧与敬业之修德，享誉乡里。其言行典范教化了儿女，使其各自成和睦之家，兴所乐之业；及至晚年，父亲仍保持勤于劳作、耕耘不辍的习惯，常以教育儿孙永做真人为己任。父亲倍感欣慰的是自己的儿女们能以勤俭、淳朴的家风，自强、独立的精神，谦逊、善良的品质，在各自工作领域里独当一面，儿女们的孝顺更使他感到荣光与荣耀。

父亲病重期间，生前好友、村中乡邻以及许多并不熟识的人们纷纷结伴前来探望。父亲在深表谢意的同时，说的最多的话是：希望后辈们精诚团结，敬业乐群，以工作、国事为重，并将学习作为立身之本、终身事业而常抓不懈，将做真人、做善人视为人生价值的根本所在。父亲以自己的修为赢得了村人的广泛赞誉和爱戴，以自己的独立精神和崇高威望赢得了人们的普遍尊敬和赞扬。

父亲去世后，我多次回到熟悉的老宅，陪伴年迈的母亲，常常唏嘘喟叹，感慨万千。曾经熟悉的小院倍觉寂寥，唯有檐下的乳燕在妈妈觅食归来的刹那，迫不及待地探出头来分食的鸣叫和欢愉尚能带给我一丝老屋的生机。

宽敞明亮的厅堂正中摆放着父亲的灵位，站在老人家那张面带灿烂笑容的遗像前，我常常禁不住潸然泪下，心里的憋屈无处诉说，只能一个人默默地流泪。一生历尽艰辛、始终刚强如一的父亲啊，在和病魔顽强地斗争了五十六天后撒手人寰，把无尽的哀思留给了与他生活了五十六年的母亲和朝思暮想的儿女们。倘若父亲在天有灵，他老人家一定不会让我们如此悲痛，一如他在弥留之际告诉我们的那样，“看到你们姊妹团结和睦，家庭幸福，我很高兴。活了八十岁也算高寿了，我没有什么遗憾，我不在了你们不要过于伤感，人终会走这一步，照顾好你妈，我会走得更安心”……

我的思绪又回到了半个月前。父亲已经病得不能动身，但他依然竭力保持着一贯的要强作风。临终前三天，几乎不能进食，勉强喝一勺水也会上漾好多次，眼光已经混浊不清，甚至有一点令人恐惧的呆滞，几乎不能言语，剧烈的疼痛折磨得他面部明显地有些扭曲，他躺在躺椅里连张开眼睛的力气几乎都没有了。即使他最喜爱的孙儿们连声呼唤，他也只是费力地微睁开眼睛，极费力地点点头，表示自己的欣慰。

病情击碎了我们所有的侥幸心理，我们谁都明白父亲的日子不多了，但谁都不愿意承认。我们依然在做无谓的努力，寻医问药，甚至素来不屑于求神问卦的我开始动摇了信仰。然而，一切的努力都成为死神的俘虏。三个月的时间，我几乎跑了十年的回老家路程，幼稚地希望我的真诚能够感动上苍，好让我们多陪伴父亲一些时日。可是，病魔的猖獗冲垮了所有温情筑成的防线，死亡在时刻威胁着敬爱的父亲。

医生告诫说清明节是个关口。我们高度警觉。亲人们都来了，我们深怀惊惧，彻夜护卫在父亲身边，虔诚地祈祷神灵庇护，祈求以爱心筑就的精神力量能够使父亲躲过劫难！但是，病情再一次给了我们致命的打击：所有的药物已不起任何作用，针剂已不能使用，父亲已经水米不能进了……

四月五日夜，匆匆赶回古城，梳理公务至子夜时分。翌日一大早匆匆地赶到单位，处理完手头紧要公文，便请假急急地赶往老家。

父亲已经处于深度昏迷状态。紧握父亲冰冷的手，泪眼模糊，连声地呼唤：“爸，你睁开眼睛呀，我们都回来了……”等待了大约一刻钟，父亲勉强张开了混浊的眼睛，看着身边的亲人们，再也没有合上……

守夜的两个晚上，跪伏在父亲的灵前，神情恍惚，不能相信这一次竟是与父亲永诀！无法言说的心痛只能化作对与父亲相伴的往昔岁月的怀恋！而我——哪里还能够完整地回忆！

三日之后，我们为父亲举行了简朴而隆重的安葬仪式，乡亲们感怀父亲的恩德，从四面八方齐聚而来，再送老人家最后一程。凄凉的唢呐声、哀号声弥散开来，久久地回荡在上空。一抔黄土把我们与父亲永远地隔开！长跪在父亲的长眠之地，手捧父亲生前热爱的泥土，泪眼婆娑。这是故乡的泥土，是父亲给予我们家园的根系所在，是父亲的魂灵所在，也是我们的念想所在！

以下摘录部分悼念父亲的诗句，以告慰敬爱的父亲在天之灵！

四月六日下午十四时四十五分，急匆匆地奔回家，守候在老人家身边。半小时后，父亲躺在我的臂膀里，再也听不见儿女们撕心裂肺的呼唤了……

危情非常心煎，飞车疾驰故园。
老父气息奄奄，竭力等候儿男。
声声肝肠寸断，病榻无力回天。
魂魄渐行渐远，阴阳两界瞬间。
牵衣顿首无言，生离死别泪眼。
一生劳碌无怨，家业兴旺人圆。
儿孙绕膝乐见，最喜家翁欢颜。
突遭病魔深缠，百般求医围歼。
三月剧痛侵占，百日抗争斗蛮。
英雄从来虎胆，笑谈坎坷如前。
子女日夜孝先，无奈病深牵连。
家亲侍奉息缘，忍看撒手人寰！
棺木停放庭院，长跪灵堂吊唁。
呼天抢地可怜，从此家翁难见！

四月七日。为父亲通宵守灵。脑子里空荡荡的，无泪可流。这一次，父亲真的远行了，我们再也不能聆听老人家的教诲了……

麒麟仙鹤飞玉龙，神龟鸾驹凤凰鸣。
日月菁华英明在，奎星伴翁西天行。

从此苦海羞无能，天衔往来任从容。
望断白云泪不尽，泣父和儿回应声。

苍穹星晶莹，为父迎魂灵。
门前一抔土，青田起新冢。
哀哀父远行，凄凄生悲风。
寥落孤家子，终宵闻泣声。
三男守灵前，侍父终一程。
共话家业史，铭父伟烈功。
潸潸泪湿襟，感怀父英明。
呼天抢地日，悠悠何了情？

冷月朦胧祭亡灵，曲曲悲歌和泪中。
声声父翁漫步行，怜儿失怙何伤情！
咫尺别离生阴晴，经夜哀思对烛明。
天高地迥难相见，云海又隔数万重！

四月八日。凌晨。这是陪伴父亲的最后一个夜晚了。从此后，再也不能领略他老人家的风采，再也不能在病榻前侍奉他老人家以弥补做儿女的内疚！

黎明时分，送葬的队伍已经行进在田间的小径之中。扶棺饮泣，泪雨无声……

别离子夜语泣，扶棺儿男面壁。
沉沉不知身兹，昏昏不辨东西。
为学多蒙教益，躬行从来不弃。
父爱如椽巨笔，汩汩滔滔不息。

言传和盘家底，睿智长生稀奇。
毕生奋斗努力，气势堪匹熊罴。
今日驾鹤皈依，摧肝裂胆心际。
愿父西天如昔，从容问鼎纛旗。

拜别家翁频叩首，泪湿衣襟扶棺走。
一思一伫一回头，儿唤家亲只徒手。
麦田新冢一抔土，千古流芳共一丘。
儿呼慈父稍歇留，再睹亲颜怜未休。

四月九日。父亲已入土为安，父亲的教诲言犹在耳。在老人家的灵前，上香祈祷，愿老人家在天国里福安、吉祥。并以此告慰父亲的在天之灵，我们一定会照顾好母亲！

刚毅智慧一硬汉，铁骨脊梁撑家天。
终生辛劳只堪赞，一世践行尝苦甘。
教化儿女事事先，恩泽乡邻岂百千？
精于农耕爱禾田，惜土如金奉故园。
自主独立矗宅院，真诚友善成伟男。
率先垂范人称赞，德高望重乡里间。
忽报天公纳士贤，阴阳两界择一边。
阎罗邀父赴圣殿，暂息人间亲情缘。
痛别老父我扶棺，祈福天国不孤单。
殡天香火生云烟，英明昭烈笑九泉。

凄凄心怀别离情，昏昏灯光归古城。
孤母犹似失伴雁，老眼浊泪肆意横。

连日悲泣失形容，白昼恍如游梦中。
临行灵前香一炷，祈父好作天国行。

四月十二日。昨夜雨下得很大，又增添了一份凄凉。我陪着母亲一直聊到子夜时分。母亲深知父亲走后我们的牵挂，更知道我们对她老人家身体的忧虑，表示愿意听从我们的安排，可以过一段时间随我进城小住。更多的时间，她要在老家安度晚年。母亲还有一个心愿，就是住在老家可以天天看见父亲的坟茔，不让父亲一个人孤单……

长长的夜，无尽的泪雨……

慈父西天赴建章，紫云春色两茫茫。
银河一道澄清色，黄鹤振羽伴父翔。
麒麟龙凤逐天日，鸾鸟歌声错抑扬。
忽报灵前祭奠事，为父再燃一炉香。
野田新冢肝肠断，感父深恩泪千行。
朝夕恍惚音容在，四顾老宅生悲凉。
凄风苦雨夜未央，灯火明灭照灵堂。
何日归来还执手，儿孙膝下庆重阳？

四月十八日。父亲二七祭。独自坐在父亲灵前，默默流泪，阴阳两隔的痛，是一种难以倾诉的痛！

人间何事两渺茫？生离死别分阴阳。
慈母痛别老来伴，儿孙自兹失父强。
一分悲情一炉香，一捧热泪洒灵堂。
檐前新泥巢乳燕，主人音容遥无彰。

闲庭花草相守望，仙翁不见泪两行。
农耕犁耙少人问，墙壁空悬谁主张？
老屋寂寂黯神伤，庭院深深生凄凉。
触景更觉亲情暖，几度哽咽断愁肠。

后记

四月二十三日，是“世界读书纪念日”。别离父亲的两周多时间里，伤痛的心情占据了主导地位。今夜，一个人坐在书房里，想念父亲，惦念母亲，不觉又泪眼模糊……稍微冷静下来，回忆这段时间的艰难经历，我想还是用笔记下来好些。这不但是亲情的呼唤，更是灵魂的救赎。活在当下，珍惜当下最好。“父母在，不远游。游必有方”，这句话值得反复体味。

致母亲

亲爱的妈妈，这是痛别父亲后我第一次将视线全部转向您——不是儿子不爱您，不是儿子不敬您，不是儿子忽视了您，而是儿子怎么也走不出失去父亲、您失去老伴的苦痛！每天电话里对您的问候，每周返回老家对您的看望，每天夜里对您的牵挂，都没有像以前一样转化为我对文字的钟爱，以记述生活中那些点点滴滴的温暖，而是无法言说的痛一直在我的内心肆虐，迫使我夜晚时在昏黄的台灯下握着的笔——常常不由自主地从手心滑落！

妈妈，请您原谅——直到今天，直到我要动身看望您出发的此刻，我终于说服自己，硬是坐在书桌前，忍受着内心的煎熬，竟至于几次搁笔不能言语，我想向您倾诉太多的感激、感恩，却不料全都化作您极为寻常的一句："谁家的父母都一样爱孩子！"就像海绵吸纳了水分一样，您把对我们的爱藏在心里，表现在即使已经步履蹒跚、依然像我故去的父亲那样，只要活着，只要还能走动，一定会辛劳不辍；即使腿脚不便，也要以最大的努力尽量自给，依靠风烛残年的全部余力减轻儿女们的身心负担！

妈妈，请您原谅——此时此刻，我依然不能静下心来专门为您说出一个儿子的节日祝福，我还要在这充满温情的属于您的节日里向您诉说我心中的伤感和永存的温暖。我不能把父亲和您分开叙述，如同我不能将我的思想与语言分割开来一样。我的脑海里交替出现您和父亲的面容：慈祥的微笑，生活的满足，无私的关怀，亲情的眷恋，留恋的惋惜，无奈的叹息……每一次都清楚地写在日渐苍老的脸上。我们每一次回家时的欢快，惜别时流露的依恋，对下一次团聚的期盼，毫无保留地写在您和父亲的脸上和眼神里——只是父亲保持着一贯的深沉和含蓄，您保持着一贯的絮叨和其中满含的爱恋。您年轻时哺育我们的艰辛，那些生活中动人的情景总在思念和怀念中浮现眼前：在我儿时的冬夜里煤油灯下您一针一针为我们姊妹四个纳着千层底；在摇曳的烛光下用冻裂的手摇着我的女儿只能在想象中依稀懂得的纺线车；在烈日下和父亲依然在田地里挥汗如雨，只为“趁热能把除掉的杂草晒死”；在风雨中和父亲拉着架子车每天往返数十里在渭河拉石子，只为“多挣几个工分，好让娃们上学不担心费用”；在我就读的高陵县第三中学门口，您为了我的“面子”，迅捷地从自己缝制的布包里掏出我爱吃的干粮……

及至中年，为了我们能够学业有成，十年之中，仅是您为我们烙的饼连接起来，就足以延展好几公里——您为我们铺就了一条多么神奇的成功之路啊！更不必说怕影响了我们的学业，您即使和父亲不分白天黑夜地劳作，也不愿耽误我们哪怕是一点点的学习时间！转眼间我们到了谈婚论嫁的年龄，在我的记忆中，您和父亲往往相左的观点使得您常常伤心落泪，也使我刻骨铭心地记得在人生大事上，您一改昔日的怯懦，超乎寻常地反应强烈——似乎只有您的主张是真正的为儿女们好，父亲的做法只是表明了他的一厢情愿或者一贯的“霸道”。您始终坚持自己的看法毫不动摇，而后来的事实证明了您在事关家庭重大事件的决策中少有的英明——您虽然没有说服父亲，但使父亲做出了一生中少有的让步，最终实现了“双赢”。

到了晚年，您和父亲并没有因为儿女们的孝敬而改变节衣缩食、勤俭持家的作风，依然自食其力，不愿意为我们增添“麻 烦”！我每次回家时，您的第一句话往往是“太忙了就不要回来了”，紧接着的话必然是“妈给你擀面去”！素日里，您和父亲相依为伴，共守孤独，对儿女们的想念从电话中缓慢的温情语气中分明能够感受到——但是，你们永远不会主动地说，你们总怕打扰我们的工作。

妈妈，请您原谅，我此刻的心绪已经飞向故乡，我依然在晶莹的泪光中想到了明天将在天堂度过三十五天的父亲……每次回家时，您和父亲在马路上的等待，在村口的守望，在家门口的迎送，在饭桌上的寒暄，仿佛昨日！我无法释怀，依然难以接受父亲远去的事实！我深知，不管儿女们如何孝顺，也不能替代父亲在您心中的位置。我只是在这个特殊的日子里，愿您能够逐渐适应失去老伴的生活，请您能够听取我们的劝告，也听一听父亲弥留之际的遗言，“跟儿子去吧，一个人在家娃们不放心”……

妈妈，请您原谅，我尊重您的心愿，我没有改变您的生活习惯的意思，儿子只是希望您在有生之年也像我父亲一样，没有太大的遗憾，幸福地生活。这样，父亲也会在天堂里微笑，欣慰于他的儿女们逐渐把他淡忘，一心一意地照顾他惺惺相惜的老伴……妈妈，为了天堂里的我的父亲，为了您深爱的儿女们，您就跟我走吧，您每一天开心地生活是我们最大的心愿。

妈妈，请您原谅，我无法再写下去，我只有一个希望，希望您能够暂别故园，跟我同进古城，让我在您膝下尽一个儿子应有的孝心，让您的晚年平静、祥和。妈妈，我们见面再说吧，我准备出发，祝您节日开心！

后记

二〇一〇年五月九日。母亲节。一大早，我坐在书房里，思念父亲，想念母亲。打开电脑的一瞬，不能控制眼泪，怀念与父母相处的日子，情不自已，奋笔疾书，一口气写下了以上的话。然后驱车，飞也似的奔向故乡，看望妈妈。

怀念父亲

时光的飞逝并不以我们的留恋而稍稍迟滞它匆匆的脚步。虽然父亲离开我们已经五十一天了，但在我们心里，父亲从来就不曾离开过，我常常想，父亲只不过是做一次远游罢了。

可是，——每一次回到熟悉的老宅，看到屋檐下挂着的父亲亲手制作的农具，看到门前父亲亲手栽植的杏树枝繁叶茂，看到厅堂中的灵台和田野中的一抔黄土，那种揪心的痛、憋屈的痛、煎熬的痛、思念的痛便毫无遮拦地一齐袭来，曾经的豁达和明了在亲情面前脆弱得不堪一击！生老病死，自然规律，谁都清楚，应该接受。但是，当不幸真正降临的时候，当父亲真的音容不在，我却无法说服自己坦然面对，坦然接受，甚至亲友们的劝慰和安抚不但显得多余，更是苍白无力！我常常游离于现实与梦幻之中不能自拔，往往在夜深人静的时候愈加想念父亲！想念极了，便一遍又一遍地回忆和父亲在一起的时光，回忆父亲那些耳提面命的人生箴言，回忆父亲在人生的每一个阶段锲而不舍的奋斗足迹。

前天晚上，翻看三年前的日记，紫罗兰色的字体赫然映入眼前。

二〇〇七年十二月十六日。今天利用公务间歇回家探望父母。父亲得知我回来了，便暂时停止了田间的农活急忙赶回来。其实这个时节并没有什么重要的农事，只不过勤劳的父亲从来就闲不住，他热爱土地，热爱庄稼，他以为门前的这块土地是他作为一个农民的本分所在，希望所在，价值所在，用他二十多年前的话说，“土地是农民的命根子，刮金板”。父亲深爱着他脚下的土地，如同深爱着他的孩子一般。

陪同父亲吃完午饭，老人家又开始了我们的必修课——闲聊我的工作状况，这是我有时并不乐意的事情，而父亲却视为他的义不容辞的责任。知子莫若父啊，不管我如何逃避话题，如何王顾左右而言他，如何有时故意装出漫不经心，父亲始终坚持他一贯的说话风格——他要认准的事情，绝对会扭住不放，更何况在他心里，我们的工作在某种程度上也是他的事业所在和精神寄托。

我一直以为父亲是拿捏语言的行家里手，他虽不懂文学，但却牢牢掌握了散文的最大特点——形散神不散，不管话题跨度有多大，以父亲高超的语言技巧，他总能自如地驾驭谈话局面，往往在我骑着思想的野马开始准备驰骋的时候，父亲总有办法提醒我收回缰绳。

这一次，他愈加和善，甚至让我顿起怜悯之心。他满含深情地对我说：“人这一辈子很快，很不容易。所以，要不断改造自己，适应社会，适应环境，不然会给自己惹麻烦。我这辈子急躁的脾气就不好，是最大的缺点，也吃过不少亏。虽说‘江山易改，本性难移’，但是还是要改啊。人这一辈子太不容易，特别是相互不了解，沟通就会有困难，有障碍，这样会出现摩擦，产生矛盾。我虽然老了（父亲时年七十七岁〕，但是一直在努力改正。你还年轻，又在机关工作，更要注意自己的修养。不要嫌我唠叨，多听多看多反思，有好处。你的优点我就不说了，就是脾气有点像我，一定要改啊！”

读完这段话，我已是泪潸潸而汗涔涔了。父亲晚年，在弥留之际，依然牵挂着我的身体，牵挂着我的工作，他老人家心里有太多的牵挂。

父亲去世后，我们一直难以从悲痛中走出来，常常有一种恍如梦中的感觉，对父亲的思念在这时光的流逝中愈加迫切，与日俱增。那些一家人围坐在父亲周围聆听老人家侃侃而谈陈年往事的美好时光，那些每一次回家时老人家对我们工作的超然见解与谆谆教诲，那些老人家逗着孙儿们在门前的场地上开心玩耍的画面，那些父亲在田间劳作的身影，那些每一次我离开家时父亲送别的情景宛如昨日，历历在目……

思念是一种无法言说的痛！陶渊明有诗云，“亲戚或余悲，他人亦已歌。死去何所道，托体同山阿”。这算是人之常情了，但凡事没有亲身的体验，其感受自然是大不相同的；即使同一件事，因了当事者阅历的不同，所处环境的差异和认知水平的参差，仍然会有相异的甚至截然不同的感悟。

亲情如水，不舍昼夜。坐在书桌前，眼前全是父亲的音容笑貌。不能抑制泪水的肆意，姑且将部分与兄长怀念父亲的书信缀连起来，以寄托对父亲的哀思。

四月十四日。昨夜下了一场雪，气温骤降，春寒料峭。我因公回到故乡。距离家园咫尺之遥，却似有天涯之隔！失去父亲的痛使我有一种凄然不可睹的感觉，“近乡情更怯”，此时更能体验人生的况味。

雨雪朝暮气象新，归乡情切缘根深。
我本有心侍亲好，望断白云泪纷纷。
先君见背日失魂，春潮涌动少精神。

浮生游离怆情悲，近乡疑非故乡人。

四月二十五日。下午，我又回到了故乡。门前父亲亲手栽种的杏树已是青果满枝。可是，我再也不能与父亲树下闲谈了……

睹物思人，情何以堪！

“我们常常不得不感叹和遗憾时光的无情。老人家已经离开我们如此长的时间了。别太过悲伤，老人家在天堂一定是希望你健康幸福的。所以现在照顾好妈妈，爱惜自己就是对他最大的安慰”。这是一位朋友安慰的心语。慢慢调节吧。

灵前一炉香，思父泪沾裳。
麦田青冢地，阴阳何渺茫？
招魂声声忆，悲情自难忘。
哀哀伤怀在，思亲枉断肠。

夜风飒飒月昏黄，灯光深处是故乡。
纸钱一捧化灰烬，野火明灭照素装。
中庭独坐守灵堂，烛焰摇曳感复伤。
音容长伴中宵起，慈恩难报泪沾裳。

四月二十六日。下午回到家里，深感凄清。明天是父亲三七祭日。慈父见背，孤母独处，老宅空寂，思之凄然。

哥哥写道：“祭，三七，心内泣，姐最悲凄。开门见坟地，思父日夜不息。惟娘亲相守难离。阴阳相隔日子廿一，昼思夜梦 何时是终期？无父何侍昨日杨柳依依。”兄长的话更让我感到失去父亲的痛，我只能用父亲最后最常说的话来为自己开脱，“没办法”！

春天的第一场沙尘暴来了！空中随风而来的是浓烈的土腥味。

站在父亲的坟前，默默地哭泣……

黄沙漫天特张狂，柔枝无力折柳杨。
桐花落英卷地走，风吹麦田千层浪。
追寻音容实渺茫，阴阳两隔难思量。
魂牵梦绕日夜事，思父意味不寻常。

十里暮霭昏黄，孤身难话凄凉。
田畴青冢兀立，慈恩思忆断肠。
邈邈归路无望，飒飒阴风透窗。
恍惚白日犹梦，痛绝天各一方。

二十七日。今天，父亲长眠于地下二十一天了。思念已经严重影响了我的健康。可是，我依然不能自已……

岁月倏忽已三七，思父何日无悲泣？
忍看门前伤心地，愁肠纠结无宁息。
娘亲孤守谁相依？煎熬常随中夜起。
朝暮自来复旦夕，人生几多二十一？

五月一日。昨夜又梦见了父亲，醒来时已是泪湿枕巾。走不出相思的苦海，只缘父爱如山，无一回报！

兄长写了回信：“每看见三月二十日回家我为父亲拍的那张照片：老人家拄着棍，坐在他的‘老屋’〈墓地〉前，指挥三弟，我心便疼得无法言说……他‘守望家园’；他，也当少憾；他，九泉有知，定不愿儿女将他过多地思念；他的最大牵挂，就是娘亲的每天。咱们都要慢慢适应。孝顺娘亲就是对爹的最好怀念！疼难自已。不愿增加弟之伤痛。心迹之记，希待来日”。

夜梦拜父到天街，笑颜迎儿莫自哀。
病迈惜别寻常事，处之泰然少伤怀。
啼鸟破晓呼天开，泪湿枕巾心徘徊。
从此家国鲜亲论，更难风雨高堂来。

五月三日。父亲已别离我们二十八天了，今天是四七祭日。兄长写来了回信：“九泉冷清二八天，人间儿女少有欢。老马长卧因身累，风难五月翅觉寒。哀思须应化为孝，夜深常思母可眠？”

痛别慈父二八天，音容从此无聚欢。
昔辞谁知多苦泪，倚门倍觉五月寒。
凉风夜雨天路远，忍思家翁影孤单。
北望涕泗流不尽，更深能得几回眠？

五月九日。母亲节。自然更加思念父亲。从此后母亲再也没有了二人世界的温馨、温暖与温情。回家前夕，坐在书桌前，泪如泉涌，怎么也不能忍住悲伤！带着赎罪的心理为母亲写了一封信。

郊原风光爱浓荫，佳节情意倍觉亲。
翠华先生无所有，惟赠慈母康乃馨。

五月十日。中午回到了故乡。父亲五七祭日，思念的分量没有丝毫减轻，反而更有一种威压，令我艰于呼吸。兄长有感于我写给母亲的信，发来信息情真意切，感人肺腑：“父走一月又五天，儿女思念情依然。遥想兄弟伫灵前，独居古城心似煎。夜读《致母》增愧色，眼前重现馍翩跹。如今儿孙排成行，怜父独行影孤单。可喜子孝孙也俏，慈母老宅度晚年。惟祈手足身康健，相思相携在春天。”

因昨天的思念，留下今天的足迹……

夏木阴阴伴我归，啼鸟高树呼知音。
故园寂寂风细细，老屋凄清院深深。
门前青冢掩家亲，悲情萦绕灼方寸。
老父九泉魂灵在，自将迎儿出宅门。
庭前花红叶碧油，檐下乳燕卧巢新。
断肠灵前香一炉，思父悠悠泪雨飞。
慈母佝偻身羸弱，犹牵儿女少分心。
穷道人生索根本，偏向浮屠思报恩。

五月十七日。父亲六七祭日。自从他老人家驾鹤西去，我没有一天不思念他、怀念他！常常一个人走在路上，任凭泪水肆意滑落，任凭哀痛肆虐，任凭回忆折磨——我在用一种近似自虐的方式来纪念父亲——我无法说服自己！这能用心胸豁达与否来衡量吗？

兄长出差在外，发来信息：“细雨霏霏西湖畔，身在临安思长安。六七不能灵前祷，昼夜总将父魂牵。无奈仙山路迢遥，唯恐梦中难睹颜。四六伤痛何可忘，九泉父愿子孙健。”痛定思痛，痛何如哉！

时间似乎在以加速度的方式奔跑！转眼间，父亲已离开我们四十二天了，但那些刻骨铭心的日子如影随形……

夜雨潺潺扣心扉，辞父六七泪湿巾。
阴阳相隔人不见，徒留幽梦拜家亲。

北望故乡寄浮云，哀思何日未曾临？
可怜田间一抔土，静夜犹闻儿泣音。

五月二十三日。明天是父亲七七祭日。老人家离开我们已经四十八天了！我们又回到了故乡。父亲一生酷爱植树，门前的树林已经绿荫成碧，每一棵树都有关于父亲的美好回忆。我想，这片林子正是对父亲最好的纪念。

慈父阴阳两界隔，炉香袅袅向天国。
欲问黄鹤西去事，何似人间苦味多。
孤母思父不离窝，忆念老伴泪婆娑。
儿怜家亲无言处，悲恸灵前奈若何？
寂寂庭院寥落风，凄凄别情一般同。
望断白云无尽思，魂梦往往还虚空。
人去灵前蒙尘封，悲父不见泪肆行。
念将孤母膝下孝，谁言星河月三更？

二十五日。一大早收到兄长来信，字里行间都是对父亲的怀念和对亲情的感念。父亲虽去，风范永存。哥哥写道："七七虽尽思难尽，慈母灵前叙古今。家严遗容笑仍灿，坟中骨骸魂已寒。娘亲思伴声呜咽，家姐念父悲泪潸。贤弟疼父眼迷离，愚兄忆父心凄然。可怜三弟诚堪赞，勤劳单纯言语短。惟有埋头出力蛮，怎知姐亲心苦甘？门前杏树果满枝，茔中父魂可曾知？娘守老宅影孤单，姐亲孝顺夜陪伴。兄弟不忍姐操劳，难劝慈母把家抛。惟愿哲侄榜有名，可劝三弟暂停工？回归故乡侍母旁，尽责尽孝情可商。百日今朝已过半，思父心切情日添。惟有孝敬慈娘亲，九泉之下父会心。惟祈亲人身心健，老父有知笑九泉。"

亲情伤离更伤神，梦魂往往绕宅门。
自知田家伤心地，因兄缘起又哭音！
家兄深深慰母宽，阿姊潸潸泪腮边。
襟怀悲情思无计，惟期神灵保平安。
又念三弟孤忠单，尤望侄儿学向前。
但思手足同心在，家和慰父笑九泉。

后记

父亲七七祭日后两天，也就是五月二十五日，我写下了以上文字，以为纪念。古代传说，“七七”又称“七尽”，在亡者四十九天内为其超度、修福，可以让他在另一个世界里少受苦。愿我的虔诚能为父亲带来福安。

慈父百日祭

父亲别离我们已经整整一百天了，对他老人家的思念从来就不曾停止过。昨夜一个人漫步春晓园，独自坐在荷塘边的青石上，听着池中不时传来的蛙鸣，思绪又飞回到了故乡。

这个时节，故乡的夜该是静谧的，湛蓝高深的天幕上，缀满了星斗，清爽、澄澈与深邃中流露出一种凛然不可侵犯的霸气，天宇的壮阔悠远尽收眼底，宇宙的浩渺让人顿生敬畏，而对生命的热爱与眷恋也会在那一刻悄然爬上心头。

故乡的夜也是热闹的，田间地头上，夏虫们会通宵达旦地举办各种音乐会，那天籁之音，令人常常想到高雅的生活中不可或缺的艺术之美。依稀记得儿时经常在这种快意的享受中进入梦乡。

现在，每每想念故乡的时候，最不能忘怀的便是黄昏时分，与父亲对坐在门前的树阴下拉家常，往往月到中天，依然了无睡意。这样的机会一年之中为数寥寥，所以我们彼此都比较珍惜。话题虽多为老生常谈，但总能从父亲那里领略到常谈常新的风采。

而今，慈父已去，这些美好的往事只能尘封在记忆里了。今天回家，看到熟悉的老屋，看到父亲亲手做的农具井然有序地摆放在那里，看到灵堂前父亲遗像中那慈祥的笑容，看到门前已经青草盈地的坟冢，禁不住泪流满面。生离死别——这人世间最大的痛，我们只能无奈地接受！陶渊明在《挽歌》诗中写道：“亲戚或余悲，他人亦已歌。死去何所道，托体同山阿。”这本是人生常态吧。愿这种掩饰不住的伤感中透露的达观、从容，也能抚慰我的哀伤，把这份相思的债转化为对乡情的珍视，转化为对母亲的眷顾，转化为对亲情的呵护。

告别了今天的伤痛，我想，明天应该是一个充满希望和朝气的艳阳天。

慈恩形胜地，诗韵漫帝京。
群英谪仙冠，绝伦唯杜工。
昨夜又东行，欣然赏晚晴。
竹喧幽风过，灯光筛疏影。
青石凉爽处，荷塘微波生。
莲叶田田倾，深丛蛙和鸣。
顽童嬉池水，湖面乱点灯。
触景故乡事，寸心动哀容。
遥忆高堂形，执手只梦萦。
仙翁不得见，徒然浮云情。
百日复惊醒，伤怀遗清踪。
林菲曲径深，徘徊不能静。
中宵常唏嘘，岁月实堪铭。
故去还长叹，英名慰浮生。
晨曦初枝头，整装踏归程。
驱驰渭水畔，近乡心愈惊。
宅门浑依旧，墙悬农具耕。
中屋祭奠灵，慈父永别庭。
出门南向看，青冢卧田中。

疾步长跪拜，生死何煎痛！
屈指百日过，无从心安宁。
牵怀孤母病，床前少侍奉。
老年失伴侣，念想何能停？
幸有姐顾盼，分忧弟减营。
慷慨亲情在，手足酬清明。

后记

七月十三日是父亲的百日祭。按照当地风俗，我们举行了比较隆重的祭奠仪式。我们也慢慢从伤痛中走出来，将更多的关爱给予母亲。

恻恻轻寒剪剪风

——我的2010年

日历翻到了旧年的最后一天，这也许是即将过去的一年中最忙碌的一天：晨曦初露，照例编写信息；七点半开始打开电脑，准备为过去的三百六十五个日子画上句号；九点钟与同事通话，商讨两个稿件，决心让它们不跨到年的那一边；九点半与《华商报》记者谈妥关于普通高中课程改革专访的所有事宜；十点二十分，“二指禅”在断断续续的热身后开始熟练地敲击着键盘，赶在午饭前把手机里所有的诗句打包到了硬盘里，以便为在新年的假日里精雕细琢提供原料；下午十三点十五分步行到一所直属学校参加迎新联欢会；华灯初上时举家相携而出，走进了十八年没有光顾过的电影院；夜里十点四十分回复了绝大多数的祝福信息；十一点开始进入自己的空间，阅读与工作相伴，成为辞旧迎新的主旋律。这是近几年来的传统做法，显得了无新意，甚至单调乏味。但是，我却一直坚守，有时也不免有一点点自虐的味道。我不愿意让时间嘲笑，我怕招致它的报复，使我变得木讷、贫乏。

玫瑰色的灯光显得柔和、温馨，而我却思如潮涌。蓦然回首，那些涂满了各种情感色调的日子已悄然离去，往事恍然如梦。

这一年，令我痛彻心扉的是——我永远失去了敬爱的父亲！短短三个多月时间，我们阴阳两隔，成为永诀。汗水、泪水、恐惧、困惑、茫然、祈祷、求医、无助、无奈、无法、痛苦、揪心、伤感、怀念、病痛、忧郁、遗憾中带着的懊悔，成为别离父亲后生活的主色调。常常在深夜里泪湿枕巾，常常在夜梦里惊悸而醒，常常在回家的路上看见形似的老人而悲从心起，常常面对着父亲的遗像潸然泪下，常常在一个人独处的时候情不自禁地想起与老人家促膝而谈的情景时心存温暖，常常在故乡的老宅里坐在老人家亲手制作的椅子上黯然神伤，常常在翻看相册时目睹老人慈祥、刚毅的面容时，泪流满面……生离死别的痛折磨得我寝食难安，也严重摧残着我的健康。夜深人静的时候常想，如果有天堂，敬爱的父亲该不会孤独的，因为他的亲人们无时无刻不在思念着他。我相信，那些蘸着血泪的文字一定会带着浓浓的亲情，成为我们的信使，向父亲报告我们对他老人家的思念……

这一年，老家从来没有变得像现在这样对我如此重要，我几乎每两周回一趟，总希望我的孝心能够感动上苍，不要让父亲别我们而去，不要让辛苦了一辈子的母亲成为孤独的老人。可是，一切的努力除了对自己良知的些许安慰外，几乎成为徒劳。“近乡情更怯”——我快要成为故乡的陌生者了！

妻子和女儿已经熟睡了。我在灯下一次次的不能搁笔！魂牵梦绕的故乡，在这冬夜漫漫、寒气袭人的时刻，慈爱的母亲是否已经安然入睡？没有了父亲的陪伴，母亲是否还在这本该团圆的节日里因了父亲的离去又在一个人哭泣？九泉之下的父亲能否听到儿子深切地呼唤？他老人家在那里还好吗？那里也如尘世这般寒冷吗？

这一年，我写下了十余万字的随笔，我在工作间歇，在节假日，在夜晚，每一篇仔细地修改，以此作为对父亲最好的纪念。他老人家素来希望我的认真能够使我在职场上有尊严地工作，能够成为一个生活中的体面人。他朴素的价值观指导着我在属于自己喜欢的领域里勤奋不辍，纵横驰骋。

这一年，我和我的同事在普通高中新课程改革工作中，不辞劳苦，足迹遍布西安市十三区县，走过了近八十所高中，对城乡差异、区域差异、校际差异有了更明晰的了解，乡村教师的勤勉耐劳、朴素淡泊，城区教师的宽阔视界、专业素养，在我心里形成巨大的冲击波，这种差异的弥合需要漫长的时间。教育之路的艰难曲折需要我们以真诚、深刻的认识和实事求是的态度，冷静地做出理性判断后扎实践行。任何喧嚣和试图毕其功于一役的做法都只能是背道而驰。我们主编的《课改通讯》、《课改经验与对策文选》、《课改制度汇编》、《课改经验交流材料汇编》还远远不能完全反映我们的探索之路。没有行政的强力推动，缺乏专业的强力支撑，忽视实践在常规中的创新，淡化舆论宣传的作用，课改之路将会越走越窄。我们只有在循序渐进中持之以恒，把期待的目光，理性的思考与投入的激情紧密结合起来，美好的愿景才有可能成为灿烂的现实。

这一年，我在不虞的困境中，并非踽踽独行。虽然孤独感常常成为我的不速之客，但是，我正是在这艰难里，更深切地感受到人性中真善美的伟大、高尚与温暖。我收获了友情、亲情。那些温馨的话语、温情的信息，感动着我，激励着我，使我没有加入到沮丧与消极者的行列。我衷心地感谢这些生命中的重要他人——也许他们中有的人和我仅是一面之交，甚至素昧平生。正因为如此，才使我更体验到人性灵光普照的幸福感。

当我行将搁笔的时候，新年的钟声早已敲过多时了，但那悠扬悦耳的声音依然回荡在耳畔。愿这祈福的钟声能够给我们带来新年的安康和好运。

后记

每一年的第一天或者最后一天，我都会写一篇随笔，盘点走过的历程，种下来年的希望。这样做的好处，至少给自己的生活和工作留个影。我一直以为，人的一生，不在于干了多少事，而在于记住了多少事。人可以平凡，但不能平庸；可以寻常，但不能无为。基于此，我在二〇一一年一月一日，写下了以上文字。

没有父亲的父亲节

父亲别离我们整整四百三十八天了，岁月沉淀的思念之情已经牢牢地定格在印记里，即使高强度、大容量的工作也丝毫不能减轻对老人家怀念的分量，反而在时光流逝中，亲情的砝码越来越重。那些温暖的记忆总时时浮现在眼前：父子俩坐在老宅门前的石凳上促膝交谈的情景，田间地畔闲聊农事时的惬意，冬日里一家人围坐在火炕上其乐融融的画面，每一次我从老家返城时老人家眼中流露的依恋，及至病重时依然不愿拖累儿女所表现出来的面对疾病折磨的坚强和对死亡的从容与达观......

今天，当父亲节来临的时候，我无法用繁重的工作来说服自己不再追忆往事。故园之恋在日落黄昏时不期而至。当满城灯火辉煌、夜色沉寂的时候，亲情的眷顾再一次冲垮了理智的堤坝。白天在人群之中，我依然保持着职业赋予的笑容，在同事面前表现着对于摆脱困境的不容置疑的信心和对于美好未来的憧憬。而夜幕降临的时候，走在空旷的大道上，思绪一下子又把我牵到魂萦梦绕的故乡，牵到林荫蔽天的老宅，牵到门前父亲亲手所植的已是果满枝头的杏林，而田野里的一抔黄土已是荒草萧萧，永远地把父亲与我们隔开！

人生无常是寻常。父亲健在时对于时光流逝的匆忙远比我们体会得深。及至晚年，他更珍惜时间。他常常在对往事的回忆中告诉我们时光对人的苛刻，他总是告诫我们：人不能在这个世界上浑浑噩噩终其一生，既然来到世上，就应该活得堂堂正正，风风光光，就应该干些事情。他用一生的言行实现了自己对于人生的理解。他在处理事情上所表现出来的睿智、果断，他的善良、仁爱，他的乐善好施，他的行侠仗义，他的领导才干，他的给予子孙们大山一般的爱，在他生前为他赢得了至高无上的荣誉，乡党近邻尊崇他为“德高望重的长者”，儿女们视他为“永远的骄傲”，孙儿们视他为“天底下最棒的爷爷”。

今夜，坐在书桌前，怀念老人家生前的音容笑貌，耳畔萦绕老人家的谆谆教诲，不觉泪眼模糊。父亲健在时，我们常常因工作忙碌而不能回家，总觉得有的是时间，总以为来日方长，不料一场突如其来的大病只给我们父子留下不到半年的相伴时间！回想起来，悔愧难当！珍惜当下是一件多么重要的事情啊！

别离父亲的日子里，好长时间我一直沉浸在悲痛中不能自拔，我无法说服自己对于生老病死这一自然规律的认同。我深知聪慧的父亲倘若在天有知，他绝不愿意看到因他的离去而使我消沉，更不愿意看到我在事业上顺其自然的态度，这不符合一辈子都积极向上、永不服输、一息尚存奋斗不止的父亲的秉性。于是，往往在夜晚伴着灯光把浓浓的思念流泻笔端，追忆与父亲相伴的美好时光，感念他老人家赠予我们的无私大爱。

倘若父亲天堂有知，我想最能宽慰于老人家的，是我渐渐地懂得了宽容、包容和处事淡定的重要，渐渐地改变了急躁的脾性。父亲生前最担心的、最放心不下的正是我从前遇事的不够冷静，动辄暴躁的脾气和不知变通、急于表明的憎爱分明的态度。还有一点能够让父亲宽慰的是，不管职场如何变化，我依然保持着他老人家留给我们的“传家宝”，那就是待人谦和，为人率直、坦诚，不为个人利益而扭曲人格，不为小利而失大义，什么时候都能挺直腰杆走路；面对困境，依靠集体智慧共谋冲出重围的路径，视团结为一个人的修养、胸襟、水平、境界和坚不可摧的力量。

此刻，望着玫瑰色的灯光，想念天堂里的父亲，心中充满了温暖。一个月前，我还在市教育局机关工作，一个月后，我又回到了今非昔比的可爱校园。面对角色的转变，我相信如果父亲在天有灵，老人家一定会心生感慨。我更相信，老人家更多的是给予我战胜困难的勇气、信心和力量，因为他是一个永不言败、只知想方设法克艰攻难、一往无前的人。

愿天堂里的父亲节日快乐！

注

二〇一一年六月十九日，父亲节。一个月前，我从市教育局机关又调回到了四年前供职的市一中。熟悉又陌生的环境，充满了欢喜与挑战。面对困难时，我总会不由自主地想起父亲，老人家总会赐予我无限的勇气、信心和力量。对于父亲最好的怀念，就是继承他老人家的精神。

中秋月

一

中秋节前一天，母亲从姐姐口中得知我要回来的消息后，看似并不在意的表情终究遮掩不住内心的兴奋，老娘要以惯用的却满以为无人知晓的方式迎接儿子的归来。老人家找了一个颇为顺理成章的理由走出家门——因为天气太热，村口通风，便于纳凉，所以要约邻居的大妈一同前去。于是不等大家反应，便提着小板凳，迈开蹒跚的脚步，自顾自地径直走向村口。

几乎从来不肯离家半步的老人，以这样的理由去接我，就像小孩子过家家，一下子便被儿女们识破了。可是当着母亲的面，谁都不愿点破，大家彼此心领神会，谁也不想把母亲一生并不多见的“真实谎言”捅破，因为我们深知母亲最担心自己给予儿女们的爱的天平有时会失衡，她在用心全力保持平衡，力求做到不偏不倚，把爱的阳光普照在每一个孩子身上。

二

父亲去世后，母亲理所当然地取代了家族精神领袖的地位，虽然缘于她一生的谦卑和顺从，就连她自己也对身居家族“核心地位”

的尊崇底气不足。事实上，母亲也从来没有像父亲那样因为一生打拼获得的卓著功绩而享受乡邻敬仰的快感，享受权威的光环绕身的荣耀。她从来不争，也不认可这一点，

在母亲心目中，除了亲情的至高无上和对平安的永久期盼外，她一生几乎别无他求。欠缺“狮王”气质的母亲，最乐于享受母爱的荣光，但她的纤柔、孱弱、善良、厚道、矜持与勤俭，特别是因了絮叨表现出来的沉甸甸的博爱与厚爱，同样为老人家赢得了人们的尊敬与关爱。

三

母亲与父亲对于儿女们的爱，有着截然不同的表现形式：母亲的爱素来以饮食起居与安康和睦为主要内容，而父亲的爱则向来把工作事业以及孙儿们的成长作为第一要务；母亲喜欢结伴而行以获得内心的安全与扶助，而一贯特立独行的父亲则钟情于自我奋斗取得成功后的自我陶醉与他人赞誉；母亲以平和闻名，父亲以强势饮誉。二者殊途同归，在人们的心目中，都是可敬可爱的老人。父亲由于身上所表现的果敢、坚毅、执着与自信的硬汉形象和进取有为的力量，带给人们在困难和挫折面前永不服输的勇气和信心，母亲则因为从众、谦和、友善与隐忍而引发人们人对良善的赞美、呵护，对同情与怜悯这些普世情感的珍视与珍爱。勇者无敌，仁者长胜，父母带给我们的影响正是这样。

四

父亲的爱是深沉的、内敛的，轻易不会外露。老人家迎接我们

的时候，常常是独自一个人佯装在我们必经的“咽喉要道”察看庄稼或者欣赏田园风光。看见我们归来，在他看似平静的神态中，我们常常会发现表情的欢快、语言的明快和步伐的轻快。而一旦孙儿们一起回来，父亲却像彻底换了一个人，毫不掩饰自己的欣喜，那种俨然的表情一扫而光！老人家不但话多了，而且满脸的皱纹也乐开了花。从他和孙儿们“相见恨晚”的孩童般的言行里，谁也不会否认此刻的父亲，已经不能像平素做事那样，为了实现目标，常常采取迂回战术，恰到好处地表达自己的本意。这时候的他，开门见山，直抒胸臆，似乎只有一个目的：想办法走捷径，尽快融入孩子们的世界里。一旦回归孩子们天真的状态，“返老还童”的父亲便只顾自己开心，全然无视我们的存在，“家长”的身份荡然无存，活脱脱一个“老小孩”。

每每这时候，我总在快慰中生出莫名的隐隐的不安，生怕敬爱的父亲有一天会在不虞中离我们远去。天伦之乐的幸福在历经数十年的奋斗之后姗姗而来，即使倍加珍惜，但它告别的脚步往往却是匆匆的。“岁月不饶人，生老病死是自然规律”，父亲晚年和我闲聊时最爱说这句话，这是对于生死的豁达抑或是无奈，以我对父亲的了解、理解，显然前者的成分更多一些。所以，只要有时间，我们尽可能多地“常回家看看”，我们深知“活在当下，享受当下，珍惜当下”就是幸福，对于老人而言，更是如此。

五

母亲的爱是细腻的，温暖的。母亲迎接我们最寻常的方式是反反复复地嘘寒问暖后，便坚守她的阵地，须臾不肯离开，直到一桌地地道道、满含“家乡味道”的美味佳肴被我们风卷残云般地扫荡一空。这时候的母亲是最满足、最开心、最幸福的，她认为厨房是她一生的牵挂所在、事业所在、价值所在。

职业选择的时代性特点在母亲至今的言行里依然清晰可见。在她们当时所处的主流社会，母亲是遵循传统的典范，她显然把选择操持家务作为自己的第一职业，她用近乎一生的言行诠释了“干一行，爱一行”的职业操守，也奉献了“一旦拥有，别无所求”的职业情怀和“没有最好，只有更好”的职业理想，同样解释了“爱无止境”的职业精神，并在厨艺的创新中继续阐释“追求卓越”的职业境界。母亲是平凡的，母亲也是伟大的，她一生用言行向我们讲述了“大道至简”、“奇出平凡”的道理。

六

母亲与父亲相互厮守的五十六年中，在他们的回忆里，在我的记忆里，在亲友们的讲述里，争吵是他们最平常、最基本、也是最重要的生活方式，而彼此在争吵中获得的“胜利”常常在暂时的愉悦后化为长时的伤痛。数十年后，他们从“战争与和平”中悟出后者的来之不易与弥足珍贵，他们在“不打不相识”的彻悟中开启了“人间重晚晴”的生命新里程，以互谅、互让、互帮、互学、互敬、互爱、包容、宽容替代了没有原则分歧的吵闹与纷争，总结出了后来被父亲津津乐道并逢人宣讲的重要人生经验——家是不讲理的地方，亲情高于一切，亲情主宰一切，亲情就是一切。这种有点偏狭的幸福观成为两位老人暮年相濡以沫的法宝，我们也在这四季如春的亲情里，在父母安康幸福的笑容里，在彼此职场的业绩里，享受亲情的温馨与乐趣，体味“家和万事兴”的真谛与分量。

七

当天下午，我的车子还未到村口，就远远看见了一边聊天、一边不时向马路张望的母亲。车子还未停稳，满面笑容的母亲已经以自己最快的速度走过来了，老人家匆忙和老伙伴道别后，便在我们的簇拥下回到老宅的庭院中，像章回体小说一样，继续又一个“关于亲情”的话题。她对我们“强制”她“退休”表达了强烈不满，在试探性的语言中希望让她“重操旧业”，而我们则一致坚决并不容商量地恳请她“转业”，我们用“反复”的修辞手法以示“强调”发挥作用，那就是渴望母亲重新认识“干得好不如说得好”对于我们这个家族继续当下幸福的意义。

母亲的倔强丝毫不逊于父亲的固执，她表面接受，但常常在大家不注意的时候，用“渗透法”反对。这不，一不小心，闲话间老人家又踱进了厨房。我们索性“战场”转移，随母亲依次而入。此时，母亲就是磁场、气场，母亲在哪里，我们自然就被吸引到哪里，因为在我们心里已经牢牢树立了一个观念：孝顺孝顺，顺着老人就是“孝”；孝敬孝敬，尊重老人就是“敬”。

八

今天上午，我坐在书房里，望着“全家福”上儿孙们围绕的两位慈祥老人，温馨的回忆瞬间涌上心头。思念天堂里的父亲，老人家的音容笑貌宛若眼前——田间同耕、庭院夜话、炕头絮语、路畔惜别……不觉泪流满面，牵挂慈爱的母亲——寻常问候、细语叮嘱、互祝平安、期盼团聚，倍感亲情温暖，暖意萦怀，不能竟笔。

下午，举行简朴隆重的欢迎仪式，迎接来自美国的教育文化交流代表团，并与马里兰州蒙哥马利郡的温斯顿·丘吉尔中学签订姊妹学校协议，谋划国际化教育新篇章。

黄昏，老师们陪伴着留校的孩子们联袂演出，共度佳节。优美的旋律，优雅的舞姿，激越的鼓点，激昂的唱和，深情的吟诵，款款的祝福，与夜的斑斓形成壮阔的交响曲，久久回荡在耳际，回荡在美丽的校园上空，回荡在古城的中秋之夜……

九

走在回家的路上，已是夜色阑珊。清风拂面，一城璀璨尽入眼底。天上是与雨派对的流云，空中飘洒着梦幻般的花瓣雨。风信子继续捎来声声问候，满溢着的感动化作飞信乘着歌声的翅膀飞向四面八方……

月亮不见了，她肯定是寻找自己的孩子们——星星去了。可是，亲爱的，请你告诉我，即使今宵无月，但谁的心中没有一轮永恒的冰清玉洁的圆月呢？

注

二〇一三年九月十九日。中秋节。因为忙于公务，不能于当日回老家看望母亲，所以于前一天下午抽挤时间，奔回去和母亲呆了一个多小时。回想父亲健在时一家人围坐在一起的欢乐时光，颇为感伤。节日晚上，不能入睡，提笔写下了以上文字，权且作为不能经常陪伴母亲的一点安慰，也作为对父亲思念的一点寄托。

忆海清音

——怀念父亲

已经有好久没有写一点关于父亲的文字了。但是在父亲离开我们的四年时间里，与老人家在一起的生活场景却时常浮现在眼前，我常常以公务的特别忙碌试图淡化思念的感伤；我常常在闲暇的时候用读书、郊游来转移视线，企图弱化怀念的分量。然而，事实证明这一切都是徒劳的。反倒是在时间的流逝中，父亲的音容笑貌更加清晰，并且经常在梦中伴着我一起追忆往昔的美好时光，家常话是永远不变的“老三样”：工作，事业，家庭。每次主题鲜明，侧重点不同，这三位一体构成了生活的立体画卷。

有时候，这种亦梦亦幻却又真真切切的感觉会连续发生，我猜想一定是父亲又在托梦，担心我的身体，忧心我因为肖他的处世方式不合时宜会带来麻烦。我在苦思冥想中逐渐解开了梦幻之谜：作为亲情的圣主和精神领袖的父亲，他的诸多品格已经融入了我的血脉，而导师的作用，动力的支持和无处不在的行动关怀，尤使我在充满温馨与温暖的感动中，在不知不觉中，明白父亲已经是我生命的重要组成部分。诚如女儿所说，我的身上有着太多父亲的影子，特别是倔强、坚韧、勤奋、上进、不服输，当然还有一点点不受欢迎的急躁与霸道，甚至“无理也要讲三分”的刁蛮。——其实那是给自己一个言行失当后体面下台阶的借口而已。

在自我认识方面，我酷似父亲，善于发现自己的不足，并力图用低调的行动默默地然而又是坚决地改正，只是不容易接受当面批评，特别是客观不全面、全面不客观的指责。我现在继续忠实地践行着父亲的忠告，“脾气不好改，但能改。坚持改，一点一滴地改，慢慢会有效果”，“说话办事不能任性，要考虑别人的感受”……日积月累的阅历，特别是挫折的磨砺和摔打，不但印证了父亲的高明卓见，也使我改变了不少。最重要的是使我懂得，每一个人都不可能、也不会单纯地为自己活着，只有融入群体，个体才会更充实，才会获得更多出彩的机会和实现自己的职业诉求。

父亲节的前夜，又一次梦见了与老人家一起下地割麦的场景。他依然是那样精神矍铄，老当益壮。他那被太阳晒成铜色的背影很有节奏地在麦浪中起伏。不大一会儿，身后便是一大片捆扎得整整齐齐的麦草。年轻气盛的我尽管使足了力气，但是无论如何还是赶不上七十多岁的父亲的步伐！老人家在这个“龙口夺食”时节，总爱引用一位伟人的话教导我们，要“不怕疲劳，连续作战”，要我们“利用天气好抓紧抢收，努力做到颗粒归仓”。父亲没有学过哲学，但他用生活实践向我们生动地讲述了“质量互变”原理和“抓住时机，促成飞跃”等工作方法。

夏收时节，劳动的强度和密度是一年之中最集中、最紧凑的。白天收割，晚上驮运，连夜打场，翌日晾晒，间隙耕地，下种，施肥，浇灌，数日后新粮入仓。缓冲不了几日，清苗，除草，开始又一轮的悉心经营。虽然我那时常常背着父亲在母亲面前语多埋怨，觉得父亲把自己给得太苦太累，也让我们不得有些许的休息，希望得到母亲的支持。可是我总是失算，素来在观点上与父亲唱对台戏的母亲，在这一点上完全支持父亲的立场，只是在方式上，母亲很是照顾我的感受和情绪，以语言表示了足够的理解，甚至附和我也发几句牢骚，而这丝毫不影响她在行动上与父亲保持高度一致。现在想来，父母之间的契合恩爱与操持家庭付出的大爱，怎能不令我们感叹感动啊。

母亲干活慢，但却有韧劲，再苦再累也不停息。有时我在想，如果说我们兄弟姐妹们还称得上能吃苦，不怕干活累，肯定是受了父母的影响。家庭环境对一个人的潜移默化作用是永恒的，后天的言行中多多少少都有清晰的烙印。最明显的表现在部分的性格、修养、气质、言行等与父母的相似上，这恐怕也是家风的重要表现和传承了。

总体来说，母亲一生都生活在父亲的影子里。除了勤劳和全身心地操持家务，父亲几乎没有给母亲独立谋事断事做事的机会，以致后来，父亲尝试着放权给母亲，她老人家反而失去了主心骨，心里放不下事，寝食难安，缺了主张没了主意。聪明的父亲从一开始就不担心“大权旁落”，这完全基于他对母亲既全面又深入的了解。果不其然，母亲在“考验”面前思前想后，左右为难，不能决断，终于却步。后来索性把里里外外大凡用脑的大事小事全交由父亲做主，自己心甘情愿做好配角。父亲当然也乐意为之。从父亲身上，我看到的是权力的魅力，从母亲那里，我得到的结论是权力就是压力。看来，权力的确是一把双刃剑呢，对权力常怀敬畏之心，做到公道、公平、敢担当，才可能用好权力，也才会发挥权力的正能量。

在家庭中，父亲不单大权独揽，又非常注意分权，他娴熟地做到了“抓大放小”，把家族经营得和和美美，风风光光，人脉鼎盛，颇有气场，令乡邻赞不绝口。随着年龄的增长，父亲的霸气少了，和气多了；母亲的唠叨少了，理解多了。弟弟为老人购买的“代步车”满载着二老“任逍遥”，“老来乐”在轻快稳当的车辙中绵长开来，我们的心里也是满满的幸福。

我记忆非常深刻的是，父亲做事的雷厉风行与倔强霸道形成两道落差很大的风景，但又完美地融为一体。我渐渐地从事前有时的抱怨，到事中的逐渐理解，再到事后的钦佩敬仰，逐渐从三部曲中完成了对父亲的忠诚与爱戴乃至顶礼膜拜。他的有条不紊，张弛有度，特别表现在农事方面，不管风霜雨雪，还是节气假人，我们家年年都是好收成，这为父亲树立了牢不可破的家庭权威地位，赢得了令他终生自豪的“干庄稼的老把式”荣誉和在乡党中享受被人格外尊重的快感。

我童年时，父亲最常说的话是，“好好念书，我那时没有条件，你们现在可不敢错过机会。没文化，一辈子就只能擩锄把（耕地的意思）”。不管多忙多累，父亲最开心的事是，看见我们每天下午放学后，我和小伙伴围坐在他亲手砌成的水泥板上学习。我少年时，父亲最爱讲，“要挺胸做人，有骨气，不服输，敢抗争”。知道我们在“强敌”（所谓小孩子中的“娃狼”）面前不畏惧，敢于迎接挑战，父亲的满意表现在我们向他叙述时一边微微闭着眼睛悠闲自得地抽着旱烟，一边是不易觉察的点头与脸上自得的表情。我青年时，父亲常教诲的是，“人要有血性要有志向，有明确的奋斗目标，一旦认准，就要下功夫去行动，不管阻力多大，都必须坚持，直到成功”。这一时期，每与父亲在一起，他永远是谈话的主角，从自身的生活阅历讲到左邻右舍的奋斗打拼，一直到古今中外的风云际会，都是老人家的谈资。对于我们的不同意见，他有时会有些许的不满，但最终还是尊重我们的选择，并且全力以赴支持，包括运用他有限的人脉资源。我到了成家的年龄时，父亲最多的忠告是，“要找一个顾家、懂你、理解你、支持你的人，不要看重相貌”，他甚至说了句令我至今记忆犹新的名言，“婚姻和家庭是一个理，都是生活的组成部分，需要经营”。他以自己和我母亲的结合来阐释他的观点，虽然其中夹杂着一点点无奈。

在儿女们成家之后，老家仅剩下两个老人时，父亲从与母亲的相依为命、承受孤独和晚年的形影不离，体会到了现实生活中，婚姻也许比爱情更实际，更实在，更幸福。我中年时，父亲最爱问我的话是，“娃娃还好吧？你们都好吧”？父亲的眼神是慈祥的，表情是祥和的，语气是平缓的。他已经从谈话的主角变成了配角，他乐意听我谈工作上的事情，以恰到好处地点头替代昔日的滔滔不绝。他最渴望的事情是希望我们能够有空常回家看看，但他随之又否定了自己的“自私”，“你们都忙，时间长了给你家里打个电话就行了”……

我永远不能忘怀的是，父亲在病重的时候，依然保持着的铮铮铁骨：已经不能行走，但在我探望的时候，还要强行站着；已经不能站立，还要强行坐直；已经不能坐着，还要强迫自己躺好，不能看出病态；已经疼痛钻心，浑身大汗淋漓，还要强打精神，拒绝呻吟……在我心目中，“勇气”、“坚强”、“风骨”、“力量”、“精神”就是父亲的代名词。

此刻，站在古城一所学苑的操场上，遥望远方的故乡，思念的泪水又一次模糊了我的双眼……敬爱的父亲，你在那里还好吗？

注

二〇一四年六月十五日是父亲节 。怀念别离我们四年的父亲。在细雨蒙蒙中，我回到老家探望母亲，探望父亲。又一次感受到亲情的力量。“父母在，不远游。游必有方”。这句话的分量值得我们好好地玩味。

第四辑

舐犊情深

家庭公约

亲爱的宝贝，根据你持之以恒地强烈要求，经过我反反复复地认真考虑，的确，我们之间光讲民主可能会把许多简单的问题搞复杂了，为了我们能够和睦、和谐、和平地长期友好相处，以期达到双赢的目的，在你的提议下，家庭委员会一致决定由我草拟《家庭公约》。我知道这个光荣的任务实际上对我来说不亚于亲手接过一个烫手的山芋：这个公约的针对性非常强，矛头所向，三人皆知，哈哈，你的高明正在于让我亲笔写出约束自己的条款，你更知道发扬民主的厉害——举手表决时你有铁杆盟友——你妈妈的支持，而我常常是孤家寡人，孤掌难鸣。“少数服从多数”是你惯用的法宝，而我倡导的“真理往往掌握在少数人手里”的辩解总是显得苍白无力，这似乎有失公允，可是没办法，我只好认同经过三人委员会热烈讨论，最终达成以下共识：

一、相互尊重，不说脏话（我有时很粗鲁，甚至粗野，语言上不讲卫生、不够文明）。

二、不乱扔东西（我经常是“孔夫子搬家——尽是书”，到处都是，还美其名曰“用起来方便”）。

三、同一时间厕所只能进一人（我有时忽视了这一点，大大咧咧，不够矜持）。

四、个人毛巾专用，不许混用（我经常看都不看，拉着毛巾就用）。

五、不抽烟，不打麻将（天哪，偶尔的娱乐也要被剥夺了！我试图不写这一条，很遗憾，被发现后很严肃地要求不但要写上，更要靠前写，后来经过磋商，怕被他人发现是专门针对我的，于是让这一条屈居“第五”）。

六、外出回家过晚可以，但第二天不许睡懒觉。（你听听，这显然是提醒我，不要因为要“自由”而失去“自由”哦，否则就有被剥夺休息权的危险）。

七、晚上非公不许打电话、发信息（说是要保证我的休息，其实是警告我不许和她们认为“有危险”的人交朋友，哼！醉翁之意）。

八、每天晚上坚持锻炼、学习各一小时（主要是前者，因为我有点唐朝人的体型风采，但现代人不喜欢，据说主要是因为太肥硕，一是太惹人的眼球，二是不利于健康）。

九、晚上不许大声说话以免影响别人（我要说起话来那可是犹如集会发言，声如洪钟，生怕别人听不见）。

十、随时都要讲究个人卫生（这一点我暗自高兴，大家都有问题，所以不会有专门为我而设之嫌）。

十一、不随性乱发脾气，不动辄因事情不合自己的心意就变脸，不相互唠叨（前两句是我的专利，我欣然接受，后一句——哈哈哈哈……还有一个成员呢，一个巴掌拍不响嘛）。

十二、各人都要尽量扮演好自己的角色，按各自的家庭分工去尽职尽责地工作（郑重声明，这一条没有具体内容，主要随心情来确定）。

家庭成员要严格遵守经过集体充分讨论、协商并达成一致认识之公约，违者按以下三种情况任选其一自行惩罚：

一、写出书面检查，限时改正，并背诵唐诗宋词（哈哈哈哈哈哈……小朋友反对也没有用，这一条的表决结果是二比一，耶！）。

二、交罚款100元充活动经费（我得小心谨慎，为了口袋里的硬通货尽量不“外流”，必须时时处处自省自警啊！）。

三、做饭或请吃饭一天（这是最受小朋友欢迎的一条）。

四、如有重复违约，累计加倍处罚（好好好，我得小心才是！）。

此公约于二〇〇六年一月十九日夜十时生效。

我相信，良好的习惯和家风一定与以上的主张密切关联。

两地书，父女情

亲爱的女儿：

爸爸又要出差了，这是调到西安市教育局的第一次外出工作，恐怕以后这样的机会会很多很多。尽管我有时会不情愿，可这就是工作呀，好多时候你是没有选择余地的，因此要学会调节，学会服从。改变不了现状，那就努力改变自己吧。孩子，有时候，选择多了人会迷茫，选择少了又会无奈，生活常常就是在这样来来回回往复中向前走的，好像很沉重，其实也轻松——关键在于你如何对待它。比如，以旅游的心境对待出差就要比视之为任务轻松得多。所以，轻松与凝重常在一念间。

孩子，你知道的，人在一个环境中待久了就会产生感情，当他为之奋斗的汗水以成果的形式呈现出来的时候，那种感情自然是弥足深厚的，因为那是辛勤劳动付出的回报，是一个人价值的体现。爸爸在西安市第一中学工作快四年了，对我来说，那里的一草一木都有不同寻常的记忆，从刚来时的缺乏生机到现在的盛名初现，爸爸可以自豪地说，爸爸为学校付出了 很多很多，回报的也很多很多，包括同事们的恋恋不舍和朋友们的口碑相传，自然也包括这一次的调动——选调本身就是一种肯定和褒奖。

孩子，过去的两个月里，爸爸是在一种极度郁闷中度过的，也是在这时，我有足够的时间关注家庭生活，我为自己冷落了亲情而倍觉惭愧，也更觉亲情的可贵。以你小小的年纪，竟然在爸爸整理办公室的那个傍晚，坐在椅子上默默地流泪，哽咽着对爸爸说：“爸爸，如果你觉得不开心，就对他们说不去了。我嫌你太难过了。”孩子，你这话让爸爸深感愧疚，重重地刺激着我敏感的神经，我还极少这样细心地关心过你呢。

孩子，让爸爸感铭至深的还有，你妈妈怕我承受不了委屈，天天担惊受怕，好言抚慰，多有鼓励，写了许多温馨和富有哲理的信息，至今言犹在耳，不敢忘怀。

五月二十一日是我第一天在新单位上班的日子，你妈妈鼓励我：“新的一天开始了，用好的心情迎接新的起点吧，我相信你！”当我还不适应、不开心的时候，你妈妈又开导我说：“不要回头，向前走，生活会更好的！我相信你的能力！”……亲情如水，包容一切，融化一切！

孩子，平常的日子里，我始终坚持每天中午给家打一个电话，和你妈妈说得很少，和你聊得最多，这已经成了一种习惯，因为我们相信平平淡淡总是真，温情永远在平淡中。可是，我在那些比较烦闷的日子里，你妈妈几乎天天都要说一些开心的话题，用心何等良苦啊！亲情使我暖意萦怀，如沐春风。我常常怀着感恩的心感谢你和你妈妈。我认为，有时候感恩比爱更重要！

孩子，也是在那些比较纠结的日子里，我有充足的时间来梳理这几年走过的路程。许多时候，人不是跌倒在自己的缺陷上，而是跌倒在自己的优势上。因为缺陷常常使你惊醒，而优势每每使你飘飘然。生活经常因不如意而让我们更觉回味无穷，坎坷挫折的光临，虽然能锻炼人，但那代价太大了，恐怕很少有人希望拥有那样的人生历练，我也不例外。由此我更深切地感到适应是一种能力。人的一生充满了变数，有时面临着多重选择，令你眼花缭乱；有时只有一条羊肠小道，你只能面对。不管如何，都必须抉择，这是生活中的公理。其实所谓的别无选择，也是一种选择，《水浒传》中“豹子头”林冲的“逼上梁山”就属于这一类。这就是告诉我们，必须以一种动态的心理来适应生活，“一劳永逸”的理想在现实生活中是不现实的，只有不断抗争、奋斗，才有可能实现，因为人的欲望很难用度来衡量。

孩子，也许你已经明白了，选择有时只有一分无奈，却要我们用九分的努力来调整心态，正视现实。彷徨、忧郁、愤懑、惆怅、絮叨、一味地怀旧或者希冀奇迹的出现都是消极的，真正的奇迹创造在于自己，当你只顾风雨兼程地前行时，即使走进沼泽，顶多只不过带些泥巴，湿了两腿，那目标的感召始终使你不会迷路，不畏路远和艰险。这样，当你挥汗如雨，蓦然回首的时候，映入眼帘的常常是豁然开朗的景象。

孩子，你珍视亲情和热爱父母是我非常骄傲的财富，足以炫耀一生。这个暑假已经过去了一个月，回想起来，是我们一家——特别是我们父女最为愉快的时光，难得有这样多的相处时间。读书、写字、游戏、写作、交谈、散步、游玩，真是太美了，尤其是你的进步和快乐大大感染了我，让我这个做父亲的不敢须臾停止学习。谢谢你，公主，你经常为爸爸做出了榜样！你在这美好的时光里慢慢地长大了，我们也将慢慢老去，这是规律，谁都无法抗拒，但我们可以通过学习延缓衰老的周期，你可以通过学习更快乐健康成长。我非常欣赏流行语《人生八宝》中所说的话，“一生中结交两个朋友：图书馆、体育场；配备两名医生：乐观、运动；多吃两样东西：吃苦、吃亏；练好两样本领：做人、做事；构建两个支柱：科学素养、人文知识；追求两个一致：兴趣和快乐一致，爱情和岁月一致；记住两个秘诀：健康秘诀在早上，成功秘诀在晚上；争取两个极致：把潜能发挥到极致，把生命延续到极致”。如此一来，幸福的生活便获得了可靠的保障。当然这一切都是对劳动的必然回报。

女儿，今天先写到这儿，剩下的几个小时留给我们交谈，有你为爸爸亲手缝制的“吉祥鸟”时刻相伴，有你妈妈的倩影相随，爸爸就不会在漫漫旅程中孤寂了。祝你和妈妈开心、快乐。

就此搁笔　爸爸

二〇〇七年七月三十一日中午匆书

附：女儿书信

写给爸爸的信

七月三十一日是一个特殊的日子，爸爸要出差了，这一走就是七、八天，我还真有点舍不得。现在我才知道我和爸爸在一起的时间是有限的，当我快乐的时候别人羡慕，当我不开心的时候没有人能知道我的心声。昨天晚上我睡不着，听见爸爸和妈妈的呼噜声，可见他们一天多累呀，心里真难受。我一个人静静地坐在床上，想起我度过的每一段快乐时光，让人难以忘怀。想着，想着，我的鼻子不由自主地发酸了，大颗大颗的眼泪早已迫不及待地跳出来。我怕惊醒了爸爸和妈妈，只是默默无声地哭泣。

突然我的脑子里浮现出一些难忘的事情：爸爸和妈妈给我过了一个快乐的“六·一儿童节”；冬天下着鹅毛大雪，爸爸带着我给我去买羽绒服；在我四岁的时候，爸爸刚从上海回来，就去幼儿园接我，想给我一个惊喜，让我开心。这些事情都会记在我的脑海里，不会忘记的。现在马上就要到凌晨三点了，我还难以入睡，好了，不说了。

时间过得真快呀，转眼间明天就到了 七月三十一日。虽然我写的信还不到一页，但是爸爸看到了一定很高兴。明天我不能哭，要不然爸爸会难过的，会带着遗憾走的，我在信中说：再见了，爸爸。

永远爱您的女儿：瑶瑶

二〇〇七年七月三十日深夜

注

女儿写完信，实际上已经是三十一日凌晨三点了。

爸爸的人生大舞台

亲爱的女儿：

你非常清楚爸爸为什么今天要带你来到西安市第一中学——这所我工作了近四年的学校，六十周年校庆只是其中一个不可或缺的理由，但远远不是最重要的。还记得爸爸清理办公室的那个晚上吗？我和你妈妈只顾忙着整理东西，等到发现冷落了你的时候，坐在转椅上的你已经是泪眼婆娑了，爸爸连忙表示歉意，我亲爱的女儿，你的第一句话却是“爸爸，你不开心就对他们说别调你走了，你干得好好的为啥要调走呢？我知道你很难过，我也难过……”孩子，你已经泣不成声，爸爸的眼泪也在这一刻再也控制不住了，肆意地滚落，肆意地流淌，百感交集，却不好对你解释，只能苦笑着说，这是工作需要。

女儿，从爸爸几乎每一天的絮叨中，你知道我是多么热爱这所学校！爸爸正是在她发展走入最低谷的时到来的。所以奋斗中的艰辛和困难并不是局外人所能完全想象的，对于爸爸的恋恋不舍自然也是难以理解的，甚至觉得是不可思议的。这也是一种常态的想法，虽然我们不一定认可和支持。它给我们的启示是：正常的不一定正确，而正确的往往又会打破常规。因此，要努力学会换位思考，学会在尊重事实的基础上表达自己的观点，这个道理一点就通，问题在于它非常需要用毅力和理智去支撑，否则常常会因思维惯性的驱使而失之偏颇，导致以偏概全，以点带面，妄自揣度，甚至妄下结论。

爸爸在课堂上的挥洒自如和儒雅风度，早已为不同年级的孩子们所认可，他们的作文中多有溢美之词；师生集会上爸爸的激情演说，也往往成为一定情境下师生热议的中心话题；平日里同事间、师生间的倾心交谈，每每成为最开心的事情；而校刊上教育随笔中春泥护花般的情愫，又为营造“书香校园”做出了积极地努力与尝试。

耕耘的收获也是颇丰的。这所学校给予爸爸十七年教育生涯中最温馨、最辉煌、最壮丽、最值得回味的事情太多太多，爸爸辛勤的汗水、顽强的毅力、不懈地历练累积的经验，那些同事们慷慨付出的精力、智慧，尽情挥洒的才华，展露的实力，张扬的魅力，初步形成的文化精神，无不显现着爸爸的教育理想：幸福教师，快乐学生，卓越学校，共同发展。所以，爸爸认为自己的舞台在学校，在教室，在课堂，在基础教育。爸爸把在学校度过的每一天都视为自己的节日，因此一切的思绪，一切的言行都在伴随着爸爸的教育理想一路高歌。

孩子，我今天带着你来，也是为了让你领略那些学者的风采。他们是爸爸最崇敬的人，也是爸爸一直的梦想——做一名教育学者，甚至做一名教育家。即使美梦难以成真，那也要做一名优秀的教育工作者。

孩子，在今天校庆的欢乐海洋里，你会用你纯真的眼睛去观察：校展室的图片诉说的坎坷与光荣，困惑与豪迈，徘徊与发展，那些鬓发斑白的长者对母校的赤子般的情怀，那些热血青年对母校未来的信心与憧憬，莘莘学子勃发的青春活力与希望，会让你用你不蒙尘埃的心灵去体会创业的艰难和成绩的来之不易。

女儿，爸爸还想告诉你，一个人不管从事什么职业，都应该有自己的职业诉求，自己的职业理想，这是充实生活、健康生活、快乐生活、幸福生活的基本要求，也是成就人生价值的必由之路。不是我们经常的随心所欲地选择职业，而是职业选择我们——尽管人们常常说是双向选择，其实根本上讲，我们的选择应该归属于社会需要。只有自己适应了，能够从容应对了，也自然标志着你在岁月的流逝中逐渐走向成熟。你写的小东东很棒！只是有些观点你会在成长的过程中改变的。

今天先说到这里，以后我们慢慢再叙吧。

爸爸

二〇〇七年十月六日夜

附：女儿的校庆感言

亲身的体会

二〇〇七年十月六日，爸爸工作过的西安市第一中学六十周年校庆。我和爸爸一起参加了活动。爸爸说做报告的教授是“中国超常人才研究学会”会长，她叫贺淑曼，我心里觉得她一定很厉害。

今天早上还不到八点，爸爸连忙把我叫起来，一个劲儿地催，因为有一个教授做报告，爸爸生怕迟到了，急急忙忙冲出家门，早餐都没顾得上吃，我们就走了。

时间过得很快，现在已经九点钟了，做报告的教授早已来了，那个人看上去好年轻耶，很精神、有活力、好漂亮。

报告开始了，从中我听到了一些老师从没讲过的东西，有好多美味佳肴已经被我吃到肚子里去了。比如说，学生为什么会偏科，第一因为学生不喜欢代课老师；第二学生对课不感兴趣，课堂很枯燥。孩子为何要撒谎，原因只有一个，家长太严厉，有些事孩子们不敢说出真相。

结束时我看了看表，教授讲了八十三分钟，中间只喝了两口水！真令人佩服她的敬业精神。到了最后我爸爸也上去讲话了，我心中觉得很自豪，我爸爸有领袖的一面。

你是那人间芳菲天

亲爱的女儿：

爸爸下午就要走了，这一次是真正意义上的出国——出访我们的近邻韩国。尽管只有十天时间，但等待是漫长的，它不仅考验的是耐心，更是毅力。经历了大半年的心灵洗礼，爸爸自己感觉比以前平和了许多，冷静了不少，特别是通过你的讲述，爸爸对时下教育的诸多弊端有了更多更深地了解，也有了更多与同事、同行交流的话题。我们都在努力寻求解决问题的良法——虽然目前的进展不够理想，但从社会各界对教育的强烈关注程度中我们都在树立信心，毕竟这是一个庞大的系统工程，需要大家都来关注、关心、理解、支持，包括积极参与，或者直接投身其中。而作为一个合格的负责任的公民，理所当然地要来关心，这是公民社会责任的要求。人类之所以生生不息，源于其特有的崇高的责任心与使命感，这是人类区别于他物的根本标志。

不可否认，由于认知水平和行业的不同，人们对教育的理解、诉求和期待自然存在着很大差异，因此我们不能采取一概肯定或者否定的态度。对于任何发生的事情，更多地了解它的起因、过程和结果，在不知不觉中你就会发现自己洞察问题能力的提高和见识的增长。所谓“吃一堑，长一智”、“失败是成功之母”、“成功是成功之母”、“一根篱笆三个桩、一个好汉三个帮”、“行家引进门，修行学艺在个人”等等，这些话语中的深味值得你不断咀嚼。我以为这些都是终身受益的至理名言。

孩子，我不止一次地告诉你读书的重要，并且几乎每天都在示范。当然不仅仅是给你看，而是让你在观察中、在体验中、在实践中逐渐懂得，读书是人生的一件大事，是现代人的重要生存方式（请你注意，爸爸没有用“生活”一词），如同你每天的饮食一样，不可一日或缺。当然，对于食品的选择不能只注重“口味”，更要从营养搭配出发，那样才有利于健康。如果“饥不择食”或者一味地“偏食”，无疑是有损于身心健康的，轻者营养不良，重者食物中毒。读书又何尝不是如此呢？“束书不观，游谈无根”、“孔子圣人，其学必始于观书”、“十分学七要抛三，各自灵苗各自探”、“好读书，不求甚解；每有会意，便欣然忘食”、“读书之法无他，惟是笃志虚心，反复详玩，为有功耳”、 “问渠那得清如许？为有源头活水来”……孩子，这些古语，不但告诉了你读书的意义，还告诉了你读书的方法。书读多了，知识就多了，见识就广了，就会明白更多的道理，滋生许多的智慧。这其中对爸爸最重要的启发是，从知识到智慧的中间有漫长的路要走，那就是边读书边思考边实践，天长日久，知识也就渐渐活泛起来，生成智慧了。前者表现为学识渊博，后者体现为人生睿智，特别是与众不同的精气神，望你能与爸爸共勉。

孩子，你最近很爱看《火影忍者》，就连吃饭的时间都不放过，我能理解你。从你多次的言谈和爸爸几次发现你在悄悄流泪的神态中，我知道这是一部非常感人的日本动漫片，而且近来的热播吸引了大批的小朋友，你们在学校里有了更多的交流机会。你们分享着观看的快乐，体验着交流的愉悦，这本身就是一种令我羡慕和向往的幸福啊！我也从你酣畅淋漓的叙述中享受着如沐春风般的欢乐，感悟着其中张扬的善良之美，理性之美，奉献之美。我们是两代人，所以，言谈举止、喜怒哀乐、处世为人，无不打上时代的烙印，但这不能成为我们之间的“代沟”，恰恰为资源共享、优势互补提供了广阔的愿景，我当然乐意与你愉快地合作，以期实现“双赢”。

爸爸最近连续看了三部电视剧《金婚》、《闯关东》和《士兵突击》，有的断断续续看了好几遍，为什么？因为亲切、生动、生活化，这正是艺术的生命力所在。亲情、友情、爱情，乡情、社情、国情，其中一些篇章印象至深，每当回忆起来，就有一种荡气回肠、震撼心魄的力量。从家庭生活琐事中流露的温情，从历史文化现象中沉淀的爱国之情，从艰难成长中爆发的人的不可限量的潜能，深深地打动着我，这些经典剧目中的许多场景长久地激励着我，也或多或少地影响着你，帮助我们在交流中不断审视自己，努力调适自己，领悟其中的道理：人总要有责任心，也许在前行中会迷路，但要坚信在亲情的助力下终究会到达目的地。就像过日子一样，其实就是问题叠着问题，你唯一能做的是迎着这些问题而上。家是不讲理的地方，因为亲情才是它的归宿。

孩子，人要知足，要练就平常心，要有一颗感恩的心，街坊邻里，关系和睦了，日子就好过了。俗话说得好，“远亲不如近邻，近邻不如对门”。我们对于国家，更要有一份独特的爱国之心。为什么？因为没有了国，哪里还会有家？国家国家，国就是家，这二者就像地上的溪流汇入大海，永远不会、也不能分离一样，你只爱哪一个都不行，你舍弃哪一个都不可能。

孩子，人总要有个念想，有个奔头，不然就会干那些没有出息的事。对于认准的事情，就要坚持做下去，不抛弃，不放弃，这是做人的信条。真淳在于平淡，艰巨缘于漫长。我们应该明白，在“想要”和“得到”中间还有两个字作桥梁，那就是“做到”，只有这样，才能“天堑变通途”。

孩子，爸爸的这些感悟也许你暂时不能完全明白，需要时间和阅历，需要等待，这是成长过程中的必然代价。等待是漫长的，它本身也是一种考验，希望你能逐渐地勇敢地正视并接受这些考验。我还想告诉你，有些话题虽然凝重，但完全可以以一种轻松的方式表达出来，比如关于人生不易的话题。其实你经常流露的同情心已经对生活的艰辛作了诠释，只不过没有专门注意罢了。人活着都不容易，因此长处需要互学，短处需要包容，难处需要互帮，错处需要互谅。世界上没有比脚更长的路，没有比人更高的山，什么是困难？困难就是需要经过努力才能办到的事。那么遇到困难，就不要总是抱怨、后悔，赶紧努力想办法解决吧，相信行动会改变一切。

孩子，现在是关中一年中最好的时月，桃红柳绿，莺歌燕舞，春波荡漾，真正是“春到人间万物鲜”的好季节，你是爸爸妈妈的天使，你是我们的四月芳菲天，愿你在快意的读书中、郊游中体味生活的幸福，在与妈妈的交流中感悟母爱的伟大。请允许爸爸用一句广告词暂时结束与你的叙谈，“角度改变观念，高度决定事业，尺度把握人生”。

祝你和妈妈开心、快乐！

永远爱你的爸爸

二〇〇八年四月三日中午 匆书

谢谢你，女儿

亲爱的女儿：

祝贺你十三岁了！这一天爸爸远在北郊的办公室遥望南郊翠华路，想象着你快乐的神态——天真无邪的童年时代渐行渐远，花季少年正姗姗而来，看到你健康快乐地成长，爸爸犹如听到花开的声音，充满了收获的快感和幸福的满足。宝贝，生日快乐！

女儿，爸爸听你的话，在你生日的这一天，爸爸实现了对你的承诺——今天你剥夺了爸爸的劳动权，却让我享受到了休息权：不动电脑，不给你写信。你说的，爸爸今天不写东西，静静休息，就是送给你的最好礼物！你操心爸爸坐的时间长了会很不舒服，你担心爸爸的眼睛会越来越“观察事物不细致，不全面”，缺乏广度和深度。你是如此的善解人意，令我好生感动啊！爱的教育在感恩行动中开花结果了，这种长期耕耘后回报的丰收喜悦足以成为我们彼此继续扩大成果的不懈动力。保持感恩的心理状态会是幸福的源泉。谢谢你，亲爱的宝贝！

女儿，爸爸从来都以你的优秀而自豪，尽管这其中的含义因你的年龄增长在不断丰富：乖巧的孩子，听话的孩子，懂事的孩子，会照顾人的孩子，能够替他人着想的孩子，遇事有一定主见的孩子，热爱学习、逐渐学会自觉思考的孩子，喜欢运动、能够合作、乐群的孩子……看看吧，姑娘，短短三四年时间，你学会了多少啊，爸爸能不骄傲吗？从缩短适应环境、转变角色过程，到成为不断超越自己的合格的中学生，再从合格向优秀勇敢地迈进——这半年多时光，你付出了多大努力啊！爸爸从来都是了然于心的。“宝剑锋从磨砺出，梅花香自苦寒来”。爸爸会陪着你一起在勤奋中收获甘甜的。我们都是好样的，继续加油喔！

宝贝，我们都要学习姥爷的细心啊！姥爷怕你一个人待着孤单寂寞，也想让你学习时间久了歇歇眼睛，专门为你买了一对金鱼。爸爸知道你非常喜欢，从放到书桌上的那一天起，你就自告奋勇，完全承担起了喂鱼、换水的任务。这对于你来说，当然是一件十分开心的事情。你每天都会挤出一点点时间观察鱼儿的变化，有时看得出神，竟然忘情于我和妈妈的存在，完全陶醉在鱼儿嬉水的自由自在之中，我也常常情不自禁地分享着你的快乐。

宝贝，我清楚地记得有一天傍晚，你伤心地告诉我说一条鱼死了，并说要赶快再配一条，剩下的那一尾就不会因为失去伙伴而过于悲伤，在孤单中死去。我惊喜于你的真诚和善良，我知道鱼缸中盛着你对生命和亲情的纯真理解，承载着你的快乐与幸福。人类最高尚的情感的胚芽已经深深地扎根于你的心底，只此一点，成就感已经洋溢在我的周围。于是，我又买了三条鱼来加盟，让它们在交流中尽快熟悉彼此，成为亲情缸中亲密的姊妹兄弟。孩子，这不正是你所期待的吗？

亲爱的女儿，成长要付出的代价首先是情感上的，这近乎有点残忍。但是，人总要慢慢长大，这个过程必须经历，也必须接受，如同你上了中学，看到你天天起早摸黑，辛苦地奔走在两点一线间，日夜努力学习，竟忙得我们之间的交流远远不像在小学时的那么流畅、随心，我们这些做父母的谁不心痛孩子呢？但我们都要学会适应，这是生活的法则啊！

女儿，关心你的是一个有着光荣家史的优秀团队。远在老家的爷爷、奶奶，在电话中，对你总是嘘寒问暖；近到姥爷、姥姥一家几乎每天对你精心照顾；妈妈每天的三餐准备，爸爸的骑车护送就不用说了。宝贝，生活在被爱包围的环境中是一生中最幸福的事情，但是，爸爸要友情提示：温室里的花儿容易“遇风感冒”，希望你乘着爱的翅膀翱翔天空，练就一身本领，实现你五彩的梦想！

宝贝，我还想告诉你，学习是一生的事情，要始终以饱满的精神状态投入到学习中去，更要结合自己的实际不断总结方法。用功固然好，但效率更重要！人在生存的每一个阶段都有特定的任务，只有不断树立信心，鼓足勇气，敢于迎接挑战——这些方面你我都需要强化，不断地学习、体验、感悟、总结、提炼，才能不断认识自己，战胜自己，超越自己。人一生都在和自己战斗，这是生命历程最辉煌壮丽的乐章诞生和获得幸福、通向自由的必由之路。我们携手，在跋涉中一起欣赏沿途美丽的风光吧。

孩子，今夜做个好梦！

爸爸

二〇〇九年元月九日 夜

女儿为我画肖像

亲爱的女儿：

祝贺你迎来了比较轻松的寒假，更要祝贺你取得了长足的进步——考试成绩只是其中很小的一部分，你的适应能力、观察能力、分析能力、认识能力、交流能力的提高占去了绝对的百分比，这是爸爸最为惊喜的，也是最为欣慰的，甚至在羡慕中还有一丝嫉妒呢！没有任何商量的余地，就让爸爸贪婪地分享你的进步吧，尤其是你的闪烁着智慧火花的不少想法。孩子，请别打断爸爸说话，允许爸爸真诚地说一声“抱歉”！我在好多时候忽视了你的想法，我们交流得太少，在我心中你还是那个充满稚气的小学生呢，很遗憾，爸爸为你受到的不公“待遇”表示诚挚的歉意！

今晚我们之间的谈话，你给爸爸上了生动的一课。我更加感到我们之间的交流是非常重要的。爸爸知道你很忙，我们能不能每天抽出哪怕一刻钟的时间说说话呢？我想是可以的，这个要求并不算过分。

喔！你痛快地答应了。好样的，一言为定！那么就从今晚开始吧，主题是“印象爸爸”。你尽管发表看法好了，我力争扮演好速记员的角色，不做较大加工，不改变你的本意，只是在文字上让自己更好地接受一些——当然这些都必须以征得你的同意为前提。你知道的，尊重“原著”是爸爸的一贯立场，也是爸爸的“职业习惯”。

我还知道，你会照顾爸爸的虚荣心的，哈哈哈哈哈哈……

好！我开始记录了（厉害！打破常规，先从缺点谈起，有创意。可我心里却怯怯的，这是对自己抗击打能力的考验哟!）。

爸爸的十条缺点

1. 脾气比较暴躁。尽管从新年开始改正了许多，但有时候还能从勉强地克制情绪中看出来（批评中有表扬——批评的艺术）；

2. 遇事不够冷静，容易冲动。比如刚才不同意我和妈妈的观点时脸色马上就变了，并且企图制止我的发言（证据确凿，我无法抵赖，只好承认——事实论证更有说服力）；

3. 有时语言粗鲁，举止野蛮。刚才挪动鼠标时硬把电源线往外扯就是证明（现场说法，无法狡辩，只好默认）；

4. 心眼小，霸道，容不得别人有不同意见，装作认真听，但情绪容易失控，动不动就生气（天哪，这些语言太尖刻、太犀利、太伤自尊了，受不了了！）；

5. 比较懒惰，随便指挥人，自己能干的事爱麻烦别人，比如倒水，端饭等等（这是无法抵赖的事实啊!）；

6. 傲气，经常“门缝里看人”——把人看扁了，总觉得自己看的书多，自己的学问高，属于深度“自恋”（说这一句时小女生的声音拉得很长，显然非常瞧不起我，还把小拇指向下比画，用肢体语言告诉我，这个手势的意思是——“我鄙视你!”这个小家伙了不得了!）；

7. 不自信，缺乏主见。遇到重大事情，往往思前想后，下不了决心，拿不定主意。证据：如果不是这样，为什么妈妈经常说“你爸爸一到关键时刻就掉链子”呢（太可怕了！这个小家伙脑子里装了多少我的“不是”呀！竟然还用“引证”的方法为自己作论据，我简直有点吃惊了！)；

8. 心态不好，爱发牢骚。事情稍不顺心，就抱怨，我和妈妈都要看他的脸色行事。不过，现在进步很大喔！（粗心大意！惭愧之至！竟让两个小女人战战兢兢，简直是懦夫所为！)；

9. 爱搞恶作剧。比如看见人家卖南瓜，就想搞“破坏”，用人家的蔬菜练“鸳鸯连环腿”；嫌人家的摩托车挡道，就想用图钉把车胎“扎爆”；看人家不顺眼就想给人“使绊子”（啊！不给我留一点面子呀！我可只是说说而已，并没有实际行动啊！这一条有点冤！)；

10. 思想保守，好为人师。最典型的例子就是爸爸自己喜欢歌唱家李谷一，却看不起我的偶像歌星周杰伦。总觉得自己说的都是真理，我的认识只是小儿科〔哎呀呀呀呀！这哪里是一个初一小女生的思想啊！我既惭愧又惊喜！我再也不可小看人呀！)。

爸爸的十条优点

1. 爱学习。从不间断。上厕所时都不忘记读书。晚上睡觉前必看书。出差更不忘记带书。几乎每周都要逛书店。买书最舍得花钱(有点不好意思了！但还是“欣然笑纳”女儿的美誉)；

2. 很勤奋。几乎天天都写读书笔记或者教育随笔，一年来爸爸已经写了几十篇文章，给我写的信和信息也有不少，有些甚至是在清晨五、六点或者晚上十一、二点写的，令我很感动（这是事实，我只是轻轻点点头，表达了我的认可和略带满足的谦虚)；

3. 很有毅力。爸爸每天坚持读书、写笔记，几乎从来不曾间断过，我和妈妈怎么劝都不顶用。看来爸爸不是属“猴”的，应该是属“牛”的——勤劳，倔强，有耐力，有韧性（很感动！女儿怕我坐的时间久了会伤害身体，不利于健康）；

4. 诚恳、善良。爸爸工作过的西安市第八十五中和西安市第一中学的我认识的老师们都说爸爸是“大好人”，爱帮助别人。在街道上看见乞丐，尤其是老人和小孩，爸爸会经常告诉我他们的苦难处境，有好几次掏出零钱给他们。看电视的时候，常常因为剧情的感人而流泪，从来不怕我笑话。爸爸写的好多东西中都能表现出这一点（谁说孩子不善于观察呢？只是我们常常忽视了、低估了孩子的观察力）；

5. 博学、健谈。爸爸属于“一见阳光就灿烂”的人。我参加过爸爸在市一中少年班的集会，他的讲话非常精彩，不时赢得阵阵掌声。家里来人时他说起话来也是滔滔不绝，批评我就更不例外喽！那词语好像都在口边排队等着，蹦豆似的往出冒。妈妈说爸爸能把黑的说成白的，肯定是有一定道理的（说我颠倒黑白，这不是在损毁我的形象嘛！当然肯定还是主要的，我表面上不动声色，其实心里暗自高兴）；

6. 富有爱心、同情心和孝心。爸爸的工作非常忙碌，但他至少每月要回老家一次看望爷爷、奶奶，并且常常给我讲老家的故事，特别是爷爷的奋斗史、光荣史（我是想告诉女儿，生活是一件需要不断努力、不断打拼的事业，我们今天的幸福生活首先归功于良好的家庭教育，拥有一颗感恩的心是做人的基本素质，是成就自己的重要因素）；

7. 朴实、平易近人。爸爸没有架子，用妈妈的话说，爸爸“不扎势”，尊重别人。即使是陌生人见到爸爸也不会感到爸爸难接近。好多和爸爸初次见面的人对爸爸的印象非常好，觉得他和蔼、亲切（我对这一评价表示谨慎的欢迎，事实上我认为大家都不容易，所以尊重人，理解人，换位思考是与人交往中最需要的，也是最基本的）；

8. 有骨气，有个性，憎爱分明。爸爸自称为“一介书生”，其实用他自己的话来说他拥有“浓厚的人文情怀”，“直率坦诚，不怕犯上”。爸爸从来不委屈自己的个性，看不惯的不认可的事自己从来不隐瞒观点，不说违心的话，因为如果是相反，爸爸就会认为是降低他的人格，是没有骨气的表现。这一点也给他惹了不少麻烦，但更多的是赢得了尊重，维护了尊严（对此高度的肯定我表示极大的满意，这是我一直以来引以自豪的，虽然常常伴随着不快。做人要有脊梁骨，不然怎么站着走路呀）；

9. 办事认真、负责。就拿最近治理“违规奥数班”的事来说吧。爸爸几乎在一个月的时间里天天不是开会，就是起草文件，或者参与制定方案，到区县学校检查。下班回家说的还是这个事。我看见的稿纸就有厚厚的一摞。最近一段时间，那个大皮包里被资料装得鼓鼓囊囊的。经常为了保证用词准确，他晚上九、十点还给同事打电话（我赞同女儿的说法。现在的孩子是最苦最累的弱势群体，过重的课业负担压得孩子们连起码的休息时间都被剥夺了，哪里还谈得上金色童年呢？孩子们的身心健康正在遭受空前的摧残！我常常心痛得寝食不安！不能为孩子们的健康成长保驾护航是教育工作者的耻辱！我们没有退路，只有一往无前！只有义无反顾！这是本分，是天职。即使作为一名职业人，也应敢于担当，绝无退却或者无奈之理）；

10. 很细心，爱思考，有思想。这一点我从爸爸的说话中感觉最深。当然，从他写的东东中也能感觉到。比如说每天上班走过的一条普通小路，爸爸却在平凡中发现了它的四季美。春华秋实，夏收冬藏，他都在随笔中通过花草虫鱼的季节变化有着生动地描述，并且总能自觉地与自己的工作链接起来。我真羡慕爸爸，也希望自己能像爸爸那样去观察，去思考（没错，我是这样做的，我自认为自己愚笨，但只要努力，总会有收获，这是我始终坚信的）。

爸爸需要努力的方向

不断自律，克服“自恋”，学会耐心，学会包容、宽容别人，要变得豁达大度。更希望爸爸爱惜身体，自觉锻炼，保持乐观，常开笑口，坚决不要“野蛮”工作，一坐在电脑跟前就几个小时，让眼睛更近视。也希望爸爸能经常与我和妈妈交流。请爸爸千万记住：别总把我当小孩喔！小女生也会慢慢长大喔！（幸福、快乐、感动！素来自认为口吐莲花、妙语连珠的我不知道说什么，只觉得心里暖暖的。女儿慢慢长大了）。

二〇〇九年一月二十四日晚

这个少年不简单

这是发生在一个多月以前的事了。女儿和我在那个晚上聊天的情景依然时时在眼前浮现。我既感到欣喜，又不乏愧疚。所以一直有一种如鲠在喉、不吐不快的感觉。

与女儿交流得多了，也便有不少体会。在女儿心里，蕴藏着那么丰富的情感：看似不经意中流露的深爱，稚气中的单纯和单纯中的不简单。女儿的心灵犹如一泓清泉，晶莹剔透，清澈见底。我是带着欣赏和赞叹的心情回忆那次交流的。

关于教育方式

“我知道你和我妈妈都是为我好”，女儿说这句话的时候已经恰到好处地封堵了我们的发言权。“你们把我养育这么大很不容易，这些我都懂。不管以前打过还是骂过我，我都不记恨，我知道我肯定有不对的地方，你们爱我才在迫不得已的时候采用不恰当的方式教育我”！

震惊！孩子一方面以成人的认识水准说出了一个人人都懂的真理，不！应该说是公理：人无完人，谁都有犯错误的时候；然后话锋一转，令你在汗颜中接受她真诚的看法：迫不得已的时候采用不恰当的方式”——有理，有据，有节！既体谅了父母的用心良苦，又指出了教育方式的简单、粗暴！面对孩子纯净的心灵，我们成人的确应该好好反思。

关于幸福

“我的同学当中，有不少人因为父母给自己买了一件可心的东西就觉得父母好，这是浅薄！父母养活我们那么多年，付出那么多艰辛，我们应该感恩，应该认为父母的养育过程本身就是幸福。”女儿一边说，一边有点伤心。“爸爸，我现在还记着我八岁的时候，你在下雪的冬天领我去买衣服的事情，我也不会忘记你现在几乎每天中午给我打电话，妈妈天天起早为我做早饭，我觉得我真的很幸福。”

感动！满足孩子对衣食的需求是再寻常不过的事情，这些事关乎孩子的快乐与幸福。那样的年龄能这样理解是正常的，正当的，当然也是正确的。孩子非常喜欢的一件事情做成了，她就如此地记忆深刻，因为这也是奋斗得来的结果。也许是许愿，也许是恳求，也许是在父母的要求下读完了一本书，也许是做家务活儿的酬劳。孩子的办法够多的，在这一方面的创造力和执着精神会以快捷方式凸显出来。这件事情说明，能给人留下美好印象的，能打动人心的，并不一定是所谓的大事，只要当时的需求得到满足，就能体会到快乐与幸福的美妙。

关于考试

“每一次考完试，我首先想到的是父母的情绪，因此考卷发下来以前一直忐忑不安！每一次我考试成绩不理想或者受了委屈不开心，我能感觉到你们也会随着我的情绪而不高兴，甚至有时候非常担心，所以就不断地询问。我有时候不敢说，有时候心里很烦不愿意说，但是你们总担心我，总希望能及时开导我，安慰我，帮助我，我很幸运有你们这样的父母，我真的感谢你们！”

女儿泪眼婆娑，我们无言以对！愧疚！中途我几次想要打断女儿的话，但我于心不忍。我想，如果不让孩子说出来，憋在心里，她会更苦闷的。孩子多么需要理解啊！

关于学业

“你们以前总爱说我长不大，爱叽叽喳喳”，女儿破涕为笑。“现在又嫌我话少，不愿理你们。其实你们说得都不对！我小的时候功课少，玩耍是一天中主要的事情。不疯玩儿我就感觉还没有乐够。现在我不是不想，而是作业太多，没有时间啊！爸爸每天晚上在卧室看书或者打电脑写东西，我知道你是用另一种方式陪我！妈妈也一样啊！你们好像不太习惯我现在的状态，尤其是爸爸，总怕我太累太苦。其实，你们不知道，我们班的同学基本都一样，几乎都在晚上十一点左右才睡觉！成长都是这样，我已经习惯了。”

无语！我很理解孩子的心情，她总想依靠在时间上的多用功尽快赶上差距，我还是明确表达了自己的观点：亲爱的女儿，我充分理解你的心情，但我坚决不支持你的做法！刚上中学就戴上了近视眼镜，就天天熬到深夜，那以后还怎么办？我希望我们共同努 力，相信你会在良好的学习习惯的养成、科学学习方法的掌握和文化课基础的夯实上有大的起色！爸爸不仅仅是期待，而是我们一起行动！

关于成长

“爸爸，你最近好像又爱说我长得太快了！用你的话说——不好接受!”女儿顿了顿，略加思索便脱口而出，“我现在正在长身体，当然要长得快呀！我们老师课堂上都讲了，这个年龄段的同学发育最快！但是，”女儿故意把音调拖得老长，“我觉得是否长大了不能只看有没有长胡子，有没有青春痘，关键还要看心理成长是否与年龄同步！”

强烈同意！我猜测女儿很喜欢生物课，已经能够学以致用了。从她坚决阻止我的抽烟、喝酒中可以明显地感受到，她不只是利用我的爱心来命令我拒绝摄取不利于我身体健康的东西。女儿用大量的学科知识和事实向我讲解这两种人类钟爱的“食品”是如何不适用于我！比如抽烟容易得肺癌，喝酒只能加重我的胃病等等。对于这种关爱我满怀无可奈何的自豪。于是我不抽烟了，也几乎是滴酒不沾了。女儿成了名副其实的家庭医生和“小纪委书记”。

关于评价

“爸爸，你和妈妈很肯定我的进步，我知道你们看到我的进步很高兴，我明白你们的意思更多的是在鼓励我继续努力。”女儿平静地说，“成绩的取得要靠自己百分之百的努力，要有百分之百的回报还要看方法好不好。我认为适合自己的就是好方法。

“制定适合自己的目标也是非常重要的，如果目标太高，第一次落差太大，自信心就会受到打击，不利于以后的发展。从一个人对待挫折与困难中可以看出心态。乐观的人能够战胜困难。我会继续努力的。”

认真反省！女儿几乎给我们上了一节堪称完美的心理教育课程。孩子在许多方面要比我们想象的坦诚得多，优秀得多，成功得多。这时候我一下子想起了许多的教育理念：平视，平等，尊重，宽容，包容，交流，竞争，合作，开放……然而最能打动我的还是“教学相长”这四个字。

关于交流感言

受了震撼的心一漾一漾的，几次想打断孩子，希望她早点休息——其实还有一个原因，那就是愧疚感阻止我继续听下去！总是用成人的眼光来看待孩子，总是居高临下地说教，总是一副绝对权威不容置疑的做派，总是“无理也要赖三分”的蛮横，总是在理屈词穷时依靠提高声音高度和强度来打压孩子言行的霸道，在那一刻土崩瓦解，溃不成军！教育对象发生了戏剧性的变化，为了维护那点可怜的自尊，我鼓起勇气提议“休会”，改日再谈。不料女儿在看似商量中明显地摆出一副语气坚定不可更改的架势，不管我是否同意，已经迅速地把凳子搬到我的床前，思绪丝毫没有受到我略带不耐烦的情绪的影响，继续她好像早已准备好了腹稿的倾诉。她妈妈也受了感动，我们俩空前的意见一致，不约而同地劝告女儿：“明天还要上学，早睡吧，抽时间再说！”但是没有说服她，只好在被动中继续聆听女儿的诉说。

女儿的心思不像一个刚刚过了十三岁生日的孩子应该有的，却恰恰在她有点凝重的言语中对困惑做出了恰切地诠释。十三岁孩子的心理应该是什么？我说不清楚，但至少有一点是肯定的：可以思考，可以激烈，可以不满，可以愤慨，但不能如此地凝重、郁闷！

如果不完全吐露出来，也许这种积压的委屈会扩大女儿与我们的心距。此前我竟沾沾自喜地以为我们父女空间上的零距离和心灵上的距离是合二为一的。错了！真的错了！而且管你介意不介意，明显地感到错得很厉害！突出的是我们没有完全走进孩子的心灵，不完全了解孩子，自然在许多事情上不能完全理解孩子——我还想为自己寻找“合适理由”的避难所！但我却无处逃遁！

我渐渐地然而又是愈来愈强烈地感到教育方式出了问题，我难辞其咎，但充其量是个帮凶，罪魁祸首是谁？孩子的书包里除了教材就是“考霸”、“练王”、“绿色通道”之类的考试“葵花宝典”，除了这些，孩子们剩下的就只能是与时间展开激烈的争夺战了。不是她们亏待时间，而是在不合理不合适不恰当的被动安排中被时间慢慢地消费——童年倏忽而去，快乐并不很多；少年飘然而至，不知何为！几乎所有的孩子都在为考试而忙碌。这验证了那句哲语：人生就是一场考试。

没有童年快乐的童年是令人不快的，没有少年幸福的少年是不能得到宽恕的。人生不是为受苦而来的。健康成长，幸福追求，快乐生活才是教育工作者奋斗始终的主题，才是我们远航中明亮的灯塔。为了孩子，为了追梦，我愿与同行者努力，在永不倦怠的探索中为孩子点亮一盏快乐的智慧的心灯。

二〇〇九年二月二十七日

喜见彩蝶翩翩飞

一大早起来，我热情地向女儿表示了节日的祝贺。女儿背着书包俯下身子，给我一个甜甜的吻：“也祝老爸分享我的快乐喔！”临出门，女儿又回过头来，不容商量地对我说：“爸爸，记着今天不许给我写信，工作之余好好休息。要不然我会不开心的，别忘了哦！再见！”说话的同时就势做了一个鬼脸。这个小精灵实际上早已牢牢控制着我，我自然心甘情愿地成为她手中的遥控器。但是，遥控器也有信号失灵的时候，这不，刚忙完工作，站在窗口想伸一下懒腰，忽然眼前一亮：远处操场上孩子们多高兴呀，他们穿着节日的盛装，正在表演节目呢，那欢乐的样子一下子勾起了我对童年的记忆。此刻女儿肯定也在快乐地和同学们庆祝自己的节日吧！于是，又开始在键盘上演奏我的乐曲。

前天晚上，女儿做完作业后，在床上翻着跟头开心极了，她兴奋地告诉我，老师夸她进步很快，同时也表扬了家长，还说这个“六·一”儿童节要“开恩”，允许她们疯狂地玩半天，如果表现得好，可以不布置或少布置作业。说这句话的时候，孩子的拖音拉得很长很长，显然在尽情地表达着她的渴望、期盼和向往。能够尽情“疯”玩儿一把，在孩子们看来是多么奢侈的一件事情啊！愿女儿和她的同龄人能在不可多得的今天玩得开心。

想起了我的金色童年。与年龄同步的游戏、心理，我们那时不知道升学的压力，没有那么多的玩具和好去处，但正是简陋的条件，宽松的环境，和谐的氛围，促成了玩伴中教育资源的效益最大化，造就了孩子们的创造力，纯朴、友善、上进、节俭、好学、刻苦、敬长、体贴、乐群等等，这些好的习惯或品质都是在儿时形成的。一个好品质成就一个大写的人，一个好习惯为充实、富有、幸福的生活奠定坚实的基础。至今回忆起来，仍然留恋难忘。

后来，童年的颜色渐渐变成了银灰色。玩伴少了，作业多了，眼镜度数深了，知识增长快了，童心的周期却缩短了。围绕着“知识改变命运”的活动几乎成为孩子们童年生活的主宰。

到了今天，孩子的美食营养空前丰富了，竞争意识更强了，书包更沉重了，掌握的知识更多了，社会化程度更高了，变得少年老成了，我们却有点害怕了！孩子们是我们的希望，是人类的未来，承载希望和未来需要以生命的本色来支撑。我们的责任在于为孩子应有的童年生活创造适宜的条件，让孩子们过上应有的幸福生活，并在天性的快乐中发掘创造的能量。

想着写着，一抬头，透过窗户，看见爬满青藤的墙壁被夕阳染得金灿灿的，几只彩蝶在旁边翩翩起舞，愿孩子们也如这彩蝶一般，诗意地飞翔、栖居，在呼吸着自由的空气中健康成长，快乐运动，幸福生活。我们有一万个理由对自己说，“孩子快乐，我们的责任”！

二〇〇九年六月一日

孩子，与你交流是我最开心的事

亲爱的女儿：

已经好久没有给你写信了。今天下午，爸爸有一种强烈的愿望想通过书信和你聊聊。本月初我们的那次交谈我印象至深，不能忘怀，一直想写出来，但是实在太忙了，我竟抽不出一点时间，的确有点惭愧，请你原谅！孩子，爸爸知道你当时有点担心，甚至有一点胆怯，知道那段时间你一直在用一种侥幸心理安慰自己，希望我和你妈妈都不知道你的考试成绩。

孩子，放假是你期盼已久的，而不敢正视即将公布的成绩带来的惴惴不安，掩饰不住的紧张表情已经清楚地写在你的脸上。可以想象，我可怜的宝贝每天要承受多大的压力和煎熬啊！随着家长会的日益临近，爸爸渐渐从你的眼神中读出了恐惧、顺从、委屈与无奈！你的表情语言明显地告诉爸爸——挫败感在牢牢地牵着你的情绪。

七月三日一大早，爸爸并没有太多注意到你神情的变化。当我高兴地向你道别时，才猛然发现你早已经起床了，目光忧郁，显得心事重重。我一下子明白了——今天要开家长会！“唉”！重重的一声叹息，无奈地摇了摇头，轻轻地拍了拍你：“开心点，宝贝，没有什么了不起的。努力了，尽力了，不留遗憾就行了！爸爸上班去了！”看得出来，听了这番话，你似乎如释重负，但你并没有完全放松紧张的情绪。你的自尊，你对爸爸、妈妈的承诺和了解，让你不能轻松对待公布的成绩。

亲爱的女儿，爸爸其实也不轻松啊！看着你每天如此忙碌、辛苦，我和妈妈能不心疼吗？整整一个学年了，你是非常努力的，没有任何人会否认这一点，包括你自己，孩子！所以，爸爸想对你说，重要的不是后悔或埋怨，而是抬起头来，我们一起寻找原因，减少跌倒的次数，至少不能总在同一个地方摔跤！

宝贝，在你所处的学习环境里，竞争的激烈程度从你的书包的分量和还在增长度数的眼镜中，我们都分明地感受到了。我们的心疼代替不了你今天成长必须承载的压力，所以我们能做的就是尽力为你减压。爸爸没有忘记你上一次的落泪，当时我们发自内心地为你的进步而高兴，可你却眼泪汪汪地告诉我："爸爸，打击太大了！我天天努力，为什么语文成绩老提高不了多少啊！我都快没有信心了！"你的哭泣加重了我的负疚感。孩子，还记得吗？爸爸当时一把把你搂在怀里，难过得说不出话来，只是轻轻地为你拭去眼泪，极力掩饰着自己的不安，极力用温和平静的语调对你说："宝贝，你取得这么大的进步还不满足呀！别对自己要求太高，一步一步走，走稳了才能走得更快更好。"

孩子，没有人不看重成绩，但健康成长比成绩更重要。如果学习成为你沉重的负担和无奈的选择，为此感到羞愧和难过的不仅仅是爸爸，你的困难就是我们的困难。我们大家一起想办法来走出困境。你知道，糟糕的情绪不会给予我们同情和安慰，只会浪费我们的时间，消耗我们的精力，折磨我们的心灵，影响我们的健康。爸爸相信，你会正确对待考试，会客观评价自己！

"不能输在起跑线"，"考试一点通"……这些触目惊心的口号已经在严重地腐蚀着成人心理，误导他们的行动，你们自然成为受影响的对象。孩子，我真的着急了，曾经的从容与无所谓化作今日的行动，我依然在坚守着自己的信念，但我不能无所作为，继续坐而论道、固守理想，与现实悬殊太大，这些无论如何对于你改变当下的处境是不利的。于是我开始放弃自己的部分爱好，牺牲了不少属于自己支配的时间，尽量与你保持友好对话，共同探讨我们不得不面对的话题。

爸爸开始阅读中学教材，开始了又一次“中学之旅”。“学，然后知不足；教，然后知困”，这是《学记》中的话。爸爸在与你的共同学习中又一次体验了经典的魅力：旧的知识和观念已经远远不合时宜，而我们彼此的互动式学习本身就是亲情的交流和彼此的观点、快乐、智慧的分享，也是消除焦虑、烦躁、郁闷等消极情绪的有效途径。

孩子，你知道的，爸爸的业余时间当然应该与你在书房度过，在阳台边可心地交谈中度过，在对动画片或者精美博客的欣赏中度过，在假日的厨房共同操作我们自以为的美味佳肴中度过，在“都市田园”和田园风光中度过。爸爸反对我的女儿过早地走向成人化的社会，拒绝女儿“少年老成”。于是，我努力把成人的天性和孩子的天真用万能胶粿合在一起——尽管可以看出有许多勉强的痕迹。我们是父女，但也是同学，更是朋友。我真诚地俯下身子，平视你——我的女儿。我渐渐地看到在我们的共同努力中，你体验到了读书的快乐。书香给予你的快慰，从你迫切地回答和恍然大悟的神情中让我有一种酣畅淋漓、通透心灵的快感。

孩子，此刻我一个人坐在北郊的办公室，遥望西南，澎湃的激情蘸着教育的琼浆与你痛饮。哪里是你笨啊！是我的教学方式在老化、退化，是我没有视你为真正的玩伴和心灵密友。从你敞开的心扉里，飞出了彩蝶，飞出了欢乐的浪花，飞出了童年的清纯，飞出了青春的活力。我不知道用什么美妙的语言才能表达我对你的爱。于是在理屈词穷的时候，我忽然意识到深沉的爱不需要语言的表白，朴素是一种极致的美，直白的美，简约的美，是一种蕴藏着伟大的爱的美。我们之间所有沟通的壁垒已经拆除，心灵的围栏已不 复存在，在我们的心底碧波荡漾，澄澈透明。

孩子，如果我能以自己的修为告诉你——在快乐的奋斗中你将走向属于自己的天地，让你感觉到一个父亲的责任、爱心、思索和为了荣誉而不懈奋斗的勇气、信心、精神与行动，我将感到无比自豪。令我更为骄傲的，将是看着你在快乐中逐渐走向从容、宽容和成熟，看到你扑面而来的青春活力和拥有独立思考以及自立自强的能力，我将会在深夜的灯光下依然不知疲倦地给你写信——我的宝贝。我以这种方式向你表达一个父亲的欣悦、敬意、期待和谢意。因为你是我的事业，是我生命中最珍爱的情愫。

孩子，不管是父母曾经倾注的心血化作你成长的足迹，还是今天的交流成为你自觉思考的源泉；不管是昨日的烦躁已转为今天的平和，还是你不能忘怀的伤感至今回忆起来仍隐隐作痛，你终将会在岁月的磨砺中渐渐明白——爱的目标和爱的方式不是简单的等号和符号，它们之间有时有非常艰辛的路要走。这里不仅仅有人们喜欢的认可、美誉，还有你并不乐意接受的不解、误解、埋怨，甚至愤恨，因为这些都是一个人不断走向进步与成熟的调料，都是我们获得全面发展的不可或缺的养分。它同时也告诉我们，只有不懈追求，我们才有可能成为自己命运的主人。相信那句广告词吧，世界上的事，“没有最好，只有更好”。而一切满意的后面，无不附着我们奋斗的汗水、泪水，甚至血水。你的青春当然要由你做主，但是没有足够的心理准备、知识储备和能力蓄积的时候，你不免会感到孤独、惶恐。这时候你需要他人的帮助、指点，在你的重要他人之中，父母是不容选择的“首位”，我们会以自己的努力，全力担当好职责。

孩子，愿我们彼此在亲情的温暖中、呵护中走向丰富，走向开朗，走向阳光，走向幸福。你是我们的骄傲，我们是你避风的港湾。累了，就停下匆匆的脚步，在港湾中歇歇脚，然后整装再发——我们即使跟不上你的脚步，也会用慈爱的眼光看着你走向远方……

二〇〇九年七月三十日

孩子，爸爸陪你一起走

亲爱的女儿：

当第一百〇一个父亲节来临的时候，当你清晨起来走到爸爸床前轻快而深情的一句“老爸，节日好”的问候声飘入耳际的时候，爸爸是满身通透的快乐，你的细心和温情好让我感动！谢谢你在这个特殊的节日里送给爸爸的礼物，谢谢你的清纯善良和天真活泼给我们带来的欢乐与幸福。诚如你的老师所说的，你是“一个非常单纯善良的孩子，这是很难得的”。爸爸为此深感自豪和骄傲。因为在你身上，我看到了童心未泯的珍贵与可爱，看到了少年特有的青春与活力。

亲爱的宝贝，请允许爸爸和你继续昨天下午的话题吧。你毫无保留地表达了对我们诸多做法的看法，尤其是对我们给予你的呵护与关爱，你用能够想到的最美的词汇和最恰当的方式作了表述。在真诚面前，任何矫情和造作都没有容身之地，任何试图为自己的失当言行做出辩护的行为都显得滑稽可笑。所以，我以往的固执和倔强甚至强辩，在你的真诚面前不堪一击，土崩瓦解，一败涂地！爸爸当然乐意看到这样的结果，这是我长久以来梦寐以求的。在我的天使面前，我看到了敞开心灵的窗户外翩翩飞舞的蝴蝶，闻到了自由的空气里弥散的花香，听到了天籁之音悦耳的曼妙。不设防的心灵，呈现在我们面前的不仅是彼此尊重衍生的和谐氛围，更有丰富造就的精神盛宴和智慧牵引的亲情磁场。孩子，我敢断言，这种坦诚的交流会使你攘除心灵的杂草，肥沃成长的土壤，丰厚见识的积淀，开阔雄视的视界，练就独立的本领，为实现你的梦想插上翅膀。

亲爱的孩子，别怪爸爸悭吝。爸爸还是想说，你为什么有时在我面前显得非常胆怯？是我不经意的粗暴态度还是偶尔冷漠的眼神吓着了你？你那时流露的无奈和憋屈分明写在恐慌而忧郁的眸子里，写在你匆匆疾行的脚步里。那些孤灯下勤奋的身影，黎明即起的良好习惯，遵守纪律、为班级荣誉而战的拼搏精神，常常在饭桌上因亲情的眷顾而洋溢的笑靥，天真、可爱、活泼的神态，爸爸看不到的时候是何等的忧虑啊！爸爸不能等待，不能期待，而是要和你一起尽快地追寻，让我们共扬信心的帆船，向快乐进发。

亲爱的孩子，你为什么有时悄悄流泪？甚至难过得哽咽无语？你是在为没有达到预期的成绩而委屈、难过、孤独、无助、伤心吗？这是“明知故问，雪上加霜”！爸爸知道，你这时最渴望的是理解、安慰、沟通、交流，甚至你的愿望并不算高——只需要允许一点时间和空间留给自己支配。可是，这些极为寻常的想法往往也成为奢侈。在巨大的压力面前，我们没有为你及时煲来“心灵鸡汤”，反而常常代之而起的是“男女双簧”的激情表演，一句“一切都是为你好”的亲情妙语掩盖了许多言行的无知和失当。在你清澈的眸子中，浓浓的亲情变成了虚伪的鬼魅，是这样吗，孩子？真是这样，绝对要从此销声匿迹，决不允许它死灰复燃！我们和亲情的死敌势不两立！我们一起努力，用警觉、反省、尊重、理解、包容、宽容、支持、呵护、关爱和信念、勇气、毅力、行动来筑起牢固的防护墙。来吧，孩子，牵紧爸爸的手，为我们共同的心愿执手前行。

亲爱的女儿，十四岁的你已经清楚地懂得，在我们每一个人前进的路上永远不会只是坦途，虽然我们都知道合作比竞争好，对话比对抗好，交流比封闭好，平和比激动好，理智比冲动好，轻松比凝重好，快乐比痛苦好。但是，这些都需要锤炼，需要时间，而在这充满喧嚣和功利的时代，我们不能等，也等不起，所以我们情急之下，常常会做出一些事后遗憾甚至后悔的事情，总用“如果”来为自己开脱。仔细想想，这是在损失双倍的时间做无谓的牺牲呢。人生能有多少个“今天”啊！所以，一些做法不求你支持，唯愿你理解。唯愿你理解之后赶快行动起来，唯愿你珍惜无法复制的“今天”。我们能够达成这样的共识：快乐源自追求，幸福在于勤劳。舍此，没有真正的持久的快乐与幸福。

亲爱的孩子，我还想告诉你的是，不管你在成长的路上遇到什么困难，什么问题，爸爸都会全力以赴地帮助你，陪着你风雨兼程！

好了，孩子，今天就聊到这儿吧，挺起胸膛，大胆向前走，我们会陪着你一起走！即使将来我们老了，走不动了，也会看着你稳步地向前走——相信自己，相信亲情的力量会永远陪护着你。

孩子，时针已指向夜里十一点一刻，睡吧，祝你做个好梦。

永远爱你的爸爸

二〇一〇年六月二十日

致十五岁的女儿

亲爱的女儿：

祝贺你十五岁了。花样般的年龄啊，真令爸爸羡慕。这可是个做梦的年龄，有那么多五彩缤纷的梦想等着你去采撷，青春的旋律在这新年刚刚迈开步子的时候已经嘹亮地奏起。唱响美丽的春天，唱响嘉年华！

听你的，爸爸不费过多的笔墨，可是你知道的，那些老生常谈都是岁月留给我们的足迹，寻常之中藏着美丽的风景。用心看，用心听，用心想，用心做，你会发现成长中的美无处不在。祝你生日快乐！天天快乐！

史家千金何处寻？学苑花枝又新春。
豆蔻追忆昨日事，韶华毗邻十五轮。
诚善无赖率性纯，仪态风姿冠众群。
亦憨亦黠亦恬静，亦达亦雅亦信真。
言语往往思报恩，为学勤勉肖至亲。
旦夕不闻劳碌苦，朝暮案牍俱精神。
说文道理素有故，切中肯綮鲜凿痕。
敏思笃行索巧智，功力渐成壮苗根。
英雄本是少年色，吐故纳新蕴清阴。

逢儿盛节祝生辰，为父寄语意深深：
但爱桃李惜花身，不让冰心染纤尘。
楚辞汉赋寻常看，唐诗宋词随口吟。
青花瓷说周杰伦，玉清冰洁一剪梅。
同窗多是风流子，兴趣广泛爱执信。
青春易为流光催，天道酬勤永铭心。
博约慎独携绝技，行遍陌路有知音。

爸爸

二〇一一年一月四日

走在成长的路上

当我写下这个题目的时候，流金岁月给予我对女儿十八年成长之路的温馨回忆犹如冬日暖阳，万千光线密密地挤进纱窗，将温暖洒满书桌，漫溢心田。那些动人的瞬间牵连的记忆钩沉，已经完全定格在脑海中，成为我生活和生命中重要的组成部分。

一

十八年前的今天，女儿迫不及待地要看外面的世界，她母亲只好忍受剖腹之苦了。坚强的妻子没有呻吟一声，满脸的幸福，眼睛长时间地温柔地注视着躺在身旁的小精灵。我知道，我的爱的根脉开始分蘖了：从此以后，二人转变成了名副其实的吉祥三宝，亦子亦夫亦父的“三重门”角色让我在忐忑与惊喜中茫然与怡然交织，孤单与充实共舞，忧心与开心做伴。女儿给我上的第一课主题突出，观点鲜明：家是不讲理的地方，因为一讲理，情就退却了。

三个月时，女儿开始用“咿咿呀呀”的天籁之音回应我们的“儿语”和鬼脸，我们之间用最简单的表情语言诠释着世界上最丰富的亲情之爱。

六个月时，女儿开始一次次用力地颤巍巍地抬起“老虎头”，那个奋斗过程是惊心动魄的：留着小光头、有着莲藕一般的胳膊，带着小裹兜的憨态十足的我的小“聪明一休”，两只胖乎乎的小手几乎支撑不住整个身体，头稍稍抬起，便重重地摔下去！哭儿嗓子后，又在悬空的玩具诱惑和我们的加油声中一次次尝试。渐近成功，又倒下去！歇一会儿，再继续，多次反复，终于大功告成！皆大欢喜！坐在一旁的八十七岁的老太太笑得合不拢嘴，站在两边的年轻父母乐不可支！成长与成功的快乐该是一种怎样的人生享受呀！真是太幸福了！

九个月时，女儿外穿倒背衫在摇车里玩耍成了每天的必修课，不管刮风下雨，女儿毫不在乎并乐此不疲。这种执着劲儿常常使我想起我与老父亲的较量，这也许是遗传的结果吧。每天再忙再累，只要下班回家，看到宝贝张开双臂小嘴喊着要“抱抱”时，所有的烦恼劳累便一扫而光！幸福在哪里？在天使降人间的曼歌妙语里，在童年的小摇车里，在妈妈的摇篮曲里，在舒伯特的小夜曲里，在柴米油盐、锅碗瓢盆交响曲编织的生活琐碎里。

二

女儿一岁时，开始学步了。小家伙两只手抓着小推车慢慢朝前移动，我们用一条绵长的宽腰带轻轻牵着跟在后面，女儿的方向便是我们的行动。往往一两个小时下来，累得浑身酸痛，但很有成就感：孩子软绵绵的脚步渐渐变得有力，用小手不停地撕扯来表达对“束缚”的不满和抗议，当然，经过多次的试验，我的“可爱多”已然发现最有效的办法是用哭喊配合着小手不停地拨拉立马会起到“解除武装”的作用，此法“一旦拥有，别无所求”。在屡试不爽中，好动的小天使除了睡着，更是一刻也不闲着，脚步越来越稳，小腿越走越欢实。脚下的路是走出来的，那么一个人的特立独行自然也是练出来的喽。

三

小宝两岁时，一到午饭便悄悄把小铝饭碗藏在倒背衫里到邻居家蹭饭。筒子楼温暖的邻里关系虽然已经成为遥远的过去，但因了那时人与人之间最为朴实、真诚与友善的交往而成为“快乐储蓄银行”中利息逐年增值最快的部分。那时，小宝最喜欢饭时到隔壁大妈家串门。最逗人的是，她明知大妈家吃什么饭，却经常假装不要，拍拍小肚皮，反复地连问带说：“大妈，啥饭饭呀？香不香？我不饿，不吃！”面对香喷喷的“农家乐”，大人们的口中故意发出“滋溜滋溜”的声响，馋得小朋友小嘴直舔，不一会儿便用胖乎乎的小手拍拍肚皮说：“大妈，又饿啦！”在大人们的笑声中，小宝实现了她的愿望，捧着小碗，在大妈爽朗欢快的笑声和叮嘱声中小心翼翼地满载而归。往事经年，但历历在目，也许在人的一生中，最能拨动心弦的，乃是良善给予彼此的那份温暖和感动，它是一种爱的力量，这种爱的力量会在似水流年中生生不息，繁衍升值，熠熠生辉，普照人性之美。

小宝两岁八个月时，挎上了小食品包，从我带着在幼儿园门前好奇地张望变成了园里的小朋友。第一次进幼儿园看到那么多的小伙伴和数不清的玩具，孩子开心极了，即使放学了也要赖在滑滑梯上不下来，站在跳跳床上不出来，走出园门还要“一步三回头”，恋恋不舍。没过几天，新鲜感没有了，园规发挥作用了，小宝的眼泪多了，哭腔多了，求助声多了，讨价还价的次数多了，盼望我迟送早接的请求多了。每天远远看见幼儿园大门，便扑到我的怀里，小手紧紧搂着我的脖子：“爸爸，不想上幼儿园！”我边安慰边继续走。

待到了园门口，阿姨满面春风地过来召唤，牵着手进园门的刹那，孩子无奈地边走边回头，拖着泪音说："爸爸，早点来接啊……"每当听到这种声音，心里总是酸酸的。虽然我知道，对于环境的适应需要一个过程，学会等待，学会放手，更多的需要做好心理准备，孩子总要慢慢长大，不能总抱着、牵着走，该放手时就要放手啊。我总有安慰自己的说辞。

小宝三岁十个月时，转到了另一所幼儿园。她每天最开心的事，便是清晨坐在我的自行车上，一路按着铃声，"叮零零"地穿梭在人群之中。兴奋地喊着："爸爸，骑快点，加油！"这是我听到的最悦耳的声音。遇见熟人，女儿会极热情地主动打招呼，向我介绍小朋友的名字，甚至家庭住址，父母工作单位也零星地在她的讲述之列。而每天路上接送时近半个小时的交流，我的角色常常变成了学生，当"主考官"的女儿最高兴的事是考倒我。"爸爸，你连这都不会，来！我给你教……"我一副恭敬顺从的样子，认真耐心倾听，然后煞有介事地频频点头。聪明的女儿怕我瞒天过海，要求我必须说到做到，而常常钟爱君子动口不动手的我，每每这个时候就成了菜包子的底儿——心虚，稍稍一捏就露馅，只好投降认输。但女儿不依不饶，直到我"学会才肯放过"！谁能说当孩子的学生不是一种幸福呢？我并未因真实的谎言而在童言无忌面前感到羞赧，反而生出"老少皆宜"的快感。

四

四岁时，上中班的女儿在幼儿园里已经不再是乖乖女了，常常成为好动分子中的骨干。趁老师不注意，上课左顾右盼，交头接耳，小动作频频；下课呼朋引伴，上高爬低，满园疯玩儿；饭时瞻前顾后，囫囵吞枣，话语不断；午休时辗转反侧，假寐寻常，闻声而动。我多次向阿姨表达了歉意，令我感动的是，阿姨们次次给我“告状”的内容几乎如出一辙：“你女儿聪明伶俐，活泼好动，很有人缘，这个年龄段让孩子好好玩儿，要保护孩子的天性，可别过多地约束孩子！”听了老师的话，心里美气得很。

暑假的日子是惬意的，这是一年中我们父女最盼望的聚欢，也是我最有趣的工作。小姑娘最喜欢的打扮是头戴遮阳帽，身穿小花裙，斜挎小水瓶和装满各种零食的小包，每天坐在爸爸的自行车上环游古城。月余时间，西安三十多所知名大学留下了我们父女俩的足迹。渴了，饿了，累了，我们便在浓密的树阴下、碧绿的草坪上铺上塑料布，席地而坐，优哉游哉地饮水美食，不少留校的女大学生便会走过来与女儿玩耍。在孩子心里，游走于美丽的校园，便是她未来的梦。而我的梦想却悄悄埋藏在心底：将来有一天，我的天使一定会圆我的大学梦。做一个追梦人是一生中了不起的事情。

这一年的圣诞夜，身着红大衣，头扎羊角辫，带着白兔儿帽的小精灵，骑在我的脖子上，从翠华路到小寨东路，从长安路到南大街，成为人群中一道最美丽的风景。好多时候，我们在追逐风景的时候，恰恰自己又创造了风景。学会欣赏，相互欣赏，便是风景；心之所在，便是风景。

五

五岁时，女儿开始向往每天路过的小学，看着小哥哥、小姐姐背着的双肩包好生羡慕！她用歪歪扭扭的字体在信纸上写下“我要上小学”的字样，小心翼翼地压在堆着不少玩具的书桌的玻璃板底下，并且开始倒计时。

涂鸦是孩子特别喜欢的事儿。非常有幸的是我的肚皮成了画布，而且孩子一丝不苟的神态和严格要求，让我一点也不敢思想开小差，不敢有一点点小动作。我的完美配合的回报是满肚皮的抽象画令人忍俊不禁，欣赏这些“画”，仿佛进入迷宫一般，有一种似是而非、非此非彼又即此即彼的美妙感觉，我把它比喻为现代版的“九方皋相马”——精神之花最绚烂。

女儿的另一件工程便是给我扎辫子。她把自己所有的发卡按图形分类，然后“指导我”遵守纪律。怕我不够专注，便用我心仪的书籍安抚我。她宛如干一件精细的瓷器活一般，那专心致志的样子滋生的魅力使谁见了都心生爱怜，不忍打扰。因为每天的自我训练，女儿的动作行云流水般的娴熟，不一会儿，一个满头发卡 、造型别致的爸爸像巡回展一样，由女儿牵着手，在邻居面前“展览”。童趣不只属于孩子，拥有一颗童心，便收获纯真的乐趣。

那时，为了补贴家用，我晚上给夜大兼课。骑车出门，孩子总会说，“爸爸，早点回来”！回到家，总会看到一杯晾好的温水，女儿扑上来一个热吻，“爸爸，不说话，快喝水，我和妈妈一直看着钟表等你呢”！每每这时候，所有的疲惫便一扫而光，这是一段何等幸福的时光哦！

六

女儿六岁时过的儿童节，因了毕业典礼的加盟而显得更有意义。这段时间，孩子经常拿出《成长纪念册》，给我们讲述幼儿园里发生的故事，每一个故事背后都有那么多动人的细节，而所有的细节在女儿声情并茂的描述中，我强烈地感受到已经在她幼小的心灵里牢牢打上了印记。每当这个时候，源于故事本身的真味多趣，受了感染的我除了陶醉其中，也会怦然心动孩子溢于言表的惜别之情。孩子们没有任何纤尘的润玉般晶莹剔透的心，让我们这些在滚滚红尘中摸爬滚打的成年人常常感到遗憾和愧疚。好多时候，好多方面，孩子们何尝不是我们出色的老师呢？向孩子学习，我们的心里会变得更纯净，更温润。

儿童节那天，幼儿园里彩旗飘扬，彩带飞舞，花香袅袅，笑声朗朗。孩子们充满稚气、天真、梦幻般的作品连成了炫目的“文化长廊”，每一个小朋友都牵着爸爸、妈妈或者爷爷、奶奶的手，站在自己作品前指指点点，好不自豪！所有人的脸上都洋溢着节日的笑容。

在老师的精心指导下，我的天使和本班的小朋友们身着节日盛装，表演了精彩的小舞蹈《草帽歌》和《月亮船》。欢快的曲调，灵动的舞姿，天籁般的声音，家长们如潮般的掌声、喝彩声把联欢会推向高潮，好多小朋友高兴得相拥欢呼，不少家长眼含热泪，微笑握手，并提议大家起立为辛勤付出的老师们致谢。鞠躬的，点头的，鼓掌的，问候的……形式多样的表达方式如同来自四面八方的电波，汇聚成浩瀚的磁场，把所有温情的、热烈的、期盼的、感激的、欢快的目光吸引在不算大但却精致的广场。我想起了那首怀旧老歌《光阴的故事》……人生没有彩排，但每一次的实况转播都有迷人之处。

是日黄昏，小公主在回家的路上告诉我，“爸爸，小朋友们都要走了，我们班的阿姨哭了，好多小朋友也哭了”，说着说着，孩子开始抹眼泪。“爸爸，你会带我去找小朋友吗？”

“当然会啊，如果你同意，爸爸邀请他们来家做客好吗?”

“好！飞吻一个：嘣！”孩子破涕为笑。

满足一个小小的心愿，通常并不需要耗费多少精力体力，往往只是支出一点点时间，腾挪一点点空间，消费一点点热情，但我们却可以有满意多多、快乐多多的收获，特别在孩子成长的阶段，我们更能体验共同成长的快乐。

七

女儿七岁时，上小学二年级。她依然是几乎每天牵着我的手过马路。当我目送她走进校门的时候，孩子必然要回过头来，看着我边走边挥手，直到听不清楚“爸爸再见”那天籁般的声音，直到她可爱的身影消失在同学之中。最简单的话语往往包含最浓厚的感情，最平常的眼神常常包含最动人的深情。

这一年，我们晚上散步最多的地方，就是著名的大雁塔风景区。我给孩子讲了大雁塔的来历以及功能，特别讲了又名“慈恩塔”的过程。女儿触景生情，熟练地背诵了孟郊的《游子吟》，“慈母手中线，游子身上衣。临行密密缝，意恐迟迟归。谁言寸草心，报得三春晖”。也许在她幼小的心灵里，未必完全理解诗中略带感伤、无奈、歉疚、爱怜与深深眷恋的母子情，但我相信她会在成长的足迹中逐渐懂得，亲情是陪伴一生的爱。

那时，大雁塔风景区正在大规模拆建，百废待兴，又生机勃勃热火朝天。但也破坏了这里昔日田园乡村般的宁静与祥和，破坏了城市稀罕见到的屋檐下的燕巢和一群嗷嗷待哺的乳燕“一家人”自由飞翔、祥和安逸、其乐融融的生活。有一天黄昏故地重游，我们看到燕子的“家园”在大型机器的轰鸣声中轰然倒塌！乳燕们奋力地扑打着翅膀，摇摇晃晃，跌跌撞撞。刚飞起来，便又重重地摔下来，然后是又一次地拼命挣扎，中间夹杂着嫩黄的小嘴发出撕心裂肺的哀鸣！燕妈妈像黑色的闪电，倏忽眼前，上下翻飞，凄厉的叫声撼人心魄！她全然不顾自己的安危，拼尽全力保护孩子！那一刻，所有在场的人员完全被眼前的情景感动了，没有谁忍心去伤害它们。

女儿泪眼婆娑："爸爸，今天晚上燕只（子）妈妈和她的孩子住哪儿啊？你看她们多可怜呀！""我们走吧，叔叔们会想办法把它们带到安全地方的……"我领着孩子，头也不回地走了。但此情此景，却长久地留在我的脑海里，特别是孩子触景生情背诵的那首诗，"谁道群生性命微，一般骨肉一般皮。劝君莫打枝头鸟，子在巢中望母归"。善良的种子一旦发芽，定会在孩子的心里成就尊重生命、呵护生命、珍爱生命的赞歌。悲天悯人、珍惜生命是人的向善之美。

这一年，还有一件发生在暑假的小事触动了我敏感的神经，至今历历在目，甚至还有一点隐隐的痛。孩子为了吃一份肯德基，她思维的活跃和方法得当以及表情的丰富，令我不能忘怀。

"爸爸，我想吃肯德基。"

"太贵了，也不好吃。"

"我只要一个汉堡！你还没有吃怎么知道不好吃？"

"我看那样子都没有油泼面好吃！"

"那不一定！你不是经常告诉我要学会尝试吗？我要一个汉堡，你也尝尝，如果不好吃，我保证以后不要了！"

"要排队的，得等好长时间！"

"我来排队，你和妈妈坐那儿歇歇。"……

站在队伍中的孩子不时用怯怯的眼神望着我，一会儿冲我笑笑，一会儿冲我做个鬼脸，一会儿大声告诉我"爸爸，快到了"！

等买回来，孩子脸上乐开了花，仿佛一件伟大的工程竣工一样开心！看着有点不耐烦的我，满脸笑容地赶快递上来让我品尝。我婉拒后，女儿马上说："爸爸，我不在这儿吃，我让阿姨包好带回家吃……"

这一幕常常从心头泛起。这是我对女儿童年的亏欠，有时想起，心中的负疚感依然会爬上心头，也加深了我对鲁迅先生《风筝》一文的理解。对孩子一个并不算奢侈的愿望的满足，我们往往只需要付出一点点，却可以得到无量的亲情眷顾。相反，一件小事也可能令我们寝食难安，心情恻恻。在孩子成长之路上，稍不留神，可能会留下遗憾，而时光的不能倒转，即令我们后天无论如何弥补，也不能给心灵一个完整的舒展。所以，细察孩子的心理，小到美食的满足，大到兴趣爱好的支持，都需要用心去打理，因为不忽视任何细微处，才有可能使育人工程如千里长堤，固若金汤，永无溃坝之虞。

我的老父亲因了一生永不服输的秉性和智勇，还有他不朽的业绩而成为深受家族和乡邻爱戴与敬重的说理权威和实干典范。所有的家族成员，包括亲友在内，没有一个人敢于对自己的主张不做精心准备、反复权衡而贸然向他挑战，没有谁敢因不做充分的估计而轻率在“太岁头上动土”。父亲对问题洞察的细致，思考的严谨，推理的缜密以及驾驭语言的流畅中不乏跌宕起伏，生动中略带尖酸刻薄，幽默中长于深入浅出的水准，让接触过他的人们自叹弗如。大多数人对父亲的态度是敬与畏交织，爱与怕相随。

但是，老人家在他的唯一的孙女面前的态度与和我们在一起时相比，简直判若两人，无异于天壤之别！他从我们心目中的“家族雄狮”一下子变成了“温顺羔羊”！在孙女面前，那种跟我们说话时居高临下、凛然不可侵犯、极严肃认真的神态荡然无存，在不笑不说话中隐藏不住“讨好”的意思，体贴关爱的举动让我想起了“千年睡莲”。在父亲的晚年，我们惊喜地发现：父亲身上不光是侠骨，还有这般的似水柔情啊！

我们倾巢而出回家看望老人的日子，是父亲最开心的时候。此时，父亲的核心领导地位悄然发生转移：在孙女面前，老人家保持了一贯的英明，他心甘情愿地彻底“逊位让贤”，迅速转换角色，像一名忠诚的老卫兵一样，不离孙女左右。孙女无论走到哪里，哪里便成为父亲的工作场所，满足与幸福的流韵溢满了父亲脸上的“沟沟坎坎”。他不无自豪地主动向左邻右舍打招呼，极热心地将自己知道的所有关于女儿的闪光点和盘托出。他的总结性的话语常常是说给别人、也是让我们听的，“别人家的孙女是千金，我这一个宝贝孙女可就是万金了”。他试图证明在他的内心深处是主张男女平等的，没有农村人传统上重男轻女的偏见，更没有他们这一辈人的浅陋。父亲在两个孙子、一个孙女面前的所有言行，显示了一位老人的明智：他从来不偏不倚，他爱所有的孩子，他在处理“孩子们的问题”时将男与女、长与幼、情与理完美地结合在一起，从源头上杜绝了家庭主要矛盾的爆发点。单是这一点，父亲就赢得了大家的敬重，特别是妯娌们的衷心拥护与爱戴。

女儿有爷爷做坚强后盾时表现出的肆无忌惮和有恃无恐经常令我瞠目结舌又无可奈何。在她的保护神面前，素来因为工作问题和“持不同政见”而敢于向父亲叫板的我，此刻却敢怒不敢言！我深知，这个时候，女儿就是父亲的一切！谁要拂了小公主的美意，就是和父亲过不去！她可以随意命令爷爷蹲下身子摸他的光头，父亲“俯首甘为孺子牛”；她要求爷爷扶着自行车跟着她的速度快跑，喜欢看爷爷追赶不上时“认输”的“老小孩”样子；和爷爷一起捉迷藏，享受永远都是“胜利者”的滋味；可以运用夸张、比喻等带有修饰的纪实向爷爷控诉我的“不是”，换来老父亲“斥责”我之后的开心。父亲晚年的幸福不仅在于切身感受到儿女们的孝敬，更重要的还在于对儿孙满堂、人丁兴旺的亲情满足。孙儿们是他最大的欣慰，孩子们也在同爷爷的交往中体验着亲情的滋养。家的温暖让我们从不同的角度和身份有一种殊途同归的幸福感。

八

女儿八岁时，我感触最深的是，所有与玩耍有关的细胞完全在她的身上舒展开来。对于没有学习压力、吃穿不愁的孩子来讲，一个“玩”字几乎占据了童年生活的全部。我以为金色的童年一定是用金线缠绕的“玩”字串起来的。有一天，我们父女之间开始了一段经典对白。

我斜倚在书桌边，漫不经心地问：“宝贝，你最喜欢干什么？”

正在玩积木的女儿不假思索，脱口而出：“玩儿！”

哈哈大笑的我立即来了精神：“现在没人，你跟谁玩儿呀？”

小公主指着我，一副促狭鬼的样子：“你闲着呀，找你玩儿！”

我边转动手中的圆珠笔边说：“爸爸马上要工作！怎么办？”

女儿毫不拖泥带水，应声而答：“那我一个人玩儿！”

我试图引导她：“你看，隔壁两个姐姐也都在写作业，你……”

不等我说完，女儿一边专心致志地玩儿，一边头也不抬地抢答：“我等她们写完作业再玩儿！”……

我在大笑中一时语塞。

玩儿是孩子的天性。为了玩儿，孩子的创造性思维令我们在惊喜之余自叹弗如。所谓“引导”，在天性面前也失去了吸引力，变得有几分苍白。孩子的执着，单纯，简单，不正是我们要学习和借鉴的吗？

九

女儿九岁时，已经不用我陪伴，开始一个人上学了。每天在我的注目礼下，她从容地穿过马路，站在马路对面朝我挥挥手，甜甜地一笑，“爸爸再见”！然后一溜烟跑进校门。有时遇见车多，她会像个小警察一样，一手扶着书包，一手做敬礼状，示意车子停下来，然后迅捷地跑过去后大声说，“谢谢叔叔”！我的眼里收获的满是女儿成长的快乐。

这一年，为小公主矫正牙齿的工程在暑假正式启动。那四颗颇具威力的小虎牙不分昼夜地“发虎威”，“里应外合”，大肆进攻！肿胀的牙龈不仅影响了小公主的天使形象，更疼得她寝食难安！我们紧急召开家庭会议，一致决定，陪护小公主就医的光荣任务主要落在本该享受暑假休闲的户主身上。

那段时间，每周都要陪女儿去一次医院。白衣天使制定了详细的治疗方案。第二次门诊，公主的小虎牙便在医生打开的百宝箱的青睐下，经过短暂的行云流水般的动作后光荣下岗。一周的流食后，小公主戴上了牙套——前后长达近三年时间，终于大功告成！也是从那时起，女儿掌握了科学刷牙法，一直坚持下来，一口整齐洁白的牙齿是对良好的口腔卫生习惯最好的酬劳。通过这件事，我和孩子都更加坚信，美丽不只是天然的，针对审美标准的后天努力也是非常有效的，不过必须付出代价——不止时间，不止个人行动，还有勇气，毅力，耐心，合作精神等等。

十

女儿十岁时，我调到古城的另一所著名中学。工作的性质增加了出差的机会。每一次远行，都是亲情的升华。记得这一年五月中旬去福建开会，临行前的晚上，女儿在妈妈的指导下，先绘制草图，再精心修改，直到自己满意。然后根据绘图，开始极认真地穿针引线，经过近一个小时的创造性劳动，她用自己破旧的背心为我缝制的一只肥硕可爱的吉祥鸟跃然眼前！我自是高兴得不得了，连声夸奖！在我的啧啧赞叹声中，女儿帮我把吉祥鸟小心翼翼地装进行李箱的夹层里，俨然小大人的样子：“爸爸，吉祥鸟会带来平安好运。

一定要装好。记着没？不许弄丢！”……这件珍贵的礼物至今还乖乖地躺在我的行李箱里，伴随我走遍大江南北，并漂洋过海，跨出了国门。亲情给予的爱是绵长的，厚重的，温暖的，如影随形，须臾不离。

这一年春节临近时，女儿试探中带着商量的语气，希望我们能给她送一件心仪的大衣作为新年礼物。深受我们勤俭持家、节俭为美影响着的孩子，这个要求一点都不过分，她当时也许是担心自己的愿望落空才这样说的。现在想起来，我依然有一种歉疚感。

我们父女俩一同去商场的那天漫天风雪！五路公交车上没有多少人，街上更是行人稀少。女儿牵着我的衣角，望着我的脸，怯怯地说：

“爸爸，我不要衣服了，咱们回家吧。”

“不！今天爸爸一定要给你买到的！”我坚决地说。

下车后，我牵着女儿的小手走进商厦，第一次如此耐心地陪女儿在服装柜台细细挑选。一个半小时后，一件漂亮的米黄色羽绒服穿在了小公主身上。一路上孩子满脸的幸福化作许许多多感激的话语，并且一再要求给我和她妈妈也买件新年礼物，这样她才会安心。

这件事情我早已忘得一干二净了。但只要我们父女忆及往事，孩子总会提及这件事。这也使我想起了鲁迅先生的另一篇文章《一件小事》，影响人的往往未必是惊天动地的大事，恰恰是生活中的细微琐碎，正是这些生活小事中蕴藏的浓浓真情，最能拨动心弦，成为亲情成长过程中最好的滋养。

十一

女儿十一岁时，我因为工作业绩突出，又调到了教育行政部门。

我自以为自己最适合在学校工作，那里孩子们琅琅的读书声和无处不在的活力，对于我有着无法拒绝的吸引力，而我更乐意置身其中享受忘我工作带来的乐趣。尤其是看着孩子们一届一届怀揣梦想走出校园的时候，那种油然而生的职业成就感是任何东西所无法替代的。所以，面对不虞的职场变化，因为没有充分的心理准备，特别是要与和谐的人际关系和学校蓬勃发展的势头告别，着实令我依依不舍。因此心里有些失落，强烈的职业漂泊感涌上心头。

我的心情全都写在脸上。素来“喜怒于色”的我，强装的平静怎么可能躲过女儿敏锐的目光？收拾办公室的那天晚上，女儿帮着我整理书籍。我仔细打量着熟悉的每一个角落，一句话也说不出来，只是默默地看着。女儿看见我忧伤的样子，忽然手捧书卷站在我面前哭泣起来：“爸爸，你干得好好的，他们为什么要这样做呀？你可以找他们，就说不愿意，行吗？”泪珠扑簌簌地从女儿的脸庞滑落。我一下子抱住孩子，再也控制不住，眼含热泪却笑着说：“宝贝不哭！爸爸调动是因为干得好，要去一个更能发挥作用的地方。等你长大了，你慢慢会懂得的。每个人选择职业的同时，职业也在选择你。双向选择要让双方都非常满意，不是一件容易的事情。但是，只要你自己本领多，能力强，有人缘，你的选择面就宽，自主性就强。学会乐观应对变化和挑战，学会积极服从和适应也是重要的。”

女儿似懂非懂：“爸爸，你不是说人只有干自己喜欢的事，能干的事，而且会干好的事才是快乐的，幸福的。我看你现在不快乐呀。”

“慢慢调整啊，适应后就好了。”

此后，我更加发奋读书，俯仰天地，神交古人，思接千载，视通中外。三年多的教育行政工作，我在短暂的迷茫之后，迅速转换角色，但不改书生本色，四季辛劳，笔耕不辍，在不知不觉中，写就了数十万字的教育随笔和游记，出版了三本专著。我感谢女儿给予我的精神动力，也感谢走在职场十字路口精神苦闷、徘徊不前时，那些给予我关注、关怀、关爱的人们。感激是人的本能，感恩是人的本性。我不能一一面谢我生命中诸多的重要他人，我只有用辛勤的工作和不懈地努力来回报爱我和我爱的人们。

女儿在和她妈妈一起分担我的忧伤和压力的过程中逐渐懂得理解、包容、宽容、调整、适应的重要，我们共同分享亲情的温暖和快乐，也更明了珍惜的重要。

这一年十月，我带女儿参加了母校建校六十周年庆典，并主持了一场高端学术报告会。坐在第一排、扎着羊角辫的小公主成为会后的焦点人物，她的可爱和礼貌赢得了阵阵掌声。在当天晚上的日记中，她动情地写道："我很为我的爸爸自豪，看见他满面笑容地主持会议，从容自信的样子，一点都不害怕，我真的好高兴。我想，爸爸之所以敢在这么多人面前讲话，不怯场，肯定是他读了好多书，有胆量。我要向爸爸学习，将来也做一个受人尊敬的人。"

十二

女儿十二岁时，和爷爷交流的主题开始转移到学校。随着老人家年事渐高，我们回老家的次数也越来越多了。老父亲最喜欢看到我们倾巢归来，最开心见到他的小孙女，最乐意为她的小孙女忙前忙后，甚至在我们不注意的时候，用五元、十元的人们币"贿赂"孙女来缩短心灵上的距离。父亲最爱对孙女说的话是"我娃要冷学（努力的意思〉，吃住学（抓紧的意思），多在方法上下功夫，要学会真本事"。女儿在诸多的童趣中，爷爷的这句话记得最准。现在和我聊起老家的陈年往事时，孩子常常说的最多的就是爷爷这句话。

作为高三学子，她在夜以继日地践行着爷爷的嘱托，更在用行动来圆她的大学梦。

这一年，每天早上女儿上学的时候，我们的日常用语是电视剧《大宅门》中的对白，女儿挎好书包走出家门时，我会拖长了腔调大声说“好好念书”！孩子回头一笑朗声应道“听见了”！这种简约的对白又何尝不是一种彼此的心灵守望呢？

这一年，女儿除了和我语言交流外，开始给我写信，特别是在我去上海出差归来的那天晚上，我看到了孩子稚嫩的笔迹写下的温情话语。

> 亲爱的爸爸，自从你走后，我和妈妈天天都在算时间。有一天，在上学的路上，我从背影看一个人，高高的个子，发型很像你，我以为你回来了，我大声喊‘爸爸！’正要跑过去，那个人一回头，我才发现看错了，叔叔友好地一笑，走了。那一刻，我好失望，我才知道我多么想你，爸爸。
>
> 你又给我送了四个芭比娃娃。我好喜欢啊！谢谢你！你还给妈妈送了衣服。可是你每次都舍不得给自己买。我有意见。如果你不听，我以后肯定也不要了！

孩子的最后这句话是最美的礼物，我当然照单全收，并且坚信它的利息会越来越高，会一直养护着我的那份感动。

从出生到小学毕业，女儿几乎一直是在姥爷、姥姥的呵护中长大的。接送孩子上学放学，为孩子做一日三餐，成为老人每天最重要、最开心的工作。女儿童年的串串脚印中，写满了老人的爱。而我的天使对姥爷、姥姥的那份亲近与热爱，经常化作反反复复的问候和叮嘱。春天的保养，夏日的纳凉，秋时的防病，冬季的御寒，声声电波传递的亲情，化作一杯温水，一个分着人人有份的烤红薯，一块切成三瓣的西瓜，一件可心的服饰。惦记着的爱是更深的爱。

十三

女儿十三岁时，主见性日益增强。我们常常因为对同一问题的看法不同而发生争执。伊始多表现为面红耳赤，互不相让，甚至冷语相向，而最终总是情理交融，相互妥协，直至握手言和，归于“西线无战事”的平静。交锋的过程中，女儿最爱说的话是“每个人都有自己的看法，你为什么总要把你的观点强加于别人？你也太霸道了！”而我则使出杀手锏：“从现在开始，我们谁都不理谁！”其实我的心里是非常虚弱的，最怕她们母女结成统一战线对付我，所以我是打压与拉拢双管齐下，必须着眼平衡外交，至少不能孤立自己。刚才那句话也多少带有铤而走险的意思。所以，常常是说完后便用眼神或小动作讨好另一方。结果往往是这种带有“最后通牒”式的外交用语过不了十分钟，女儿便通过第三方——她母亲——我们的高级调解员传来和好的讯息。退一步海阔天高，“大人不记小人过”嘛。于是双方举行简朴而又隆重的仪式，要么温语和解，要么相互拥抱，要么相互检讨，要么憧憬未来，重归于好，我保证不再将自己的观点强加于“弱势群体”。女儿也慢慢更多地发表自己的看法。她说：“尊重彼此，我认为最重要的是允许别人说话，要有倾听的耐心。在家里，要让语言霸权主义者没有市场！”多么精辟！多么有见地的见解！我渐渐地没有了居高临下、藐视一切的霸气，家庭霸主地位受到空前挑战！但另一方面，家庭议事制度发生了根本性变化，民主化进程进一步加快了。

十四

女儿十四岁时，眼镜度数与课业负担成正比猛增。从事基础教育管理工作的我在无奈中更多的是惭愧。好多时候有一种强烈的负疚感，甚至负罪感。于是，我把更多的关注放在亲情的砝码上。我们每天最快乐的时光便是父女俩骑车走在上学路上毫无拘束的交流，话题的重点逐渐偏向频频招手的高中生活。

女儿往往回头说“再见”的时候，漂亮的齐耳短发一甩，满目的清纯和青春的靓丽定格在我的脑海里。而我在享受甜蜜之余，隐隐有一点点失落，“大手拉小手”的时光渐行渐远，现在常常变成了“小手拉大手”。女儿开始规划她未来的学业，并且多次声明：自己的事情靠自己，希望爸爸理解并支持，不要过多的干预，特别是减少“辅助线”！

听了孩子的话，我反倒常常生出“成长中的烦恼”来。嘴上常说，“尊重个人意愿”，而事实上我也一直在暗自为女儿加油，希望孩子美梦成真。但我深知，主要由于我的原因，坚决反对孩子参加各种课外辅导班，致使她在应试能力方面显得“营养不良”，孩子也时有怨言。只是顾及我的感受，好多时候只是悄悄向她母亲流露，些许的忧郁和苦闷也开始袭扰孩子。我隐约地感到，在孩子心里，学习的主要目的在于继续求学，没有多少求知的乐趣以及因之带来的充实感。我们父女之间享受愉悦的交流时间不得不让位于作业、复习资料和被师生冠以“魔鬼式训练”的模拟考试。

我错了吗？这个结论不好下。我坚持自己的看法，但在大势面前，我的做法没有多少市场份额，自然也就缺乏认同性。眼前利益和长远利益一旦冲突，谁还要保持“长远优先”呢？不能输，输不起！经年沉疴，有何猛药可医？而身在其中的我，有一种“医不自治”的困惑与困扰纠缠，如网中鱼，笼中鸟，苦苦挣扎，屡不得脱。孩子也在这日益压抑的氛围中体验着竞争的残酷，甚至有时也不得不接受“考王”“考霸”的白眼。

扭曲的教育能培养出身心健康、人格完善、阳光乐观、积极进取、敢于担当、富有社会责任意识、创新精神、实践能力、人文情怀和情趣高雅的人才吗？这个问题也许需要我用一生的教育实践来回答，也许直到生命的终点依然没有一个令人满意的答案。但我相信，探索者的足迹永远不会停下来，路上的同伴会越来越多，只因为教育是千秋万代的基业！只为这一点，我坚信后来的人们也会继续努力。

十五

女儿十五岁时，除了用餐时间的短暂交流外，我们彼此几乎都是各自忙自己的事情。我没有过于在乎孩子未来高中的去向。非常刻苦的女儿使足了劲，要上她心仪的学校，眼睛更近视了。我没有认真去考虑女儿的感受，只是一次又一次拒绝了她强烈要求报课外辅导班的愿望。因为我觉得那样孩子太苦。我不止一次对女儿说，“爸爸不能给你一个金色的童年，但至少要为你保留一些童年、少年的美好记忆。爸爸不能用补课来剥夺你的童趣，有些东西一旦失去，以后将无法弥补”。

后来，严酷的现实教育了我！我终于明白，我的想法完全忽视了被绑缚在应试教育战车上的女儿的感受，专制的爱让我们彼此都留下了太多的遗憾，其中还掺杂着些许幽怨和隐痛，虽然女儿也常常安慰我，以为我的付出全是为了她好，也窥见了我的自私和毫不掩饰的霸道。暑假的多次交流，我终于慢慢懂得了俯下身子注视懂事的女儿。大人们常常的自以为是，恰恰反衬出我们在孩子们面前的无知，特别是对孩子尊重的不够。

这一年，敬爱的父亲在与病魔搏斗了五十六天后，撒手人寰，把无尽的苦痛和思念留给了我们。我常常独自流泪，而女儿每每发现的时候，便会过来安慰我。她不止一次地对我说：“爸爸，如果爷爷在天有灵，他肯定不希望你这么难过！别嫌我说，你应该学习爷爷的坚强和果敢！我知道爷爷特别爱你，但你不能总这样伤感，你有责任更好地活着，不只为自己，更为我们大家。否则，你就太自私了”！女儿的关心让我在极度的悲伤中得到了些许安慰。亲情难舍，但不舍又如何得呢？懂得“舍得”的道理，可以在满载但不超重的情况下走得更稳更好。

十六

女儿十六岁时，暑假最快乐的事情是我们父女俩在家做饭。每天，我们一大早先读书，然后去菜市场，然后我可能与电视机进行高级会晤，姑娘则会乐颠颠地进厨房演奏“锅碗瓢盆交响曲”。每餐都不重样，新鲜感围绕在味觉里，好幸福啊！

秋季开学，亭亭玉立的女儿和我一起到了我的新单位。感情细腻又非常自尊自立的女儿，总担心因为她而给我的工作带来影响，给我添麻烦，所以孩子在学习、生活上更加独立。回到家，我们无话不谈，在单位，我们几乎形同路人。我深感惭愧，我没有给孩子提供多少帮助，反倒是孩子经常从我“喜怒于色”的表情语言中为我分忧，经常开导我。

为了我的健康，姑娘坚决要求我“约法三章”：不抽烟，减肥，不过多熬夜！监督机制很健全，一是自觉，二是友情提示，三是惩罚举措。这第三条很具体，其中最厉害的是没收喜爱的书籍，剥夺晚上读书的权利！即使讨价还价也毫无用处，女儿会把它上升到“有没有决心”“讲不讲信用”“说法算不算数”“怎样要求别人”等等这样的高度来教育我。我常常只好屈从，只好委曲求全，只好在“使性子”“耍脾气”“闹情绪”等招数悉数无效的情况下偃旗息鼓，缴械投降，甘拜下风。

现在，我完全在自觉自愿的状态下，圆满完成戒烟、少熬夜两项任务。源于减肥工程的浩大，我们在相互妥协的基础上达成共识，可以用一年的时间实现目标，最好在不损害健康的前提下提前超额完成任务。目前，我的形象较前改观不少，多次受到女儿口头嘉奖和适度享受美食的待遇。人们常说“好孩子是夸出来的”，其实大人也是鼓励出来的嘛。

十六岁，绚烂的花季，我享受的不仅是花儿的芬芳，更是辛勤耕耘呵护苗圃换来的内心满足，幸福的确像花儿一样。

十七

女儿十七岁时，我明显感觉到自己的话语权越来越少。姑娘更乐意将更多的知心话向她母亲倾诉。我常常讨好地、装作怯怯地或者悄悄地想加入，并以“锵锵三人行”为榜样试图说服她们的友好婉拒，结果往往是又成为特立独行的孤家寡人。面对女儿的“女人间的事您就别掺和了”的金字令牌，我当然只有尊重的份了。

可是，女儿也会恰到好处地安慰我。比如向我简要通报她们的话题，或者透漏一点私密。当我偶尔被热情地邀请加入交流行列的时候，我顿觉喜从天降，一种回归主流的愉悦感霎时涌上心头，没有被边缘化也是一种莫大的幸福啊。

这一年的冬天，妻子生病住院近二十天，家里顿时少了温暖。傍晚走到家属楼下，看不见温暖的灯光；走进屋子，没有厨具的美妙声响和饭菜诱人的香味，父女俩空落落的。马上又想到妻子一个人待在医院里无人照料（虽然电话、信息，包括探视不断），我们父女俩话少了许多，《北国之春》中那句“同是一对沉默寡言人”在心中泛起，喉咙涩涩的，胃里酸酸的。

后来，我从妻子不无骄傲的言语中得知，可爱的女儿每天都和妈妈在信息中交流，鼓励妈妈积极配合医生，争取早日康复。而对于生活中的细节，妻子对女儿更是千叮咛、万嘱咐。那些亲情的记录一直珍藏在母女俩的手机里，成为那个冬天最温馨的记忆。

在我面前，女儿没有流露出过多的难过，但她多了一份工作，下午放学后，自觉下厨，除了照顾我之外，根据她妈妈身体调理的需要，烹制营养餐。她系着小围裙，捉拿锅铲和炒菜的动作宛如经过专业培训一般：熟练、到位、优雅，煎的鸡蛋饼比她母亲做的还要好看、好吃，煮的稀饭色香味俱佳。这是我绝对没有想到的，我的乖乖女竟有如此的厨艺！面对我的赞不绝口，姑娘轻描淡写地说：“爸，少夸一点，跟我妈学着点，要练你的生活自理能力，别总是大男子主义。否则，我和我妈不在家，你怎么办呀?”“得令!”我嘴上答应爽快，心里却在嘀咕：诚恳接受，坚决不改。

有一天晚上，女儿提着饭盒，陪我一起去医院看望妻子。母女相见的那一刻，她们紧紧拥抱，久久都不松手，彼此一句话也不说，相拥而泣……病友们受了感动，几位女家属也是热泪盈眶，不住赞叹。是的，母女连心啊！面对此情此景，任何语言都显得苍白多余！

这一年，女儿涉猎了不少文学书籍，她笔下的文字洗练、干净、清新、婉丽、优美，我甚至有时在羡慕之余还有一点小嫉妒呢。对于我的作品，女儿没有太多的溢美之词，但她深刻的见解令我汗颜：

“爸爸，我非常佩服你的勤奋，钦佩你的学识，你的文章语言华丽，行云流水，好多人都夸你。听到夸你的话，我也很开心。但是，恕我直言，从你的文章中，仔细观察可以发现，你的心不静，在飞扬的文字里，分明可以读出你的急躁，甚至有点浮躁，有时读起来令人压抑，感觉到很累。我知道文字中透露着你的强烈的责任感、事业心，特别是你对教育工作的热爱和激情，还有浓浓的亲情、友情，但是也宣泄着你对教育现状的不满，伤感中牢骚话多，奋斗中缺乏合作。我很佩服你的勤奋和执着，特别是不管多么忙，每天都能够坚持读书的好习惯，对我也有影响。但我不喜欢你写作的风格，我觉得有点憋闷，也有审美疲劳的意思。你别说我伤你面子，我希望你能够真正静下心来思考，静下心来写你的感受。”一针见血固然疼痛，但因为痛，才会治病。

“痛快”的本意大概就是痛并快乐着吧！

这一年的六月十七日是父亲节，女儿给我写了一封很长的信，全面回顾了自己近三年的学习和生活状况，字里行间洋溢着对父亲浓浓的爱恋和感谢，也进一步表达了自己对未来的设计，对不少问题见解的独到和深刻令我在惊喜中也多了几分自豪。那个活泼好动的小天使逐渐成为永远的记忆，常常走在我面前的是一位文气中略带羞涩、清纯中牵连稚气、单纯中氤氲成熟的青春美少女。

美丽的十七岁，没有雨季，只有三月里淅淅沥沥的春雨，滋润心田，让我们彼此感受到春光之美。

十八

女儿十八岁了！出落得花儿一样的姑娘愈加体贴我。遇见寒风，我偏头疼的毛病便会发作。每次遇见这样的天气出门，女儿一定会反复提醒我系好围巾，戴上帽子。她很少到我的办公室来，有一次放学和我一块回家，看见我的围巾戴的“有碍观瞻”，而且根本起不到御寒作用，索性一把拉下来，命令我站好，一边重新给我系上，一边不停地教给我方法。还有什么能比此刻的感觉更幸福呢?

女儿生日当天，她一如我们一贯的行事低调，经过反复权衡，与我们商量邀请了三位同学。利用中午放学，我们在家里举行了简朴隆重的成人仪式。

在我的记忆中，女儿第一次这么落落大方、字正腔圆、饱含深情地在这么多人面前表达了对于父母十八年无私付出的感谢；第一次把切下的蛋糕双手呈给我们；第一次在下午放学归来坚持一个人独立为我们做了丰盛的晚餐；第一次和盘托出自己的大学梦想；第一次告诉我，每天，当我从她的教室门前走过，总有一种心灵感应，当她抬头望着窗外的时候，我的身影已然眼前……

注

二〇一四年一月四日，女儿整整十八岁了！要上大学了！要步入成人行列了！我一直在想，给女儿送一件值得记忆的礼物。思来想去，我觉得物质生活方面，孩子似乎不缺关爱。于是，我想到了女儿的成长故事。月余时间，我们在饭桌的闲聊中共同回忆。言者无心，听者有意，我把它串联成十八个故事，权作姑娘生日礼物吧。

感子故意长

一

女儿大学报到的那一天，我肩上扛着沉甸甸的行李，怀里抱着大包小包，因了负重的压力，微微弓着身子，跟着姑娘的脚步，匆匆穿过马路。我的心情既有毫不掩饰的激动，同时又带着隐隐的伤感：女儿终于长大了！十八年几乎形影不离的孩子就要开始独立生活了！百味杂陈，一股脑涌向心头……斜挎着书包跑前跑后的孩子，在我不经意低头的一刹那，看见我日渐稀疏而且还夹杂着灰白的头发，她突然站在那里，怔怔地看着我。

“怎么啦，乖乖女？”我匆忙站住，有点慌乱。

“爸，我觉得您真的老了!”女儿少有的认真，上下打量着我，且不容分说地硬是从我手中“夺”走了一个大包，有点吃力地提着，瘦弱的身体显然与行李包的分量不成比例。

“是吗？爸可没觉得！从现在起，我俩可成了名副其实的校友了，看见大学，爸浑身都是劲，有的是力量，哪里会老呢？人老的是心态，青春不会老的!”那一刻，我又一次体验到了自己二十年前的豪情。

“爸，你别跟我犟了！我上大学后你要听话，不许耍小孩脾气！不许拼命工作！不许不爱惜身体！你要知道，你不仅属于自己，也是我和我妈的……你必须做到约法三章，否则我会‘不——理——你’！”后面三个字的腔调被女儿拉得特别长，这是只属于我们两个人才懂的秘密，幸福的密码高度浓缩在这简洁的三个字里。谁说批评不是一种幸福呢？

“爸爸努力！”女儿从我面无表情的语言中读出了应付。

“不是努力！是必须！没有商量的余地！要不然，我怎么会安心上学？你这么大的人啦，咋还不懂事嘛？还让我和我妈咋操心呢？”女儿一边说一边拉着我的手看着我，有点严厉，连眉头都皱起来了。“答应我，爸！是男子汉就要说话算数！”

“好！可是积习难改！得给我一点适应时间！”我平静地说道。我需要找一个冠冕堂皇的理由。

“行！但周期必须缩短！我有‘千里眼’和‘顺风耳’，你可不能抱侥幸心理。我相信你的决心和毅力。表现好了，我会周末回来看你的。”女儿恩威并用，我知道她安插了“高级间谍”，我反而成了空中的风筝，女儿牢牢地掌控着丝线。谁说被监视、被监督、被控制就一定不快乐呢？只是——我肯定不敢再像女儿在家时那样撒野了！我可以天不怕地不怕，但我还是怕女儿周末不回家！

办完所有的手续，我们一起吃了便饭。趁着点菜的间隙，我又不厌其烦地叮咛注意事项，一直到女儿在我上一句还未说完，她已经极不耐烦但又熟练地说出下一句为止。

临别时，姑娘牵着我的手，又细细地叮嘱我们的约定。

“好！”我极力耐着性子，但还是中断了话题，加快了步伐。聪明的孩子分明知道我是不好接受她的离开，所以才反反复复地重复那些日常用语。见我着急，孩子反倒少有的平静。“爸，你不是常说‘重复就是强调’吗？”她不无调皮地说。

“你……”我一时语塞。

上大学的路是如此的漫长，而此刻距离大学的校门又是如此地路短！望着熟悉又陌生的这一方水土，我知道一个梦想的实现需要多少爱的力量和行动支持。道别时女儿给我一个轻轻的拥抱。“爸，谢谢你和妈妈，我知道在大学该怎么做的……你们保重身体！再见!”我听得出来，那熟悉的天籁之音中分明添加了不和谐的音符。孩子疾步奔向学校，我猛然想起了什么，急忙举起手。

“再见!”那个每天在我眼前晃来晃去的身影很快消失在人群之中……

二

今夜，古城的雨依然下着。走在莲湖公园里，白日的繁忙和喧嚣全都沉睡了，蛰伏在草丛中的昆虫的和鸣伴着湖面上散珠落玉般的雨声，增添了夜的静谧。秋天是思念、想念、怀念的季节，秋雨之夜更是感念萦怀的时刻。想起我故去的父亲，想起我乡下的母亲，想起我军训的女儿，眼里涩涩的。别离该是亲情的归宿吧？而那一份暖暖的牵挂，也该是人间最美的情感丝带了。

这样漫无目的地想着，思绪回到了近日读过的两本书——《平生风义兼师友》和《新月如水》，书中弥漫的浓浓情意令我荡气回肠，不能释怀。文章光焰照，儿女情更长。常常打动我们内心最柔软处的，未必是惊天动地的大事，相反，却是一些日常琐碎。细节感人，在于关乎情；细节动人，在于止乎理。情理兼备，乃为上品，自成人学。在诸多的情感纽带中，师生情可以与亲情媲美，是精神层面的血缘关系。它如夜雨叩檐，玉珠落盘，山泉出涧。不管是千呼万唤的期待，还是天妒英才的扼腕，风雨途中我们不会孤独，我们总有同伴相随。

清闲的时候，思想的荒草开始疯长；忙碌的时候，精神的枷锁愈套愈紧。忙闲两端，往往是落寞的背影。学术之路上，恩师求真务实的态度和不畏权威压力的抗争精神，不仅是做人原则的体现，亦是一种人格力量的见证。个人的命运，常常在诟病的时代中显得无所适从又不得不从。无奈、无法、无情、无由、无理，不愿随遇而安的命运的搏击者，损耗了生命的数量，但却拓展了生命的宽度，增长了高度，累积了厚度，提升了生命质量。

在情与理之间，求得“中庸”，“和正”，非长期摔打而获火眼金睛与切中肯綮的言辞及分寸得体的行动，哪能有淡定与从容、豁达与仁厚的功力作为？治学严谨是态度，亦是风范。至情朴素是一种接地气的大美。“人情练达即文章”。胸中有大器局，大智慧，乃是平安上好的知音。

有些领域的专业知识是冷僻的，对大众而言也是生僻的，但在从事它的学者的文字里，我们感受到的却是文明暖暖的温度。美的文字，如同美的风景，自有引人四季好游的魅力。精神贵族并非是不食人间烟火，恰恰在于对世俗生活的深刻洞悉中表现出的练达、优雅和高贵，是一种迎风独立、冰清玉洁又能在芸芸众生中别具一格、引领风尚的气质。精神永恒，信仰至上。珍惜当下的拥有，便是幸福的满足。

名利是非的了断，绝非依赖所谓的清明盛世，而是有赖时间的消磨。走的路多了，遇的人杂了，大脑难免有时会迷失方向，自己成为十字路口的看客和被看者。卑污的灵魂，因为空气的污浊和环境的恶劣，却像得了道场一样，兴高采烈。缺钙的肉体，令人厌恶之至。相反，高尚的灵魂，更像是庞大的磁场，它的吸引力足以使我们走向高尚。热烈的寂静，繁忙的闲暇，犹如烈火，会淬炼出真金。岁月静好，未有南柯一梦；沧桑看云，乐为杏坛添色。生命个体沉浮的一生，总是一个时代多棱体的某个侧面的缩影，也是许许多多国事沉浮的勾连。历史不能割断，也无法割断，人的成长如同历史的发展。因为执着，所以义无反顾地走；因为信念，所以头也不回地干。也许顺风得水，也许命运多舛，但不泯的是永存心底的梦想。

谁拿青春赌明天？输不起的是与岁月的较量。好好学，好好想，好好干，争取做个自己满意的好人，至少不悔恨年华，少留一点遗憾。

勤奋做事，真诚待人，流年不欺，人生无悔。

走在蒙蒙的雨雾中，想着书中那么多的感人故事，想着我的亲人们、朋友们，暖意萦怀，信手拈来《夜雨》，聊以自慰。

阴雨终日晴亦难，墨云汹涌欲盖天。
与君征途路漫漫，一片丹心对杏坛。

注

二〇一四年九月，女儿考上了我曾经就读的西安文理学院，我们父女成为真正意义上的校友，我当然开心。可是，整天在身边叽叽喳喳的女儿一走，心里却空落落的。于是，用读书来转移注意力，用散步来稀释伤感，用煮文字来滋养精神。